Volto
quando
puder

Isa Prospero
Márcia Oliveira

hoo editora

VOLTO QUANDO PUDER

Publisher
Juliana Albuquerque

Capa
Bruno Dini

Projeto gráfico e diagramação
Raquel Coelho

Edição
Marcio Coelho

Impressão e Acabamento RR Donnelley

Dados Internacionais de Catalogação na Publicação (CIP)

Angélica Ilacqua CRB-8/7057

Prospero, Isa
Volto quando puder / Isa Prospero, Márcia Oliveira. — São Paulo : Hoo Editora, 2016.
272 p.

ISBN 978-85-69931-02-7

1. Literatura juvenil 2. Literatura brasileira I. Título II. Oliveira, Márcia

16-0018 CDD B869

Índices para catálogo sistemático

1. Literatura brasileira

[2016]

HOO EDITORA
Telefone: 55 15 3327.0730
hooeditora.com.br

Aos nossos pais.

Agradecimentos

Aos nossos editores, Juliana e Marcio, pelo voto de confiança.

Isa agradece:

Aos meus pais, Evanilda e Alberto, pelo apoio que sempre me deram em todas as iniciativas, e à minha irmã Carolina, a escritora original da família (agora é a sua vez!). À Companhia — Bárbara Prince, Gi Pausa Dramática e Isabela Norberto —, por serem amigas incríveis e mulheres inspiradoras. E, em especial, a Beatriz Dinis, a primeira leitora deste livro, por acreditar que ele seria publicado antes mesmo de tê-lo em mãos e por todos os comentários e sugestões que o tornaram muito melhor.

Márcia agradece:

Aos meus pais, Kátia e Marcelino, não só por me ensinarem o gosto por livros e o faz de conta, mas também por acreditaram em mim, mesmo quando eu mesma havia deixado de acreditar. Este livro não trata do tema favorito deles, mas sou imensamente grata por amarem o Artur tanto quanto eu. À Camilla Ferraz, pela fé inabalável nesse livro e o profundo amor por esses personagens. E ao Matheus Campos, Nathalie Bergamo e Rosangela Rosa, por todo o carinho, apoio e entusiasmo por este projeto.

NEGAÇÃO E RAIVA

I

A primeira vez, ele foi me buscar na escola.

Foi meio estranho, já que eu sempre voltava de ônibus porque ele tinha que trabalhar. Mas não reclamei da carona. Ele não me avisou aonde estávamos indo — na época, ainda tínhamos o carro, então não tinha nem a desculpa de que "o capacete abafa o som". Eu devia ter suspeitado, talvez, daquela expressão meio culpada — mas ultimamente ele andava com uma cara pior que a outra, então eu tentava não analisar demais. Só sei que entrei no carro e, antes que percebesse o que ele estava fazendo, tínhamos desviado o caminho.

— Aonde a gente vai?

Meu pai continuava olhando para a frente com uma atenção obstinada, apesar de estarmos parados no semáforo.

— Pai?

— Visitar sua mãe — ele disse, baixinho.

Congelei. Meu coração começou a bater mais forte, e as palavras entalaram na garganta.

No fim, nem tive tempo de abrir a boca. Já estávamos na rua do cemitério.

— É importante continuar visitando, sabe? — ele justificou, estacionando na frente daquele portão que deixava meu estômago embrulhado e finalmente me olhando nos olhos. — Artur?

Só balancei a cabeça.

— É importante — ele repetiu — porque… — Quando a coisa aperta e as palavras vão ficando mais complicadas, meu pai tem a mania irritante de enfiar uma das mãos no cabelo desgrenhado e puxar tufos aleatórios. Dá vontade de amarrar as mãos dele. — Sabe, a sua mãe não se foi completamente, ela ainda…

— Não, eu tenho certeza de que ela já se foi, sim — eu disse, encontrando a voz, agora que o choque tinha passado. — E faz tempo!

Na verdade, só fazia duas semanas, mas tudo que tinha acontecido antes daquele funeral me parecia parte de outra vida — ou, sei lá, da vida de outra pessoa.

— Artur…

— Pai, eu não vou até lá! Desculpa, mas não vou ficar de pé, olhando prum buraco tampado no chão, fazendo de conta que… sei lá, tem alguém ali!

— Sua mãe tá lá.

— Ah, mas não tá! Olha só, a gente pode discutir isso o dia inteiro, mas daqui eu não saio.

Eu sei, fui meio grosso, mas funcionou. Ele suspirou pesadamente, como se estivesse cansado — os ombros dele pareceram afundar, como se tivessem cedido a um peso gigante. Eu cruzei os braços, desviando o olhar. Ficou um silêncio constrangedor, e apesar de nós dois sabermos que aquela discussão tinha acabado, ele ainda tentou:

— Tem certeza?

— Absoluta.

E foi isso. Agora ele não insiste para que eu entre, então fico do lado de fora enquanto ele perde o nosso tempo colocando flores pra alguém que não vai ver.

São Paulo, 2014

MARÇO

Quinta-feira, 5 de março

Vou chegar atrasado à escola, mas meu pai não se importa.

Expliquei umas dez vezes que meu horário de entrada não é uma sugestão. Que meu professor de Português fecha a porta e não abre nem por decreto. Que ele ia me fazer perder a única aula boa do dia, pra não dizer da semana. Mas não, meu pai tem outros planos. Esses planos envolvem ir do Centro até a Zona Norte, pra então voltar pros Jardins. E se você não mora em São Paulo, deixa eu dizer: isso é longe pra caramba.

E por isso estamos naquele calor infernal de início de março, o trânsito já insano às sete da manhã. Motoristas passam no sinal vermelho e pedestres se jogam na rua sem medo, com cara de quem até preferiria ser atropelado a chegar ao trabalho. A camiseta do uniforme já está empapada e o capacete cria uma pequena estufa ao redor do meu crânio. Como as pessoas esperam que alguém assista aula nesse calor? Taí uma tortura na qual as leis de proteção à criança e ao adolescente não prestam muita atenção. Enquanto ainda estou pensando sobre isso, chegamos ao nosso destino.

Desço da moto e olho pra qualquer lugar que não os portões do cemitério.

Pelo menos agora ele me avisa quando sente vontade de conversar com um pedaço de terra. A cada duas, três semanas, escolhe um dia pra chegar mais tarde no trabalho e me leva pra esse lugar. Hoje é o dia.

Às vezes acho que ele só não tem coragem de vir aqui sozinho, mas quem sou eu pra falar alguma coisa?

Ele entra e eu fico, como sempre, parado do lado de fora, tentando não pensar sobre onde estou e por quê.

Não pensar sobre uma coisa exige muito mais concentração do que pensar sobre ela. É como se você estivesse numa ponte meio capenga e soubesse que não pode olhar para baixo. Você nem *ia* olhar para baixo antes, mas agora que sabe que tem que evitar, tem que se controlar pra não baixar a cabeça. Se espiar um pouquinho que seja, sabe que vai cair.

É uma habilidade que venho desenvolvendo nos últimos meses, e seria bem mais fácil se meu pai não me arrastasse pra essas visitas inúteis. Vejo a hora no celular, impaciente. Rá! Eu tinha razão:

se não sairmos agora, não consigo chegar pra primeira aula, com certeza.

Sei que não é normal um aluno torcer para chegar à aula no horário, mas as aulas de Português são realmente superlegais — aliás, a única coisa naquela escola que vale a pena.

Meu professor a essa hora já está no colégio, certeza. Só faz um mês que estudo lá, mas sei que o Alexandre nunca chegaria atrasado. Isso é coisa de gente irresponsável, penso, sentindo uma irritação familiar.

Tomo uma decisão de repente e atravesso aqueles portões que odeio tanto, seguindo na direção do túmulo da minha mãe. Engraçado como lembro exatamente o caminho. Só passei por lá duas vezes — ida e volta — mas reconheço aquelas lápides exageradas, com seus anjos de pedra e velas derretidas.

Então paro. De pé, com as mãos cruzadas na frente do corpo e a cabeça baixa, está meu pai, recitando o seu monólogo. Não sei como ele não percebe que eu cheguei, não é como se eu estivesse tentando ser silencioso. A essa distância, não dá pra ouvir nada, mas se eu tentasse, aposto que conseguiria chegar de fininho e pegar o resto do que ele está dizendo. Mas quando dou um passo à frente e vejo a cara dele, desisto da ideia.

Tem coisas que a gente não precisa ouvir.

Não preciso disso! Não preciso chegar atrasado porque ele gosta de ficar se torturando desse jeito. Pra que isso? Pessoas morrem, fim, acabou. Se ele quer ficar sentindo pena de si mesmo, problema dele, mas eu não tenho que ficar assistindo!

— Vou chegar atrasado — digo alto. Ele dá um pulo e ouço um miado de algum dos gatos que rodeiam aquele lugar deprimente.

Ele se vira, mas giro nos calcanhares e corro de volta para o portão.

....

Na primeira vez, pelo menos, a gente tinha o carro.

Que saudades do carro.

Ele teve que vender depois que entrou num negócio com uma amiga, a Penélope, mas não sei se está dando muito certo, já que parece que vai levar um tempão até a loja começar a dar lucro de verdade. Sei lá como funciona isso. Qual o sentido de abrir uma loja se não vai dar dinheiro?

Só sei que o carro se foi quando o negócio começou a dar prejuízo em vez de lucro. Uma vez, perguntei:

— Mas e o dinheiro do apartamento da mãe? Usa pra comprar outro carro!

— Esse dinheiro é pra pagar sua escola — ele respondeu, o que é, sinceramente, o pior motivo do mundo pra ficar sem carro.

Claro que depois ele tentou compensar.

Culpa é uma coisa engraçada. Tem um fundinho de vergonha, mas não aquela vergonha do tipo que faz você querer enfiar a cara num travesseiro e nunca mais olhar pra ninguém na vida. Não, é do tipo que te faz querer consertar tudo ao mesmo tempo, fazer as coisas ruins desaparecerem, porque aí, quem sabe, a vergonha vai embora também.

Então, porque ele se sente culpado, me leva pra escola todo dia. Ainda é mais rápido que pegar metrô e ônibus, mas ficar equilibrando o material é um saco. Cada vez que subo na moto, não tenho como não lembrar como era a vida com a minha mãe, que tinha um emprego de gente normal e sempre me deixava na escola com tempo de sobra.

Nas sextas-feiras, ela me buscava e me deixava no apartamento do meu pai, ou onde quer que ele estivesse trabalhando na época. No domingo à noite, ele me levava de volta pra casa. Era perfeito.

Tão perfeito que eu quase nem reparava em como a vida dele era uma bagunça. A verdade é que demorei muito pra perceber como meu pai é ruim nessa coisa de estabilidade. Quando eu era mais novo, a cada três fins de semana que passava com ele, mais ou menos, ele contava sobre um novo emprego. Eu achava superlegal. Os pais dos outros tinham empregos chatos, mas o meu fazia de tudo.

— É que o papai ainda está decidindo o que fazer — ele dizia. — Então vou tentando até acertar.

Depois de um tempo, pensei que, mesmo ele sendo jovem, era meio estranho não ter se decidido ainda.

E, algumas vezes, nem emprego ele tinha. Geralmente eu sabia porque ele vinha com um:

— Ei, amigão, adivinha só? O papai tem um tempo livre esses dias, então se quiser passar lá em casa pra gente bater uma bola na rua, é só avisar que eu te busco na escola!

Só que também havia o frustrante:

— Então, filho, o pai tá meio curto de grana esses dias... Tudo bem se a gente não for no cinema da próxima vez? Por que você não me mostra a sua coleção de HQs?

Eu não ligava muito, porque minha mãe sempre foi o oposto: trabalhava no hospital umas doze horas por dia desde sempre, então nunca faltou nada pra mim. Aliás, eu tinha uma ideia idiota de que ser adulto devia ser o máximo, porque você saía de casa e voltava com um monte de sacolas cheias de comida...

Paro de pensar nisso e me preocupo com problemas mais urgentes: chegamos à escola.

— Viu, já fechou o portão!

— Ah, não fechou, não! — exclama meu pai, desligando a moto às pressas, me pegando pelo pulso e me levando até lá.

Mais fechado só se tivesse um cadeado e uma placa de PERIGO com uma caveira.

— Ei! — ele grita para um guarda dentro da escola. — Abre aqui, amigo? Meu filho tem que entrar.

O guarda, que eu reconheço vagamente, é um tipo meio carrancudo, que se aproxima com a testa franzida.

— O portão já fechou.

— Isso eu tô *vendo* — meu pai diz, tentando esconder a irritação —, só que tem um aluno que tá do lado errado. Faz o favor!

— Pai, deixa pra lá, já perdi a aula — digo, puxando minha mão de volta, com mais força do que necessário. — Mesmo que ele abra, o Alexandre não vai deixar eu entrar na aula *agora*.

— Isso é verdade — o guarda me apoia, com um sorrisinho.

Até *ele* sabe! Só meu pai não acredita que algumas pessoas têm disciplina na vida.

— "Agora"? — meu pai repete, puxando o celular do bolso pra ver o horário. — Cinco minutos de atraso, e ele não vai te deixar entrar?

— Regras são regras — o guarda diz, indiferente.

— As regras são ridículas, então, porque meu filho tá aqui e quer ver essa aula, o que é um milagre na idade dele e devia ser celebrado por qualquer escola. Eu quero falar com esse professor.

O homem levanta uma sobrancelha, mas eu nem ouço o que ele responde, porque estou entrando em pânico. Meu pai, falando com o Alexandre? Era só o que me faltava. Como que o dia deu errado tão rápido? São oito e cinco da manhã!

— Não vai adiantar — argumento, puxando a manga da jaqueta dele. Uma jaqueta de couro, dessas estilo militar, com trinta milhões de bolsos, que parecem ser mais para te fazer parecer descolado do que necessariamente para guardar coisas. Agora, sinceramente, quem é que, aos 34 anos, com filho crescido, ainda usa jaqueta militar?

Imagino o Alexandre, que sempre está com camisa branca impecavelmente passada e o cabelo bem-penteado, dando de cara com o meu pai. Mesmo se ele não usasse capacete e zanzasse pela cidade de moto o dia inteiro, aquele cabelo nunca ficaria arrumado. Genética, como te adoro: tenho o mesmo problema.

— Se você quer tentar — o guarda diz, dando de ombros —, boa sorte.

E o traidor abre o portão!

— Onde é a sua aula?

Penso furiosamente numa solução. Levá-lo até os armários de Artes e trancá-lo em um deles até o fim da primeira aula? Mas, antes que eu consiga responder, o guarda traiçoeiro põe um dedo na sua prancheta e informa, prestativo:

— Primeiro andar, sala cento e três.

— Brigado, colega — diz meu pai.

E lá vamos nós.

A primeira coisa boa do dia é que o Alexandre vê a gente pelo vidro da porta, e meu pai não tem que bater ou fazer coisa pior.

Enquanto meu professor fala alguma coisa pra classe, tento puxar meu pai pra que ninguém consiga vê-lo lá de dentro. Não que meus coleguinhas sejam minha maior preocupação, mas realmente não preciso que me vejam acompanhado do *meu pai* no corredor da escola, né?

O Alexandre sai e fecha a porta atrás de si, e seria ótimo se eu pudesse dar um Ctrl+Z nessa manhã.

— Artur?

— Oi, professor — respondo, com uma voz patética.

Quando as aulas começaram, um mês atrás, eu não estava esperando nada bom ou diferente dessa escola. Escolas são todas mais ou menos iguais, e professores também. Tem aqueles que tentam parecer jovens achando que vão virar amiguinhos dos alunos; aqueles que agem como se fossem generais e nós, recrutas que precisam entrar na linha; e aqueles que estão dando aula há duzentos anos e já aceitaram que ninguém vai prestar atenção mesmo, e por isso deixam o caos se instalar. E então me aparece o professor Alexandre.

Quando ele entrou a sala ficou em silêncio, ou tão silenciosa quanto uma sala de aula pode ficar. Ergui os olhos e encarei meu professor.

Ele não devia ser muito mais velho que meu pai, só que era loiro de olhos azuis, e — olha, não sei julgar essas coisas, mas as meninas estavam todas suspirando, entende? Vi alguns meninos revirando os olhos, mas ninguém disse nada e o Alexandre começou a aula.

Acho que foi a primeira aula boa que eu já tive. Não era uma lista de coisas pra decorar pra prova, e ele nem deu a infame redação "como foram minhas férias" (*spoiler*: péssimas, quero reembolso do tempo perdido). Ele não tentava usar gírias nem fazer piadas, não precisava usar mais que um olhar pra silenciar alguém e não estava nem aí que era um colégio particular — tinha as suas regras, e quem desobedecia ficava pra fora da sala. O mais incrível era que as pessoas obedeciam.

A questão é: o Alexandre é como um professor deve ser. E agora ele está olhando para meu pai com cara de interrogação.

— Eu sou o Guilherme, pai do Artur.

— Ah — o Alexandre diz, as sobrancelhas se erguendo de surpresa.

Entendo por quê. O contraste é ainda maior do que eu tinha imaginado. Meu pai, com a barba por fazer e aquelas olheiras de sempre, pra não falar da ponta de tatuagem que dá pra ver atrás do pescoço, é praticamente o oposto do Alexandre, que deve se barbear antes de tomar café e dormir as oito horas de sono recomendadas pelos médicos. Fico com a impressão de que só tem um adulto naquela conversa, e não é meu pai.

— Ouvi dizer que você tem uma regra meio esquisita, que impede alunos de entrar na aula, se por acaso se atrasam.

— Pai... — imploro, puxando a manga dele. Não tem efeito algum.

— É verdade, sim — o Alexandre confirma, sem se abalar. — Meus alunos sabem que devem sempre chegar no horário.

Meu pai revira os olhos.

— Acontece que essa sua aula tão fantástica não é de graça e eles têm o direito de assistir.

— Pai, para…

— É justamente porque têm esse direito que é importante que estejam na sala no horário. Cinco minutos de explicações perdidas são o suficiente para que se percam no conteúdo.

— Sua aula deve ser bem complexa, então, pra alguém não conseguir acompanhar depois de *cinco* minutos. — Não sei como ele consegue inserir tanto sarcasmo numa palavra, mas olho para o chão para não ver a cara do Alexandre.

A voz do meu professor continua calma, e talvez eu esteja imaginando uma nota de irritação quando ele responde:

— É uma maneira de interpretar. A introdução é importante pra absorver o resto do conteúdo. O Artur conhece minhas regras.

— Suas regras, é? O que é que a direção pensa delas?

— A diretora também está familiarizada com elas e, graças à Liberdade de Cátedra, posso ensinar a matéria da maneira que achar melhor, e isso inclui reforçar os conceitos de responsabilidade e pontualidade. Acredite se quiser, tem funcionado muito bem todos esses anos.

Meu pai está com uma sobrancelha levantada desde "Liberdade de Cátedra". Não tenho ideia do que isso quer dizer, e, na boa, acho que ele também não sabe, mas está óbvio que acha o Alexandre um imbecil. E, como não é de ficar quieto, não hesita em declarar:

— Você é uma piada, sabia disso?

Agora é a vez do Alexandre fazer cara feia.

— É claro que existem exceções — ele diz, e definitivamente não estou imaginando a irritação agora. — Em casos de emergências médicas, considero que o atraso não foi culpa do aluno.

— Ele não tava no hospital. Acha que eu teria trazido meu filho pra escola se ele estivesse doente? A gente tava…

— Não interessa! — exclamei. Só faltava o professor Alexandre saber que ele fica papeando com os mortos. Me viro pra ele. — Tá tudo bem, não tô doente. A gente só atrasou em casa.

— Então não posso fazer nada — o Alexandre diz para mim, mais gentil. — Você não pode entrar, mas envio o conteúdo da aula de hoje por e-mail, pode ser?

— É claro, professor. Desculpa.

— É claro o escambau! Se eu quisesse que você aprendesse pela internet não tinha te matriculado aqui!

— Pai, tá tudo bem! Não vou morrer por causa disso. Olha, você não tem que ir trabalhar, não?

Ele me ignora.

— A culpa do atraso foi minha, não do meu filho — ele diz. — Insisti pra gente passar em outro lugar antes de vir pra cá, apesar de ele ter me avisado que ia chegar atrasado. Então, a não ser que você acredite que os alunos devam ser responsabilizados pelas falhas dos pais, não vejo por que meu filho deve ficar pra fora da sala.

Ele cruza os braços, triunfante, e o Alexandre crispa os lábios. Não é como se ele pudesse acusar meu pai de estar mentindo — e, pra falar a verdade, acho que até acredita que a culpa foi dele mesmo.

— Nesse caso, o Artur pode entrar. Mas é a primeira e única vez, que os dois estejam avisados. E, já que estamos falando sobre falhas dos pais, Guilherme, o Artur ainda não tem o livro que eu pedi duas semanas atrás.

Por um momento, achei que o pior tinha passado. Mal sabe o Alexandre que esse livro inspirou vários discursos nas últimas semanas. Devo ter ouvido a frase "Como se seu material já não fosse caro o suficiente" umas vinte vezes.

Me preparo para o que vem por aí. Acho que meu pai vai surtar. Gritar. Fazer um escândalo. Em vez disso, ele dá de ombros e diz:

— Esse livro é caro demais. — E acho que foi o jeito como ele fala que irrita o Alexandre, porque é como nem fosse se dar ao trabalho de considerar algo tão ridículo.

— Entendo que seja um gasto extra — o Alexandre explica, bem devagar —, mas talvez você não tenha procurado direito. O livro não precisa ser novo, só preciso que ele tenha o material. Posso inclusive te indicar um site onde é possível comprá-lo com desconto.

— Porque um desconto vai resolver o problema — meu pai responde com desdém. — Olha, não é obrigatório eu comprar qualquer coisa que não esteja na lista no início do ano, então deixa isso pra lá que nós dois temos mais o que fazer, ok? — Ele se vira para mim e diz: — Boa aula, filho. Te encontro na loja mais tarde?

Não respondo. Arrumo a alça da mochila e me viro para o Alexandre.

— Professor, desculpa *mesmo*…

— Não tem problema, Artur. Pode entrar, eu já vou indo. Guilherme — ele chama, e quando viro a cabeça, percebo que meu pai já está a alguns metros de distância. — Não vai querer o link que eu mencionei?

Meu pai olha para o céu como que pedindo paciência divina.

— Você realmente não ouviu nada que eu disse, né?

— Acho que, se pensar um pouco, vai perceber que gastos para a educação do seu filho são um investimen… — diz o Alexandre.

— Faz o seguinte — meu pai corta. — Me encontra no Facebook e manda o site que eu dou uma olhada nele.

Tenho quase certeza que o Alexandre nem sabe o que é Facebook. Meu pai nem tem um perfil! E, mesmo se tivesse, tem alguma coisa mais infantil que ele podia ter dito?

Quero bater a cara na porta. E então, pra minha surpresa, o Alexandre sorri como se essa conversa fosse a coisa mais natural do mundo, e pais de alunos frequentemente batessem boca com ele no corredor.

— Tá certo — ele diz.

Mas meu pai já virou as costas. Tento esquecer toda essa conversa e ignorar as questões curiosas quando entramos na sala.

Sexta-feira, 6 de março

A terceira aula de hoje é a pior de todas: Geografia.

Sei que a maioria das pessoas acha que a pior é Matemática, mas isso é porque elas não estão pensando objetivamente. Estão deixando se levar pelo pânico de equações que não fazem muito sentido a princípio. Mas sabe de uma coisa? Matemática é moleza; é só descobrir a fórmula mágica que desembaraça o nó da questão, e pronto! Problema resolvido — literalmente.

Agora, Geografia... ô matéria inútil. Fala pra mim, quando é que eu vou usar todo esse conhecimento sobre rochas na vida real? Não que eu consiga imaginar a fórmula de Bhaskara salvando a minha vida, mas saber se uma rocha é sedimentar ou magmática só vai ser útil se um dia eu precisar esconder um corpo. Pensando bem, é até irresponsável ensinar essas coisas.

Enfim, eu não teria problema nenhum em matar essa aula toda semana para ficar no pátio — ou em qualquer outro lugar no planeta, pra falar a verdade — mas escola de gente rica tem mais câmera que o Big Brother, então não é uma opção.

A aula de hoje está particularmente chata. A professora fala por uns quinze minutos e então nos manda copiar umas vinte questões e escrever cinco linhas, pelo menos, para cada resposta.

Faltando cinco minutos para bater o sinal, a aula consegue piorar.

— Apresentação de trabalho no mês que vem, sobre o impacto social, econômico e político do desmatamento no pantanal. Formem duplas *de dois* — ela reforça o termo. Sempre dá dor de ouvido quando os professores dizem isso. — A nota vai contar três pontos para a média final.

Trabalho em dupla — nada mais que uma forma legalizada de tortura. Não pra todo mundo, claro: começa um burburinho enquanto as pessoas com amigos juntam carteiras. Como é que vou arranjar alguém para ser minha dupla nessa sala?

Examino minhas possibilidades, mas elas são limitadas. A sala é dividida mais ou menos assim: há o grupo dos meninos, liderado pelo Pedro, um enorme babaca que se acha engraçado; o grupo das meninas, liderado pela Letícia, que trabalha como modelo e despreza metade da escola; o grupo misto dos nerds, que mais parece uma reunião dos rejeitados dos outros grupos; e os coringas: o Bruno, um cara que parece estar sempre chapado e passa as aulas desenhando e fazendo trança no próprio cabelo; a Priscila, uma garota que por algum motivo não fala muito com ninguém; e eu, que consegui me tornar odiado no primeiro dia de aula, desde o momento que peguei o lugar não oficial do Pedro no fundão e me recusei a sair de lá.

Talvez não tenha sido a melhor estratégia, mas quer saber? Tanto faz. Não queria fazer amigos mesmo. Não tenho nada a dizer pra esse grupo de riquinhos que me olham como se eu estivesse ali por caridade, e prefiro fazer trabalho sozinho. Os outros sempre acabam te prejudicando, ou não contribuem com nada e todo o serviço fica pra você, e…

— Você já tem dupla? — uma voz feminina me interrompe. Viro e cabeça e, sem acreditar nos meus olhos, vejo a Priscila em pé do meu lado.

Deixa eu contar uma coisa sobre a Priscila: ela é *muito* gata. Mesmo naquele uniforme ridículo da escola, consegue chamar a atenção. A maioria dos meninos baba para a Letícia e, tá bom, não tem como negar que aquela loira de cabelo comprido com um corpo de mulherão é linda, mas reparei na Priscila desde o primeiro dia. Talvez por ser a única menina bonita da sala que fica na dela. Não sei por que, mas, apesar de se dar bem com todo mundo, ela não parece ter amigos. Os caras não ficam atrás dela como ficam da Letícia e do grupinho dela, mas também não riem dela como fazem com as nerds.

Olho pra ela agora de perto, como raramente tenho a chance. A pele escura, o cabelo preto cacheado que cai pra baixo dos ombros, o jeans apertado… De repente, preciso *muito* cruzar as pernas. Todo garoto sabe que, numa sala de aula, pro seu próprio bem, às vezes o melhor a fazer é *não olhar*. Me obrigo a manter o foco na pergunta. Ela está me olhando com aqueles olhos brilhantes — e inteligentes, ainda por cima. Quase boa demais pra ser verdade.

— Ainda não… por quê?

Ela dá de ombros.

— Eu também não. Quer fazer comigo?

— Ah, claro! Claro, legal.

— Legal — ela diz, sorrindo. — Você pode ir lá em casa hoje à tarde?

E é nesse ponto que eu tenho certeza de que quem controla o universo está rindo da minha cara.

— Adoraria, mas prometi que ia ajudar o meu pai hoje.

Me arrependo imediatamente de ter falado a verdade antes de pensar numa alternativa. Eu podia ter ligado pro meu pai e explicado. Não é como se eu trabalhasse pra ele! Tenho certeza que ela vai mudar de opinião e escolher outra pessoa, mas os milagres continuam acontecendo.

— Ah, não tem problema. Faz o seguinte: pesquisa sobre o impacto político, que eu fico com o econômico. Depois a gente junta tudo e analisa o social. Quando você tá livre?

— Amanhã — falo rápido.

— Legal, pode ser à tarde, então.

— Ótimo. Perfeito. — Geografia é minha nova matéria preferida. Fui injusto: claramente o universo está me dando um presente por meio da Geografia, e decido fazer essa pesquisa como nunca pesquisei nada antes na vida. Vou virar especialista em pantanal até o fim do dia. — A gente se fala amanhã? — pergunto, ainda sem acreditar no que está acontecendo.

— Me passa seu número — ela sugere. — Assim a gente fica em contato.

Minha boca está aberta. Me pergunto se talvez não seja pegadinha e os garotos vão começar a rir da minha cara a qualquer minuto, mas ela me passa o celular dela. Fico encarando o aparelho meio abobalhado por uns segundos, então anoto meu número e escrevo meu nome. Nem sei se ela sabe quem eu sou, e prefiro não descobrir a verdade.

....

Dois anos atrás, quando meu pai e a Penélope abriram a loja, eu achei o máximo. Primeiro porque parecia que ele finalmente ia parar de pular de um emprego pro outro e "tomar juízo", como dizia a minha mãe. Segundo porque ter um pai que fazia tatuagens na Galeria do Rock me pareceu a coisa mais legal do mundo. Meus amigos da outra escola sempre diziam que meu pai era "da hora".

Eu também achava. Claro, isso foi antes de perceber que não é nada legal ter um pai mais *da hora* que você. Por exemplo: quando uma menina na minha antiga escola falsificou a assinatura dos pais pra fazer uma tatuagem, cheguei pro meu pai e disse que também queria uma.

— Ótima ideia, filho — ele respondeu.

Até deixei o garfo cair no prato. Não tinha me preparado para aquilo. Meu pai continuava comendo.

— Quero um dragão — eu continuei.

— Boa escolha. Sagrado pros chineses, sabe? Acho uma ideia fantástica. Adoro tatuagem... obviamente. Aliás, já que você é menor e vou ter que ir contigo para assinar o termo de responsabilidade, vou fazer uma também. Igualzinha à sua. No mesmo lugar. Daí quando te pegar todo dia na escola a gente pode mostrar nossas tatuagens de pai e filho pros seus amigos. Não vai ser legal?

É o tipo de coisa que um pai normal, com um emprego chato e camisas bem-passadas, nunca diria.

E nem quero lembrar da vez que ele e minha mãe se uniram pra conversar sobre sexo comigo. Ouvi um monte sobre respeitar o parceiro, sexualidades alternativas, pra não dizer muito mais sobre doenças sexualmente transmissíveis do que gostaria — com direito a fotos. Por que não puderam só dar um discurso constrangedor como os outros pais?

A loja foi perdendo a magia também. Fica no terceiro andar, e, como muitos dos estúdios de tatuagem na Galeria do Rock, não é lá muito grande. Tem dois andares: armário de materiais e espaço pra *body piercing* em cima, e tatuagem no térreo. No início achei que seria o máximo, mas é um saco varrer esse lugar.

Além do mais, depois de algumas tardes passadas lá, eu já tinha visto de tudo: roqueiros, motoqueiros, adolescentes rebeldes, caras tatuando o nome das namoradas, caras tatuando em cima do nome das ex-namoradas... Na maior parte do tempo, não tenho o que fazer e fico lendo HQs ou até começo a lição de casa, tal é o tédio. De vez em quando, a Penélope ou meu pai têm algum servicinho pra mim, mas nem consigo passear — eles sempre sabem quando estou enrolando.

— Tá a fim de ganhar dez reais? — ela me pergunta agora, jogando para o lado a longa trança rosa-shocking.

— Sempre!

— Ótimo. Leva isso aqui no correio — ela põe uma pilha de envelopes grossos nas minhas mãos —, e na volta passa na farmácia e compra mais cinco frascos de álcool.

Eu sorrio de um lado só, como sei que ela detesta.

— São duas tarefas, então mereço pagamento dobrado, né?

Ela ri.

— Ouviu essa, Gui?

— O quê? — meu pai pergunta, a voz abafada pelo zunido da agulha, atrás do biombo.

— Seu moleque tá ficando esperto. — Pra mim, ela dá a má notícia: — Mas o pagamento já tá dobrado, garoto: cinco pra ir ao correio, e mais cinco pra trazer o álcool.

— Achei que o combinado era dez reais pra cada tarefa.

— É, mas você já vai passar pela farmácia no caminho.

— Eu posso passar e não entrar.

Já vi a Penélope fazer marmanjo chorar. Agora ela ergue sua famigerada sobrancelha pra mim.

— E eu poderia levar esses documentos pessoalmente e ficar com os dez reais pra mim.

— Vai lá, Artur — meu pai ri. — Eu te dou mais cinco, mas some daqui antes que ela fique irritada.

Como já tenho uma certa prática nesses servicinhos, conheço bem os lugares e caminhos mais rápidos, então estou de volta em menos de quarenta minutos. Assim que ponho os pés na loja, uma garota um pouco mais velha que eu entra também. Morena, cabelo curto azul e uma tatuagem que começa no quadril e desaparece por baixo da cintura do jeans.

Às vezes esse lugar tem suas vantagens, penso, discretamente deixando a sacola com os frascos de álcool perto da bancada de trabalho do meu pai. Se a Penélope me mandar guardar no armário, não vou ter como escapar de fazer o inventário da quinzena e, Deus do céu, isso é chato pra caramba.

— Oi! — a menina diz, sorrindo para a Penélope. — Queria furar o umbigo, você tem horário?

— Claro, quer fazer agora?

— Quero, sim!

— Pode subir as escadas que eu já vou lá.

É a minha chance! Faz semanas que tô a fim de pedir isso.

— Pê, posso fazer esse *piercing*?

Ela franze a testa, colocando as luvas cirúrgicas.

— Você quer fazer um *piercing*? Onde? Fala com o seu pai antes.

— Não, eu quero fazer *esse*. Quero colocar o *piercing* nessa menina.

Leva uns três segundos antes de ela jogar a cabeça para trás e desatar a rir.

— Ei, não tô brincando! Quero mesmo fazer!

— De jeito nenhum! — ela sacode a cabeça, ainda rindo. — Aqui o negócio é sério, menino.

— Eu sei que é, por isso tô pedindo!

— Mesmo? Então quer entrar para o negócio da família?

Chamar uma loja de tatuagem de negócio da família é meio exagerado, mas faço que sim.

— Então, tá. Eu te ensino. Mas primeiro você vai ter que aprender a teoria... e vai ter que pagar as aulas limpando a loja todos os dias. Que tal?

— Eu não preciso de aula, já te vi furar pessoas umas quinhentas vezes!

— Ô Guilherme, o que é que ensinam pra esse menino naquela escola de playboy, hein? Porque educação é que não é!

Meu pai surge do andar de cima franzindo a testa.

— Que história é essa de aula?

— A Pê vai me ensinar a colocar *piercing*.

Ele cruza os braços e parece meio irritado com a Penélope.

— Eu não dou opinião, não?

Ela ergue as mãos, como que pedindo desculpas.

— É claro que seu pai tem que aprovar primeiro — diz pra mim. Então pega o kit de *body piercing* e começa a subir as escadas. — De qualquer jeito, esse aqui você não vai fazer. Mas pode começar a cumprir sua parte do acordo, se o Gui concordar. A vassoura tá ali no canto.

Quando ela sobe as escadas, me viro pra ele.

— Qual o problema de eu ter aulas com a Pê?

— Você tem que estudar, não ficar aqui perdendo tempo!

— É assim que você descreve seu trabalho? E eu fico aqui porque vocês ficam pedindo minha ajuda!

— Se preferir ir pra casa, fique à vontade. Acho que a gente sobrevive — ele ironiza. — Só sei que quero ver todas essas lições feitas antes de você fazer qualquer outra coisa. Aposto que seu queridinho Alexandre passa um monte de tarefa.

Preciso de um momento pra me recuperar depois de ouvir um professor chamado de "meu queridinho". Então percebo que não é só comigo que meu pai está irritado.

— Passa mesmo — confirmo —, e eu sempre faço. Mas só porque é o Alexandre e ele sabe o que tá fazendo. — Eu também não esqueci o encontro de ontem. — Só que as outras aulas não servem pra nada, vale mais a pena eu aprender alguma coisa útil com a Penélope.

— Não servem pra nada? Pra que eu pago essa escola, então?

Dou de ombros.

— Sei lá. Você mesmo não terminou o Ensino Médio.

— E comi o pão que o diabo amassou — ele me corta, ríspido. — O que não vai acontecer com você.

— Eu não tenho escolha?

— Nenhuma.

O mais irritante é que ele nunca se importou com meus estudos. Pelos primeiros catorze anos da minha vida, nossas conversas sobre a escola se resumiam a "Como vão as aulas?" e "Bem". Agora, de repente, ele resolve virar um educador linha-dura. A pose realmente não combina com ele.

— Se fizer as lições, posso ter aulas com a Pê?

Ele pensa por alguns segundos.

— Se eu receber uma única advertência da escola que você não fez alguma coisa, as aulas param imediatamente, entendeu?

— Não vai receber — prometo, e vou atrás da vassoura.

Sexta-feira, 13 de março

A casa da Priscila é enorme. Tem dois andares, um quarto pra cada membro da família e até um quarto de hóspedes! Sempre achei que esse tipo de coisa só existia em filmes. Garagem para três carros e um quintal nos fundos, com piscina. A sala dela é maior do que o apartamento inteiro do meu pai (mas o que não é?).

Sempre morei em apartamento, então acho que me acostumei com lugares pequenos. Mesmo o da minha mãe, mais espaçoso e arejado, ainda era relativamente apertado, considerando que era basicamente um grande quadrado, dividido em outros quadrados menores. Quintal, pra mim, sempre foi o parque do bairro. Para os meus amigos da outra escola também. A maior parte deles morava no meu prédio, e nosso conceito de diversão era andar de patins no estacionamento dos blocos.

Meus avós — pais de Guilherme Müller — são do Sul e, pelo pouco que meu pai me conta, moram numa casa bem antiga. Mas nunca fui visitá-los, então não tive muito contato com casas grandes durante a infância. Parece bobagem, mas sentado no carpete branco e peludo da sala da Priscila, de repente parece uma experiência muito importante que eu não tive e isso me irrita um pouco.

— Acho que a maioria do pessoal vai focar mais no lado brasileiro do pantanal, então pensei que a gente podia abordar o lado boliviano. O que acha?

O que eu acho? Acho que não é justo garotas serem gostosas e inteligentes ao mesmo tempo. Tem que escolher: ou um ou outro, porque senão fica difícil pra nós, mortais, resistirmos ao seu charme, é isso que eu acho. Lado boliviano! Juro que fiz uma pesquisa quase decente sobre o assunto e não lembro de ter visto nada sobre isso.

Tudo bem, talvez eu tenha digitado "pantanal brasil aula slide" no Google, mas quem pode me culpar? Se a tecnologia existe pra facilitar a vida, por que não aproveitá-la? Claro, o fato de eu não ter a mínima noção do que a Priscila está falando é um bom motivo.

— Ótima ideia! — respondo, tentando parecer o mais animado o possível. — Acho que li alguma coisa sobre isso.

— Bom, a gente vai ter que vender o peixe, sabe? Porque só uma parte pequena do Chaco boliviano realmente inclui o pantanal, mas talvez a professora curta esse ângulo.

O que raios é Chaco?

A mãe da Priscila aparece bem nessa hora, trazendo uma bandeja com comida e suco.

— Desculpa, meninos, não quero interromper. Façam de conta que eu nem estou aqui! Só fiquei pensando que talvez vocês estivessem com fome, então trouxe uns lanchinhos.

— Obrigada, mãe. Artur, você come comida vegetariana?

— Ai, é verdade! — a mãe dela ri. — Que falha! Devia ter te perguntado antes. Artur, se não gostar, pode falar, que eu te trago outra coisa.

— Ah, não precisa se preocupar. A gente come de vez em quando em casa.

Não é bem verdade. Minha mãe gostava de granola com iogurte e de vez em quando tentava umas receitas de hambúrguer sem carne, mas, em geral, sempre fomos chegados numa carninha. Meu pai, então, nunca teve nada verde na geladeira — quer dizer, fora coisas estragadas.

— Que bom! Pega um lanche de abobrinha!

Ela pega um dos guardanapos — não quero ser o cara que reclama de tudo, mas esse é outro detalhe: eu não vejo pessoas usando guardanapos para pegar comida desde antes de a minha mãe ser internada — e me passa um dos pães.

Agora é um ótimo momento para confessar que existem poucos legumes que eu realmente abomino. Acho que eu comeria até pedra se estivesse bem-temperada, mas temos que ser sinceros aqui e admitir que abobrinha não tem gosto de nada, não importa como ela seja preparada. Sei disso por experiência própria, porque teve uma época, quando eu tinha uns nove anos, em que meu pai trabalhou como feirante e sempre levava essas coisas de feira lá pra casa da minha mãe. Um dia, ele levou dois engradados de abobrinha e berinjela, porque aparentemente o fim do mundo estava chegando e só ele sabia a respeito. De qualquer maneira: dá-lhe minha mãe cozinhando berinjela e abobrinha de tudo quanto é jeito por quase duas semanas. Nojo.

— Ah, claro. Obrigado!

É. Não tem gosto de nada, mesmo. Mas o pão até que não é ruim e tem umas coisas no meio também. Um tipo de queijo? Não é ruim. O que eu não faço pela Priscila?

— Bom, podem voltar a estudar. Se precisarem de alguma coisa, estou lá embaixo.

A Priscila faz que sim com a cabeça, e volta a olhar pra tela do laptop cor-de-rosa. A Dona Rosa — que insistiu que eu a chamasse só de Rosa — sorri mais uma vez e vai embora.

Enquanto ela desce as escadas, me pego pensando em como elas são parecidas: esbeltas, de pele escura e cabelos cacheados. A mesma boca pequena, mas os lábios são grossos. Parece com aquelas bonecas de desenho dos anos 1940, que tinham a boca em formato de coração. É meio idiota, mas fico pensando que ficaria linda tatuada no braço de alguém.

— Sua mãe é legal — digo, pra justificar o tempão que passei observando a mulher descer as escadas.

A Priscila dá uma risadinha breve, mas carinhosa.

— É. Ela adora quando tem visita. Vive reclamando que a casa tá quieta demais desde que a minha irmã foi fazer intercâmbio. A Camila tinha uma banda e vivia praticando a bateria na garagem.

As pessoas fazem isso na vida real? Meu Deus.

— Ela foi pra onde?

— Londres. Diz que escolheu a cidade só porque as melhores bandas de todos os tempos vieram de lá. — Ela revira os olhos. — Só ela mesmo pra escolher o destino do intercâmbio baseado em bandas... e ir pra um lugar onde chove o ano inteiro! Quando for minha vez, vou pra Califórnia. Quero sol e praia! — Ela acrescenta rápido: — E os programas de residência deles são excelentes. Já vi algumas opções.

Quando for a minha vez... Como uma coisa garantida. Não consigo imaginar uma realidade alternativa em que exista alguma certeza de que um dia vou sair do país, mas pra ela é uma coisa totalmente natural. E ela não usou aquele tom nojento e arrogante que eu já ouvi usarem na escola quando contam do bate e volta em Miami. Fala sobre isso como se fosse óbvio que fosse estudar fora. Como se todo mundo fizesse isso.

Nunca tinha pensado sobre isso. Claro, quando a gente é criança, sonhar em ir pra Disney ver o Mickey é de praxe, mas faz alguns anos que vi que era tão provável quanto pegar o Papai Noel no flagra. Pensar numa viagem ao exterior como algo real, possível e acessível nunca tinha me ocorrido. Ainda mais pra morar fora!

Imagino se meu pai me deixaria ir, e quase rio alto. "Deixar" não seria o problema — conhecendo o cara, é capaz que pedisse umas muambas —, mas, sim, o dinheiro. Ele não tem grana nem pra comprar um carro, o que dirá pagar um intercâmbio nos Estados Unidos, Europa ou Austrália!

A Rosa não deve ser mais do que uns dez anos mais velha do que o meu pai, mas pelo que a Priscila contou, é uma arquiteta muito bem-sucedida. Já o pai dela é advogado e tem um escritório no Itaim Bibi.

Quando penso numa vida adulta, tipo, depois dos 25 anos e coisa e tal, é isso o que me vem na cabeça. Pessoas com carreiras definidas e um salário bacana e certinho! Que magia negra será que os pais dela fizeram pra ter essa vida?

Ah, é. Eles não quiseram ser tatuadores profissionais.

— Artur? Tudo bem? — a Priscila me pergunta, me olhando com uma cara preocupada. Rapidinho, sacudo a cabeça exageradamente e abro um sorriso.

— Ah, sim! Tava pensando numa coisa besta. Você disse residência?

Os olhos dela brilham de animação. Não achei que ela pudesse ficar mais bonita, mas quando começa a falar seu rosto todo se ilumina:

— Sim! Meu sonho sempre foi fazer Medicina. Pretendo começar a faculdade aqui e terminar no exterior… talvez trabalhar lá por alguns anos.

Fico encarando-a com uma cara de trouxa por alguns segundos. Ela já tem os próximos dez anos de vida programados. Eu nem sei o que quero jantar hoje.

— Que foi? — ela pergunta.

— Nada, só tô impressionado. Medicina não é fácil… não que você não consiga — conserto rápido —, você é a garota mais inteligente da classe. Vai passar direto.

Ela ri.

— Como você pode saber? E tem razão, é difícil mesmo… mas sempre quis ser médica, desde criança. Meu pai tenta me convencer a fazer Direito, e toda vez tenho que explicar que não vai rolar — ela revira os olhos.

Quase conto que minha mãe era enfermeira, mas *essa* é uma conversa que acabaria com o clima. No fim, não tenho que responder nada, porque ela pergunta:

— E você?

— Eu o quê?

— Já sabe o que quer fazer?

Não consigo segurar a risada.

— É... não exatamente — disfarço. — Não sei no que sou bom. Em nada, é a teoria atual. A não ser que haja uma carreira em que ler HQ seja a habilidade mais importante, daí tô feito.

Ela não ri como eu esperava. Ao contrário, parece até preocupada.

— Não fala assim, todo mundo é bom em alguma coisa. Você tem tempo pra descobrir ainda.

Dou de ombros, pensando em meu pai e em quanto tempo *ele* levou pra se descobrir. A ideia de passar uns quinze anos sem rumo é bastante desanimadora. Mas não quero revelar minha total falta de talentos pra Priscila, ainda mais agora que sei que ela é mais incrível do que eu já achava.

Então desconverso:

— Enfim, o Chaco...?

Ela me olha com aquela cara estranha por mais alguns segundos, mas então baixa os olhos para o laptop e mergulhamos no maravilhoso mundo do pantanal boliviano.

Duas horas depois, quando saio da casa dela, não consigo parar de sorrir. No fim das contas, passamos tanto tempo papeando que acabamos nem adiantando muito do trabalho. Remarcamos pra próxima semana, dessa vez mais cedo. Ela me mandou uma lista enorme de links pra ler sobre a Bolívia, o pantanal e o Chaco, mas nem consigo achar isso ruim.

Chego em casa mais feliz do que tenho estado há muito tempo. Outro encontro com a Priscila! Se eu tiver um pouco de sorte, a gente vai ficar conversando de novo em vez de fazer trabalho. Se eu tiver um pouco *mais* de sorte, a gente vai fazer mais que isso. A ideia quase me deixa sem ar. Tento não ficar pensando no jeito como a camiseta dela abaixava cada vez que ela se inclinava sobre o laptop, e falho completamente. Deus do céu, por que minha casa não chega logo?

Terça-feira, 17 de março

A situação é a seguinte: mudar de escola é um saco. Primeiro que você tem que deixar todos seus amigos pra trás; segundo, tem fazer amigos novos, e todo mundo já tem os seus. Ninguém muda de escola no *nono* ano. Eu não estava nem um pouco a fim, mas meu pai não quis nem saber.

— Artur — ele disse. — Essa sua escola é na *Zona Norte*. Como que você vai chegar lá?

Minha mãe tinha morrido dezessete dias antes, sido enterrada há dezesseis, e eu tinha voltado pra escola há dez. Naquele dia, meu pai finalizou a venda do apartamento dela e me veio com essa.

— Sei lá, pego ônibus, metrô. Onde você quer que eu estude?

— Perto de casa. Sua mãe e eu já escolhemos a escola e tudo.

Foi uma das primeiras brigas que a gente teve. Não que nunca tivéssemos brigado, mas era coisa pequena, birra de criança. As brigas de verdade eu tinha com *ela*, que era quem cuidava de tudo. Eu ainda não tinha me tocado que agora era ele quem cuidava de tudo.

Quando o ano começou, eu já estava de mau humor, um mau humor de meses que às vezes não era nem mau humor, mas uma coisa que eu não sabia definir. Sabe quando você fica acordado às vezes até altas horas, sem a menor vontade de dormir, mas sem vontade de fazer mais nada também, só olhando os minutos passarem no relógio? Era tipo isso, só que o tempo inteiro.

Então, no primeiro dia, eu não estava a fim de fazer amigos.

— Não fique preocupado — meu pai disse, achando que eu estava ansioso. — Vão gostar de você. Você sempre fez amigos rápido, né, filho?

Eu nem estava ouvindo. Aquela coisa sem nome dentro de mim tinha começado a ganhar contornos conhecidos, e quando passei pelo portão da escola nova pela primeira vez, eu já tinha um nome pra ela. Raiva.

Raiva de estar morando num apartamento apertado e bagunçado. Raiva de ter que deixar pra trás todo mundo. Raiva de que eles não tivessem falado comigo nas férias. Raiva de sentir que eu precisava fazer uma boa primeira impressão para um bando de criança mimada que não sabia de nada.

E por que eu faria isso? Ficar atrás de amiguinho?

Eu não tinha nada a dizer pra ninguém.

A maioria dos alunos já tinha chegado e não havia tantas carteiras livres: duas na frente e uma no fundo. Eu é que não ia pegar uma carteira na cara do professor. Fui direto pro lugar que era meu na outra escola — lá no fundo. Me joguei na cadeira e tirei o celular da mochila pra ouvir música, e então ouvi uma voz surpresa bem atrás de mim.

— Esse é o lugar do Pedro.

Me virei. Era um menino loiro com um moletom da Calvin Klein, que depois descobri ser o Felipe. Parecia saído da outra escola, onde também não faltava imbecil. E olha, não tô dizendo que me orgulho dessa resposta, mas…

— Não tô vendo o nome dele aqui.

Não foi o meu melhor momento, mas funcionou pra irritar. Eram uns cinco ou seis, que me cercaram com uns risinhos incrédulos e caras emburradas quando viram que eu não ia sair do lugar. E não saí nem quando chegou o tal do Pedro, um mané com um sorrisinho cretino e um iPhone de última geração que era, pelo visto, o líder da gangue. Odiei o Pedro de cara, e senti uma alegria estranha com isso. Era bom ter um foco pra minha raiva.

O Pedro, aparentemente, pensava o mesmo, e desde aquele dia ele e os comparsas não me deixam em paz.

A coisa mais lógica a fazer teria sido trocar de carteira no dia seguinte, mas isso nem me passou pela cabeça. Pra ser sincero, o lugar nem é tão bom assim — é um saco tentar enxergar a lousa, porque tem um cabeção bem na frente, o Danilo —, mas prefiro reprovar o ano do que ceder essa cadeira pro Pedro. É uma questão de princípio.

Dizer que isso tornou a convivência em sala de aula *mais difícil* é pouco. Não sei se o Pedro ordenou aos soldadinhos pra me incomodar o máximo possível ou se esse é o tratamento padrão aos recém-chegados que não obedecem ordens, mas o todo tempo todo alguém joga bolinhas de papel em mim, ou, quando passam, chutam meu pé. O que não seria tão ruim, se não fosse acompanhado por perguntas cretinas o dia inteiro: Onde você mora? O que seus pais fazem? Por que você mudou de escola? A vontade que tenho é de quebrar minha cadeira na cara de um deles.

Hoje está ainda pior. Prova mensal de Matemática, e os cretinos estão sussurrando tanto que não consigo me concentrar. Olho para a esquerda, tentando ver o que o Felipe pode ter de tão importante pra comunicar ao Mateus no meio da prova, quando percebo que um papelzinho passando de mão em mão. Não é um plano maligno pra infernizar a minha vida — eles estão colando.

Só me faltava essa: ir mal na prova por causa deles.

— Dá pra calar a boca? — sussurro entre dentes.

Impressionante como funciona a acústica: eles estão cochichando há uns dez minutos e ninguém além de mim conseguiu ouvir, mas assim que abro a boca as palavras viajam pela sala inteira — até a mesa da professora.

Ela levanta os olhos de suas anotações e me encara, muito séria.

— Artur, posso saber o que está acontecendo aí atrás?

— Nada, professora — digo rápido.

A professora Carla é uma mulher baixinha, de quarenta e tantos anos, que usa óculos aro de tartaruga e parece um pouco com uma. Tartarugas não são nem um pouco ameaçadoras, e a aula dela geralmente é uma bagunça, porque ela é boazinha demais pra mandar alguém pra fora da sala. Mas agora se levanta com a testa franzida e vem rapidamente até o fundo da sala.

Fico meio confuso, e demoro alguns segundos pra perceber que os garotos estão todos congelados — e que o Pedro está deslizando para a frente na carteira, estendendo o braço até a mochila, que está no chão.

Com uma agilidade até então desconhecida, a professora passa por trás da cadeira dele, se abaixa e arranca o pedaço de papel da sua mão. Ela olha aquilo por dois segundos, então balança a cabeça, decepcionada.

— Professora — começa o Pedro —, era só...

Ele para de falar, talvez percebendo que "Era só a resposta da prova" não é uma grande defesa. Os outros estão se remexendo no lugar, obviamente querendo esconder as provas do crime, mas ninguém pode se mexer sob aquele olhar de tartaruga.

Então a Carla faz uma batida rápida: encontra outro papel dobrado embaixo da borracha do Mateus e aí manda todo mundo se levantar. Quando o Danilo faz isso arrastando os pés, ela diz pra ele dar um passo à direita e acha outra cola que ele tinha deixado cair e estava escondendo com o tênis. Até eu sou examinado, mas ela não encontra nada, claro. Olho pra Priscila pelo canto de olho, e ela parece aliviada por eu não estar envolvido na história.

— Vocês quatro, podem pegar o material e esperar lá fora.

Pedro, Danilo, Mateus e Felipe — o qual não tinha nenhuma cola, mas que pelo visto era o autor delas — me olham com tanta raiva que fico surpreso por não cair morto ali mesmo.

Lembro do meu pai dizendo que eu faço amigos fácil.

No corredor, depois que bate o sinal pro intervalo, levo uma ombrada forte. Dou de cara com o Pedro, o rosto comprido roxo de ódio.

— Escuta aqui, moleque — ele rosna, mas não alto o suficiente para outras pessoas ouvirem —, se eu reprovar por sua causa, te arrebento.

Passo a mão pelo ombro que ele atacou, como se estivesse limpando pó do uniforme. Olho pra ele da maneira mais debochada que consigo e respondo:

— Se você reprovar, a culpa é só sua. — Viro as costas e saio andando (talvez com mais pressa do que de costume, mas quem pode dizer com certeza?).

Normalmente passo os intervalos com eles (eles são um saco, mas pelo menos me distraio discordando das bobagens que falam), mas suspeito que não serei muito bem-vindo hoje.

Na verdade, quando passo pelo grupo, eles me lançam olhares ressentidos e começam a murmurar entre si. Mau sinal: acho melhor nem ficar no pátio. Penso onde posso me enfiar nessa escola em que eles não me achem e por fim decido pelo único lugar onde Pedro e companhia provavelmente nunca puseram os pés: a biblioteca.

....

Por mais que meu pai dissesse que ele e minha mãe já tinham combinado a minha mudança de escola (e eu sempre achava horroroso eles ficarem fazendo planos pra depois da morte dela, então nem ouvia quando começavam com essas histórias), a verdade é que eu, digamos… dei uma mãozinha pra isso acontecer. Quer dizer, a culpa *mesmo* foi do Alan.

Ainda acho que todo mundo exagerou e que eu podia muito bem ter ficado.

Os hobbies do Alan incluíam ficar fazendo sons desagradáveis durante as aulas, derrubar as coisas dos outros e andar por aí mostrando as coisas que o pai trazia dos Estados Unidos. Pra falar a verdade, secretamente eu sempre desprezei o Alan, ele só não sabia disso. Mas como teoricamente ele estava no meu grupo de amigos, eu tinha me treinado pra ignorar 95% de tudo que ele fazia, pelo bem da harmonia geral.

Só que esse era o meu antigo eu. Meu antigo eu se preocupava com a harmonia geral. Quando voltei para as aulas dez dias depois do enterro, não podia me importar menos com isso. Nem com isso, nem com nada. Quando sentei pra primeira aula, já me veio um desânimo: por que eu estava ali aprendendo função do segundo grau? A gente vai morrer mesmo, não interessa se você sabe calcular o delta ou não. E o pior é que eu sabia que meu pai não ia deixar eu sair da escola, o que significava mais uns cinco anos daquela tortura sem sentido.

Então eu já estava com um certo mau humor, que as pessoas pareciam querer piorar de propósito. Aqueles olhares de esguelha, aquele silêncio, aquelas vozinhas gentis sem motivo até pra pedir uma caneta emprestada.

Eu odiava quando vinha alguém me dizer alguma coisa sobre a minha mãe, e odiava ainda mais quando não vinham.

Imagine minha alegria quando o professor de Ciências sorteou duplas e eu caí com o Alan. Eu não tinha o menor interesse em fazer o trabalho, e o Alan não tinha a menor competência. Uma dupla ideal pra reprovar na matéria. Só que o Alan não podia ser reprovado, porque (diziam) o pai ia dar uma surra nele se isso acontecesse de novo.

Então ele veio, logo que deu o sinal:

— Quando você vai começar, Artur?

— Começar o quê? — perguntei, guardando o material.

— O trabalho!

— Não vou.

— Como assim?

Achei que tinha sido bem claro. Que parte de "não vou" ele não tinha entendido? De repente, todas aquelas coisinhas que ele fazia e antes eram quase toleráveis agora pareciam ficar duplamente irritantes, e me perguntei como tinha convivido com aquela pessoa por dez anos. Quando *eu* ia começar o trabalho? A cara de pau daquele...

Ele era alto e encorpado, e estava quase me fechando contra a parede. Pus a mochila nas costas, empurrei uma mão contra o peito dele e saí da sala.

— Se vira — me despedi.

Ele foi atrás de mim. Assim que saí do prédio pra rua, senti uma mão gigante agarrar meu ombro e me virar.

— Onde cê tá indo? — ele perguntou.

Eu ri, sem humor nenhum. Outra pessoa talvez tivesse percebido que eu não tava pra brincadeira, mas não o Alan. Se agora eu ia falar umas verdades, a culpa era inteiramente dele.

— Primeiro, não te interessa. Agora, vamos combinar o seguinte: você nunca mais põe a mão em mim, beleza? — Foi engraçado, de repente me senti ótimo. Toda aquela irritação guardada explodiu, e pela primeira vez na vida, tudo que me impedia antes de xingar o Alan não pareceu nem um pouco importante. Fiquei surpreso, até, com o fato de um dia ter calado a boca pra não incomodar aquele imbecil. — Vê se entende: eu não vou fazer trabalho nenhum, então se quiser passar, acha outro trouxa pra fazer dupla com você, ou, sei lá, só uma sugestão *louca*, já pensou em fazer você mesmo alguma coisa na vida? Sabe que ninguém gosta de gente folgada, né? A galera te aguenta porque você é rico, dá festa na sua chácara e tal, mas ninguém *gosta* de você.

Ele estava congelado, e reparei pelo canto do olho que tinha um monte de alunos na saída do colégio prestando atenção. Eu não me importava. Só conseguia pensar que aquilo não era o bastante. O que mais podia fazer? Alguma coisa *tinha* que melhorar aquele… bem, aquele cansaço, um mal-estar misturado com impaciência, misturado com uma vontade quase insuportável de gritar pra todo mundo sair da minha vista e me deixar em paz.

O Alan se recuperou rápido. Soltou uns xingamentos que eu não vou nem repetir e disse:

— Cê acha agora que pode ser folgado só porque sua mãe morreu?

Então percebi que raiva, até aquele momento, eu não tinha sentido de verdade.

A rua da escola ficava em cima de uma avenida, meio que como um viaduto. Não lembro de ter decidido me mover: só sei que o empurrei pra trás na direção da amurada. Ele perdeu o equilíbrio e deixou cair o que estava segurando: o fichário e uns livros.

Nem olhei: só ouvi o som de buzinas irritadas e os gritos de surpresa do pessoal que tinha acompanhado a briga. Estava focado no Alan, que estava olhando pra baixo com cara de quem não acredita no que acabou de acontecer.

Então ele se virou e me deu um soco. Pra quem nunca tomou um soco, deixa eu falar: dói muito mais do que parece. Nos filmes, os caras tomam porrada atrás de porrada e continuam brigando como se nada tivesse acontecido, mas eu vi estrelas. Caí com um joelho no chão, mal ouvindo o Alan me xingando aos berros.

Balancei a cabeça até passar a tontura. Minhas mãos ainda formigavam pra fazer alguma coisa, e então ele me chutou na barriga. Dessa vez, juro, nem senti, não doeu nada, só subiu uma descarga de adrenalina e satisfação como se não existissem mais limites. Me ergui e o empurrei de volta, forte, com as duas mãos contra o peito dele, e ele cambaleou alguns passos pra trás. O problema é que estávamos perto demais da beirada do viaduto. Ele conseguiu se apoiar, pondo as mãos pra trás do corpo, mas por um momento ficou com um olhar aterrorizado.

Infelizmente, percebi que a minha raiva não tinha passado. Também infelizmente, alguém tinha chamado a diretora da escola. E pra pôr a cereja no bolo, a mãe do Alan tinha acabado de chegar pra buscá-lo.

Meia hora depois, estávamos todos na sala da diretora. A mãe do Alan não tinha parado de gritar um segundo, exigindo punições severas para aquele "garoto descontrolado", enquanto a Maria prometia que *alguma coisa seria feita*, mas até meu pai chegar juro que tudo aquilo parecia um sonho. Quando ele entrou na sala, ficou todo mundo em silêncio. Me endireitei na cadeira e pensei, meio estupidamente: ele estava no trabalho. Será que tinha deixado um cliente na mão?

— Oi — ele disse, claramente confuso, sem saber o que pensar do grupo reunido ali. — A senhora ligou? Está tudo bem?

A Maria pediu que ele sentasse, e ele tomou a cadeira vazia à minha direita.

— Você é o pai do Artur?

Meu pai fez que sim.

— O que aconteceu?

A mãe do Alan não se controlou mais e virou pro meu pai com os olhos chispando.

— Vou contar o que aconteceu!

— Lisa, por favor — a Maria interveio. — É o seguinte, senhor...

E ela contou o caso. Do jeito que falava parecia que eu tinha praticamente atacado o cara, mas sempre que eu começava a falar alguém me mandava ficar quieto, até que meu pai pôs uma mão no meu ombro e apertava cada vez que sentia que eu ia abrir a boca.

— O senhor entende que a escola não pode aceitar esse tipo de comportamento.

Antes que ele pudesse responder, fui rápido:

— Não foi na escola, foi na *rua*! Vocês não têm o direito de…

Mais um aperto no ombro.

— É *claro* — meu pai disse. — Mas o Artur nunca fez nada desse tipo antes e, como a senhora sabe, estamos num momento difícil…

— Pai! — Aquilo não tinha nada a ver com *momento difícil*. O cara tinha me dado um soco e me chutado! É claro que eu ia revidar!

— Estamos cientes, sr. Müller — a Maria disse —, mas mesmo assim, temos que pensar em compensações…

— O material do meu filho, pra começar — disse a mãe do Alan.

Meu pai se voltou pra ela, ainda parecendo atordoado. Fiquei com uma raiva insuportável daquela mulher de terninho e salto alto, com aquele penteado de madame. Ela achava que eu não via o jeito como ela olhava pro meu pai? Ele tinha vindo da loja, vestido daquele jeito dele, e aquela mulher que não sabia nada de nada, que tinha o filho mais folgado e mal-educado do mundo, tinha a coragem de falar com ele como se fosse um empregado!

— Como se você não tivesse dinheiro pra comprar! — gritei, dessa vez me erguendo da cadeira. — Meu pai não tem nada a ver com isso!

— *Artur*! — Acho que ele nunca tinha usado aquele tom na vida, uma mistura de ordem, surpresa e desespero. Sentei, mas estava tremendo de raiva. — Olha, é Lisa, né? Faça uma lista do que eu te devo e vou providenciar ainda hoje. Quanto a outras punições, acho que isso é entre mim e a Maria, não? — Ele olhou pra diretora, que demorou um pouco pra responder.

— Sim, tenho certeza de que chegaremos a um acordo.

A mulher estava com os lábios crispados. Ela escreveu as coisas num papel e entregou pro meu pai, sem nem olhar pra ele, e se virou pra Maria:

— Eu não quero esse garoto na sala com o meu filho.

E saiu, dramaticamente. O Alan foi atrás, mas não sem antes me dar um sorrisinho irônico. Achei que meu pai ia rir — aquela mulher era o tipo de pessoa que ele não suportava — mas ele estava sério quando olhou para a Maria.

— Artur — ele disse —, talvez seja melhor você esperar lá fora.

— Por quê? Pai, ela exagerou! A história é mais complicada, tá, eu...

— Seu pai está certo — a Maria disse. — Já ouvi o que você tem a dizer, agora é melhor ele e eu conversarmos a sós.

Dois a um. Saí e tentei ouvir o que estava rolando lá dentro, mas os dois pareciam estar sussurrando de propósito, então fiquei andando de um lado pro outro do corredor. Agora que a adrenalina tinha baixado, comecei a ficar preocupado. Tinha certeza de que ia ficar de castigo por uns seis meses. Não que meu pai já tivesse me deixado de castigo alguma vez na vida: afinal, a gente nem morava junto pra ele ter como fazer isso. Mas agora, quem podia saber o que ele ia fazer? Talvez minha mãe tivesse deixado instruções pra esse tipo de situação.

Ele saiu uns quinze minutos depois.

— Vamos pra casa?

Um tom neutro. Fiz que sim. Nenhum dos dois disse uma única palavra até o carro (que a gente ainda tinha).

— Você vai pra loja? — perguntei.

— Não. A Pê falou que estava tudo sob controle.

Aguentei mais uns dez minutos, mas aquele silêncio era pior do que os gritos da mãe da Alan.

— Olha, pai, sei que não devia ter empurrado o idiota, mas...

— Tudo bem.

Sabe aqueles momentos tão bizarros que você tem que parar, dar *replay* na fala e ver se entendeu direito?

— Quê? — perguntei.

— Não precisa se explicar, Artur. — Ele passou a mão pelo cabelo, daquele jeito dele, e puxou as pontas. — Falei com a Maria e ela... entendeu. Como já tá acabando o ano, você pode continuar na escola, em outra sala. Mas ano que vem você muda.

— Mudo? Mudo o quê?

Sinal vermelho. Ele se virou pra mim, a testa franzida.

— De escola — disse, como se fosse óbvio. — Como a gente tinha combinado.

— A gente não tinha combinado *nada*!

— Eu e sua mãe tínhamos. Com a mudança, vai ficar fora de mão de qualquer jeito, e... enfim, talvez seja bom pra você, não acha? Uma mudança de ares?

Não conseguia nem falar; tinha um nó na garganta. Só cruzei os braços e olhei pra fora. Ele não disse mais nada, e a pergunta pairou entre a gente, a cada minuto mais pesada. Chegando em casa, fui pro quarto. Estava louco com ele. Com o jeito como ele aceitou que eu tinha atacado o Alan sem motivo. Com aquele tom de desculpa, como se precisassem relevar as minhas ações. Se *ela* estivesse ali, eu ia ficar de castigo uns três meses, certeza — mas ela também saberia que eu tive meus motivos. E olharia pra Lisa de cabeça erguida até aquela mulher abaixar a crista.

Mas ela não estava. Em vez de ficar pensando no que teria acontecido, era melhor usar a cabeça e tentar convencer meu pai a me deixar ficar.

Mas não teve argumento que funcionasse. Quando começou o ano, saí de vez da Zona Norte e comecei na escola nova. E agora, ironicamente, eu tinha altas chances de ser esmurrado de novo. Grandíssima mudança de ares!

....

Por um momento, fico até satisfeito comigo mesmo por ter pensado e agido tão rápido. Então me lembro que ainda é março e que eles não vão me esquecer tão cedo.

É bom eu ir me acostumando com a biblioteca.

É a primeira vez que venho aqui. O lugar fica meio escondido entre o laboratório de Química e a secretaria, e está tão deserto quanto imaginei. A sala principal é um retângulo grande com mesas para quatro pessoas, e há dezenas de estantes atrás de uma parede de vidro. A bibliotecária me lança um olhar tão desconfiado de trás do balcão que pergunto, meio ofendido e sem muita esperança:

— Vocês têm HQs?

Ela levanta uma sobrancelha, mas, pra minha surpresa, aponta para as estantes:

— No fundo à esquerda.

Vou para onde ela indicou. Passo por livros de Ciências, Filosofia, História, Literatura, e então a encontro: uma única estante, mas cheia de HQs! E ainda por cima bastante atualizada: vejo alguns lançamentos desse ano que não pude comprar, já que mesada é coisa do passado. Fico surpreso em ver que a escola tem a edição mais recente de *Os novos vingadores*. Pego o exemplar e sento no chão mesmo, sem nem acreditar na minha sorte. Alguns minutos passam voando, até que uma voz conhecida me faz pular de susto:

— Um aluno na biblioteca! Que inesperado.

Me viro. O Alexandre está a alguns passos de mim, perto da estante da Literatura Estrangeira, com um leve sorriso no rosto. Objetivamente, sei que deveria me sentir ofendido — nem todo adolescente detesta ler! —, mas estou chocado demais, porque aquilo foi uma piada. Vou repetir, só para garantir que a situação ficou clara: o Alexandre estava fazendo piada.

— Vim procurar umas coisas pra um trabalho — minto, me levantando. — Acabei me distraindo quando vi quanta coisa tem aqui...

— História em quadrinhos? — ele pergunta, espiando o nome da seção. — Não conheço muito, pra falar a verdade, mas os alunos vivem me recomendando.

Não vou dizer que eu estava esperando uma reação negativa dele como receberia da maioria dos adultos, mas… é. Estava, sim.

— Tem muita coisa boa, professor — comento, animado, e antes que consiga me segurar cito várias das minhas histórias preferidas.

— Tá bom, tá bom — ele ri —, prometo que levo um deles pra casa hoje. E você, gostaria de algumas recomendações de livros?

Tento não fazer careta.

— Não gosto muito desses livros clássicos…

— Devia tentar, pode se surpreender. De que tipo de histórias você gosta?

— Ah, sei lá. Histórias de ação. Sabe, coisa clássica: bem contra o mal, com bastante sangue no meio.

— Já leu *Romeu e Julieta*?

Faço uma careta de nojo.

— Isso é livro de menina! — Então vejo que ele está segurando o riso e cruzo os braços. — Você tá de brincadeira.

— Só de leve. Mas só pra constar, não existem livros de menina e de menino. E, na verdade, a história tem muito mais a ver com os problemas causados pela rixa descabida das famílias do que necessariamente o amor dos dois.

— Tenho certeza, mas não quero ler isso, não. Que tal alguma coisa escrita nesse século? — brinco.

— Não precisa ir tão longe. Tem um clássico do século XIX que eu adoro: *Os três mosqueteiros*, do meu homônimo Alexandre Dumas. Cheio de lutas de espada, intrigas e ação...

— Lutas? — pergunto, tentando imaginar o Alexandre lendo uma história de capa e espada no seu tempo livre. É bizarro demais. — Parece interessante…

— E é mesmo — ele diz, indo até uma estante e pegando o livro, quase sem procurar, como se estivesse na casa dele. Quando me entrega, me dá um olhar meio estranho e pergunta, casual: — Por acaso essa visita à biblioteca não teria nada a ver com os meninos que foram pra sala da diretora hoje, teria?

Endireito os ombros e me mantenho tão inexpressivo que poderia estar jogando pôquer.

— Meninos? — pergunto, pra ganhar tempo. Quem diz que os adolescentes fofocam pode até ter razão, mas nada se compara à rede de informação dos professores de uma escola. A Carla deve ter aberto o bico. — Claro que não, professor. Obrigado pelo livro.

O Alexandre não parece convencido, é difícil saber com certeza. Parece sempre manter aquela expressão tranquila, mas que sugere que não está nem um pouco impressionado com você. Isso me lembra do que aconteceu duas semanas atrás, e sinto o rosto queimar de vergonha.

— Aproveite o livro, então — ele está dizendo. — E se tiver qualquer problema, pode falar comigo, Artur. Estou falando sério.

— Ah… tá. Obrigado — respondo, e ele se vira. Antes que dê dois passos, chamo: — É, professor?

Pelo menos só estamos nós dois nesse canto da biblioteca. Ele se vira pra mim.

— Desculpe de novo pelo meu pai — digo rápido. — Ele é… meio teimoso e… enfim, prometo que não vai acontecer de novo.

— Não foi culpa sua, Artur. Não precisa se desculpar. Seu pai é… seu pai pode ser teimoso, mas dá pra ver que se importa muito com você.

Não consigo evitar: solto uma bufada. Ele franze a testa e, droga, a última coisa que queria era discutir meu pai com o Alexandre.

— Você duvida? — ele pergunta.

— Não, claro que não... é só que... sei lá. Ele faz umas coisas que me deixam meio irritado.

— Pais são assim mesmo — ele diz. — De qualquer modo, não é apropriado discutirmos isso agora, então…

— Tipo, parece que ele vive no mundo da lua — atropelo o que ele está dizendo. — Sabe, esquece de comprar coisas pra casa! Às vezes nem leite tem!

Talvez eu esteja delirando, mas juro que os lábios do Alexandre se curvam pra cima.

— Que terrível — ele comenta, devagar. É como tentar desvendar o sorriso da Mona Lisa.

— Não é só isso — tento me defender, percebendo que talvez tenha parecido um pouco infantil. — Ele é completamente desorganizado, nunca lembra o que eu falo pra ele, e nem consegue manter um emprego! Quer dizer, agora tem a loja, mas isso lá é emprego de pai?

— Existem empregos para pais?

— É, emprego de gente normal, sabe? — Então me toco que o Alexandre nem sabe o que meu pai faz. Por que fui abrir a boca? Se eu falar que ele faz tatuagens, aí sim o Alexandre perde todo o respeito por ele. — Quer dizer, deixa pra lá, professor. Não queria te alugar assim. — Dou uma risadinha sem graça. — Você tem mais o que fazer, e eu tenho um livro pra ler...

— Não tem problema, Artur. Como disse, se tiver algum problema, pode falar comigo... embora não ache bom discutirmos seu pai sem ele estar presente.

— É claro, professor. Não quero criar problemas pra você.

Não que eu vá mencionar pro meu pai o que disse pro Alexandre, óbvio. É a cara dele voltar na escola pra tirar satisfação, e uma vez foi mais do que o suficiente. Torço pra que eles nunca se encontrem outra vez.

— Não tem problema, Artur. Boa leitura.

Fico sozinho de novo e folheio o livro distraído enquanto o sinal não toca. Estou com uma sensação desconfortável de que falei demais e piorei a impressão que o Alexandre já devia ter do meu pai. Mas ele merece, não merece? Eu não disse nenhuma mentira.

Sei que tenho razão, mas a sensação não desaparece.

Quarta-feira, 18 de março

Sabe aquela sensação desagradável quando você tá andando por uma rua escura e deserta, daí ouve passos vindo por trás e sabe que já era? Pois é, foi exatamente isso que senti quando pisei na quadra hoje.

Sabia que eles não iam deixar quieto só porque consegui me esconder no intervalo ontem, e só pra constar: bolada na cara dói pra caramba.

— Opa! — o Pedro grita do meio do campo. Como está de costas para o professor, abre aquele sorrisão. — Foi mal. Doeu?

Odeio esse cara.

A parte engraçada é que meu pai realmente achou que me mudar de escola resolveria o problema, mas ele não sabe que babacas como o Pedro existem em todos os lugares. Ou, pelo menos, que sempre tenho o azar de encontrar caras como ele.

Um pouco depois, o Danilo me dá uma cotovelada tão forte nos rins que sinto meus órgãos mudando de lugar, e em mais dez minutos estou no chão por causa de uma rasteira.

— Danilo! — grita o professor. — Vamos com calma?

— Não é culpa minha que ele não consegue ficar de pé!

— Não é culpa minha que você não consegue guardar umas fórmulas numa cabeça desse tamanho!

Só por essa, ele dá um jeito de chutar minha canela de novo.

Passo o resto do jogo de olho no Felipe, mas talvez ele ache que eu já tenha pagado pelos meus pecados, porque não tenta nada. Ou talvez seja o professor: o Felipe sempre baixa a cabeça quando um deles dá bronca. E, pelo que ouvi de manhã, levou uma do pai também, ainda mais porque era ele passando cola.

Isso, por sinal, é surpreendente, porque o Felipe tem uma cara de jogador de futebol besta que não sabe fazer dois mais dois — o que não o impede de ser o Einstein do grupo, pelo visto.

Finalmente, o jogo acaba. Saio mancando do campo, xingando baixinho e tentando não demonstrar que estou todo dolorido. Me deixo cair na arquibancada e começo a me apalpar — amanhã fico roxo —, quando uma figura cria uma sombra à minha frente. Levanto os olhos, temendo o pior, e então vejo a Priscila com os braços cruzados e os lábios formando uma linha fina.

— Que absurdo, o professor devia ter parado o jogo! Eles estavam te atacando!

Me sinto insanamente feliz, apesar das dores: ela me viu ser derrubado como uma boneca de pano e, em vez de rir, está revoltada por mim. Se o Pedro estivesse aqui, eu poderia dar um abraço nele.

— Não foi nada demais — dou de ombros.

— Você está todo ralado.

Sorrio de um jeito que, espero, demonstra charme e despreocupação.

— O que acha, doutora? Vou sobreviver?

Soa tão ridículo quanto eu temia, mas ela ri e se senta do meu lado — então começa a virar minha cabeça de um lado pro outro, examinando os machucados. Tira um lencinho do bolso dos shorts e pressiona contra a minha testa. Meu coração acelera: ela não faria isso pra qualquer um, faria?

— É melhor a gente lavar isso aqui, tá sangrando…

— Depois. — Não saio daqui agora de jeito nenhum; a Priscila do meu lado e ninguém pra incomodar, já que os meninos foram jogar handebol. — Você tava no vôlei?

Ela faz uma careta.

— É. A gente perdeu, e a Carina tá brava. Ela leva isso aqui sério demais!

— Achei que você gostasse de esportes.

— De esportes individuais — ela corrige.

— Como o surfe.

Ela faz que sim.

— Adoro quando é só você e as ondas. Você tem que se concentrar, depende totalmente da sua habilidade. É adrenalina pura. Aprendi com meu primo, em Santos, alguns anos atrás... enfim. — Ela desvia o olhar pra quadra de vôlei. — Detesto gente gritando no meu ouvido!

— Nunca te vi tão irritada.

— Não gosto que obriguem todo mundo a jogar junto. Obviamente não dá certo — ela mostra o lenço ensanguentado pra mim. Queria que pusesse a mão de volta na minha testa, mas não faz isso. — E você, hein? Eles vão te encher o saco agora... sabe, ontem quase achei que você tava no meio daquilo — ela confessa.

— Estou ofendido — respondo, e acrescento quando vejo a cara de susto dela: — Estou ofendido por você ter achado que eu colaria tão *mal*. Passar papelzinho? Isso é coisa de amador!

Ela me dá um tapa no braço. Agora é certeza que tá a fim de mim!

— Bom, fico feliz que você não tava no meio.

— Ei, sério, odeio esses caras. Definitivamente não faço parte do grupinho deles.

— Mas senta com eles e fica com eles no intervalo...

— Só porque não consigo acreditar na quantidade de lixo que sai da boca do Pedro. É impressionante, alguém devia estudar esse garoto.

Ela está rindo de novo. Meu estômago está rodopiando, querendo sair pela boca, um pouco pelos golpes mas principalmente pelo rosto dela, perto do meu. Já me vejo pondo um braço ao redor dos seus ombros e me inclinando para a frente... então a voz do professor Luís interrompe meu sonho:

— Vocês dois aí, por que não estão jogando?

....

Um dado interessante sobre a arte de *body piercing*: você precisa aprender *toneladas* de coisas sobre anatomia, processos de cicatrização, alergias e queloides (eca), e uma coisinha ou outra de química e agulhas, antes de começar a fazer qualquer coisa.

Desculpa, eu disse "interessante"? Quis dizer "frustrante".

Hoje, quando cheguei na loja, a primeira coisa que a Penélope disse foi que eu não precisaria varrer nem buscar nada na cidade, e até senti uma lágrima de felicidade se formando no canto do olho. A ignorância realmente é uma benção. Ela escolheu as palavras com cuidado, também, disse algo do tipo "hoje você vai aprender a parte mais importante sobre a arte de colocar *piercings*". Aposto que ela e o meu pai passaram a manhã inteira bolando isso.

Enfim, quando eu já estava comemorando ela pôs uma apostila gigante nas minhas mãos — *Body piercing: princípios básicos* — e disse que eu não ia fazer nada antes de ler o manual inteiro. Quando reclamei da falta de, sei lá, um DVD explicativo ou tutorial no YouTube, ela revirou os olhos e disse que essa era a única maneira de aprender o ofício *direito*.

— Mas quanto tempo vai levar pra eu terminar isso aqui?!

— Depende — ela respondeu, tranquila. — Quanto mais tempo você passar reclamando em vez de ler, mais vai demorar.

— Tenho certeza que meu pai não leu isso aqui!

— Claro que leu.

— A página 456 é minha preferida — ele disse, de trás do biombo.

Olhei feio pra ela.

— Isso não é nada justo.

Ela arqueou a sobrancelha com ar meio debochado e retrucou:

— Justiça é na porta do lado. Isso aqui é uma empresa.

De modo que cá estou, com uma apostila que consegue ser mais grossa que todos meus livros didáticos juntos, os olhos ardendo de tanto ler. Deve fazer umas duas horas que estou aqui de castigo; as informações já começaram as se misturar na minha cabeça.

— Ué, já cansou? — a Penélope ri. Hoje o cabelo dela tá legal, montado com um topete bem alto, mas amarrado atrás, deixando visível a mecha platinada que ela fez semana passada. Seria uma vingança incrível, raspar esse cabelo todo. Pena que eu nunca viveria tempo o suficiente para apreciar o momento.

— Já! — Fecho a apostila com mais força do que o necessário. — Pelo amor de Deus, tô morrendo aqui. Por que você tá fazendo isso comigo? Te ofendi em outra vida?

— De vez em quando você me ofende nessa mesmo, mas eu relevo. — Piscadela patenteada. — E não é castigo, não. Antes de pôr a mão na massa, você precisa aprender a teoria. E se fura o lugar errado e ferra o nervo do sujeito? Como é que a gente faz? Não posso deixar funcionário meu fazer besteira.

— Não vou machucar ninguém!

— Porque você tem visão de raio x? — meu pai comenta, e, entre o metal pesado que eles sempre deixam tocando na loja, o biombo, o zunido da agulha e o cliente tagarela, é quase um milagre que ele esteja acompanhando a conversa.

— Fica na sua, pai!

— Tem que ter humildade nesse ramo, guri. É o corpo de outra pessoa que você vai estragar se não fizer o trabalho direito.

"Guri". Faz anos que meu pai mora em São Paulo, então já perdeu muito do sotaque — ou pelo menos é o que minha mãe dizia. Pra falar a verdade, só lembro que ele não nasceu aqui quando me chama de guri ou desliza para um "tu" ou "contigo". Claro, puxa mais nas vogais do que um paulistano faria, mas não tem tanto daquele sotaque "cantado" que se costuma associar aos sulistas. Às vezes penso que essa diferença na linguagem é lenda urbana, um desses exageros que a gente vê na TV, mas daí minha avó liga e, meu Deus, a diferença é assustadora.

Nunca conheci nenhum dos meus avós. Os pais da minha mãe morreram num acidente de carro pouco antes de ela terminar o curso de Enfermagem, e os do meu pai moram no interior do Rio Grande do Sul. Obviamente nunca vi os primeiros, mas sempre me pareceu esquisito que não tenha conhecido os outros. O Rio Grande do Sul não é o fim do mundo.

Claro, o fato de meu pai ter fugido de casa aos dezesseis anos deve ter algo a ver com isso.

A questão é que nunca fui visitá-los, e eles só vieram pra cá uma vez, quando eu era pequeno. Mas faz uns meses que minha avó começou a ligar pro meu pai e jogar no ar que uma viagem à casa deles me faria bem. Geralmente rimos disso, mas hoje a ideia até que não pareceu tão ruim. Meu pai estava tatuando um cliente quando o celular dele tocou, então eu atendi. Minha avó passou uns cinco minutos me falando sobre quais comidas iria cozinhar pra mim e como eles estavam ansiosos pra passar um tempo com o único neto deles. Tentador. Com o sotaque carregado, então, pareceu ainda mais exótico.

Então meu pai trocou duas palavras com ela e desligou, e lá se foi o sonho.

De volta ao presente, a Penélope me dá uma escolha:

— Se estiver cansado de ler, pode varrer a loja. Isso aqui tá uma imundice.

Se ela pensou que eu ia voltar correndo pro manual, se enganou! Pego a vassoura na copa e começo a faxina.

Não sei como esse lugar junta tanta poeira. Isso aqui não é um salão de beleza, com fios de cabelo pelo chão a cada troca de cliente. Pelo contrário, eles são bem chatos com essa coisa de limpeza e esterilização dos instrumentos, e até me proíbem de entrar comendo ou bebendo na loja! De punk mesmo, os dois não têm nada.

Pra não falar dos papos que têm com os clientes — às vezes fico com medo que comecem todos a chorar.

Meu pai costuma brincar que todo tatuador acaba sendo meio psicólogo, porque os clientes adoram falar sobre os motivos que os levaram a fazer uma tatuagem, ou sobre quais serão as consequências uma vez que o desenho ficar pronto. Ele adora ouvir história, por isso sempre dá corda pra esse povo tagarelar.

Esse cliente, por exemplo. O cara fala pelos cotovelos! Já contou quinze mil histórias sobre a época em que a banda dele tocava em Campinas, e agora está cobrindo meu pai de elogios, falando da amiga que o recomendou, e blá blá blá.

Estou quase terminando de varrer esse andar enquanto a Penélope digita algumas coisas no computador, então ouço o seguinte:

— Mão boa essa que cê tem, hein?

Meu pai ri atrás do biombo.

— É, cara. Anos no ofício. A gente acaba pegando as manhas.

— Cê é casado?

— Não.

— Procurando a mulher certa, é?

— Que nada. Não tem ninguém perfeito, e já cansei de procurar.

Até aí normal, né? Dois marmanjos reclamando de dor de cotovelo, nada demais. Mas aí o cara me solta a pérola:

— E o homem certo? Também cansou de procurar?

Sem querer, deixo a vassoura cair.

Não sou a melhor pessoa para julgar essas coisas, mas meu pai não é exatamente bonito. É meio baixinho — acho que logo fico mais alto que ele —, tem cabelo bem escuro e encaracolado, e um nariz meio grande, pra não falar da barba sempre malfeita, como se ele tivesse caído de cara no barbeador.

Teve um tempo, quando eu era criança, que eu achava que tinha havido algum engano e eu não era filho dele, porque não nos parecemos muito. Puxei mais à minha mãe, com os olhos castanhos, pele mais escura e magrelo, não importa o quanto eu coma. Mas ela dizia que tínhamos o mesmo nariz, formato da boca e que nosso queixo é quase igual.

A questão é: apesar de parecer um adolescente, ele chama a atenção. Tem um corpo arrumadinho (pra um cara que não faz exercício nenhum) e uns olhos claros que a mulherada adora. É praticamente rotina que algumas das meninas que ele tatua deem mole pra ele. No começo era estranho, mas depois comecei a achar engraçado: lá está ele, tentando desenhar uma cerejeira no braço de uma garota com idade para ser minha irmã mais velha, e ela tentando virar minha madrasta.

Mas *isso aqui* é outra história. Olho para a Penélope, para ver se ela está tão embasbacada quanto eu. Ela nem levanta os olhos da tela.

— Foi o que eu falei, cara, não tem ninguém perfeito por aí — meu pai responde em tom de brincadeira. — Mas a gente não deixa de ir esbarrando nos errados, né?

Meu coração para por um segundo. Será que eu ouvi direito? Olho na direção da Penélope, mas ela continua não reagindo. O que há de errado com as pessoas hoje?

— Você ouviu isso? — sussurro para ela.

— O quê? O Marcos dando em cima do seu pai?

— É!

— Relaxa. Ele faz isso toda vez que vem aqui, é que você sempre tá na escola quando isso acontece.

— Mas por que ele não dá uma porrada nesse cara?

Isso a motiva a me encarar.

— Sabe quanto custa essa tatuagem que ele tá fazendo?

— E importa?

— São duzentos reais por sessão. Ainda faltam quatro etapas pra acabar. Se o seu pai desse um chega-pra-lá no Marcos, ia ser um prejuízo danado pra gente. Além disso — ela acrescenta, com um olhar fulminante — dar porrada nas pessoas não é jeito de resolver as coisas!

Ignoro a possível referência às minhas ações passadas e argumento, abaixando a voz ainda mais:

— Mas esse cara vai ficar pensando que ele é viado!

A Penélope revira os olhos e volta a prestar atenção no computador.

— Tatuagens doem, Artur. Seu pai é charmoso. Paquerar ajuda a liberar endorfinas no sangue, o que alivia a dor. Para de ser cricri e deixa o homem babar em paz.

— Mas… — Outro olhar da Penélope, um daqueles de silenciar até criminoso.

Tá bom. Não vou falar mais nada, mas que é errado, é! Ficar aceitando xaveco de homem só pra não perder o cliente? Tento pensar em outras coisas e não escutar o resto da conversa, mas é difícil ignorar que tem um cara três vezes do tamanho dele dando umas indiretas nojentas atrás do biombo.

Só consigo me distrair quando lembro que tenho o celular da Priscila. Repasso nossa conversa de manhã umas dez vezes e finalmente resolvo arriscar: mando uma mensagem pra ela.

ABRIL

Quarta-feira, 1 de abril

Apesar de estar me acostumando com as mensagens da Priscila, ainda sorrio que nem um idiota cada vez que ela fala comigo. Pelo menos agora estou na biblioteca e não tem ninguém pra me encher: semana passada o Pedro arrancou o celular da minha mão no meio da aula e por pouco não vê com quem eu estava falando.

Não que a conversa esteja cheia de juras de amor, nem nada: ela está contando do fim de semana, da conversa com a irmã que tá em Londres e sobre como os pais já estão planejando as férias de julho.

O sinal do quanto eu gosto dela é que fico alternando o olhar de *Os três mosqueteiros* para o celular a cada cinco segundos, esperando a próxima resposta. Ou, pensando bem, talvez seja sinal de quanto tô gostando do livro.

— Tá gostando do livro?

Quase caio da cadeira quando ouço a voz do Alexandre ecoando meus pensamentos. Estava tão distraído que nem o ouvi chegando de fininho, *de novo*. Dessa vez ele me encontrou na sala principal, já que cansei de sentar no chão uns dias atrás.

— Tô, sim, professor — respondo, limpando a garganta. E não é mentira: nas horas em que leio mesmo, em vez de ficar sonhando acordando, estou adorando.

— Que bom — ele diz, com um leve sorriso. — Sabe, você me deu uma ideia no outro dia. Estava pensando em começar um clube do livro aqui na escola. O que acha?

— Um clube do livro?

— Sim. Um espaço pra discutirmos livros…

— Não, eu sei o que é um clube do livro. Quis dizer, dentro do horário das aulas?

— Fora. Logo depois. Duas vezes por semana vocês terminam mais cedo, né?

Encaro-o por alguns segundos.

— Isso é pegadinha de primeiro de abril?

Ele parece meio ofendido e emendo, rápido:

— Então, professor, é que acho difícil alguém ficar mais tarde sem… *precisar*, sabe.

Difícil não é bem a palavra; *impossível* seria mais adequado. O Alexandre é ótimo professor, mas ninguém fica na escola sem um bom motivo.

— Mas seria uma ótima oportunidade pra lermos obras fora do currículo! Coisas interessantes, que originassem discussões legais, e… — Ele suspira quando eu continuo balançando a cabeça. — E se quem participasse ganhasse meio ponto na média? — ele pergunta, como quem perdeu uma batalha.

Considero por um instante.

— Um ponto, no mínimo, professor. Daí você tem uma chance.

Ele dá um aceno curto, parecendo decidido.

— Bom, se não tem outro jeito...

— Esse é o espírito, professor — arrisco um sorriso.

— E em casa, tudo bem? — ele pergunta de repente.

Dou de ombros. Lembro que ainda estou sem o livro que o Alexandre pediu, e amanhã tenho aula dele. Mas ele não me pergunta sobre isso, e logo me deixa sozinho com *Os três mosqueteiros*.

....

Segundo dia do castigo (ou treinamento, depende da interpretação), e não estou nem perto de terminar aquele monstro de livro. A Penélope acaba me liberando mais cedo da loja quando não paro de reclamar da apostila — ou talvez deva dizer "me expulsa", já que as palavras exatas dela foram "se eu ouvir mais um suspiro você vai me entregar uma resenha de dez páginas disso aí". Não quis arriscar, e o resultado é que me vejo sozinho em casa às quatro da tarde, parado no meio da sala, sem saber o que fazer.

O apartamento vazio me dá nos nervos. Odeio silêncio. Sabe quando surge aquela pausa constrangedora numa conversa, e a outra pessoa fica esperando você dizer alguma coisa? O silêncio sozinho faz isso também. Parece que está esperando algo de você. Mas não tem com quem falar, então você é obrigado a pensar.

Por isso ligo o som. No aparelho já estava um CD de rock pesado, metal, não exatamente meu estilo. Mas ouvir um cara berrando é um bom jeito de preencher o silêncio, então deixo esse mesmo.

Os CDs do meu pai são a única coisa organizada em todo o apartamento, empilhados por ordem de gênero (e depois, alfabética) em várias estantes. É como se ele tivesse gastado toda sua capacidade de organização em uma única coisa, e depois não tivesse sobrado mais nada pro resto da vida.

O resto do apartamento, por exemplo… digamos apenas que, se a gente tivesse qualquer coisa de valor, eu suspeitaria que vários ladrões tivessem entrado e vasculhado o lugar. Meu pai até tenta arrumar, mas não tem jeito: em dois dias, volta tudo como estava. Não tenho como não lembrar do apê antigo e, apesar dos gritos do homem da banda, consigo ouvir a voz da minha mãe perfeitamente: "Guilherme, que horror isso aqui!".

Abro um sorriso, e daí me lembro.

Por um segundo considero acompanhar o grito do cara, que agora está se esgoelando na música. Em vez disso, vou lavar a louça.

Acabo rápido demais, então começo a jogar fora os restos de comida e as coisas vencidas ainda na geladeira, e daí passo pra sala: pego as roupas largadas e vou até os respectivos armários. Na despensa encontro vários produtos de limpeza que lembro vagamente de ter visto minha mãe usar. Não pode ser tão difícil… pra que serve um desinfetante mesmo?

Meu pai abre a porta e interrompe meu arroubo de limpeza bem quando estou pegando um rodo.

— Artur? Que é isso? — ele chama da sala.

Apareço, rodo na mão, e dou de ombros.

— Tava impossível encontrar alguma coisa por aqui, então resolvi dar uma organizada.

Ele concorda com a cabeça, devagar.

— Verdade… a gente precisa tirar um dia pra limpar isso aqui de cabo a rabo.

Levanto uma sobrancelha, mas se ele percebe a minha descrença, não fala nada.

— A Pê tá lá embaixo com o carro. Comprei umas coisas aqui pra casa, então desce pra me ajudar a pegar as sacolas e depois a gente termina essa faxina. Tem coisa pra fazer lanche o resto da semana! — ele comenta, orgulhoso de si mesmo. Lanche. Quando não estou na loja, fico sozinho em casa o dia inteiro e ele espera que eu coma pão em todas as refeições. Às vezes me pergunto como ele sobreviveu sozinho durante tanto tempo.

São *muitas* sacolas. Pesadas. Acho que ele fez compras pra pelo menos umas duas, três semanas. Despejamos as compras sobre a mesa. Imagino que vai tomar banho e me deixar guardando tudo, mas, antes, mexe em uma das sacolas e diz:

— Pensa rápido!

Por sorte, levanto os olhos bem a tempo de ver um pacote voando na direção da minha cabeça. Retangular. Não parece nada leve. Solto tudo que estava segurando pra não levar uma pancada na cara, viro o pacote nas mãos e olho pra ele.

— Que é isso?

Ele dá de ombros, um sorriso maroto no canto da boca.

— Ué, abre.

Rasgo o embrulho pardo e… adivinha: é o livro pra aula do Alexandre. Olho pro meu pai, um pouco espantado, um pouco surpreso, muito confuso e — não que eu vá falar isso pra ele — aliviado.

— Uau... hã. Onde você conseguiu?

Ele sorri, então vira as costas e começa a tirar coisas de algumas das sacolas.

— Ah, conheço um cara no mercado negro. Foi uma pechincha: só tive que dar o rim como entrada e a alma em parcelas suaves.

Ele olha por cima do ombro justo quando estou fazendo cara feia e ri.

— Arranjei através de um contato, que sabia onde achar mais barato. Você ainda precisa, né?

Balanço a cabeça freneticamente.

— Ótimo, então tá aí. Agora só quero ver nota alta nessa matéria, hein! — Ele sorri, e, pra minha surpresa, começa a levar o que tirou das sacolas para os armários.

Amanhã não vou precisar sentar junto de gente que não conheço, só pra pegar informações do livro dos outros. Segunda boa notícia da semana! Pela primeira vez em meses, quase fico ansioso pra ir pra escola.

Quinta-feira, 2 de abril

Tenho o bendito livro pra aula do Alexandre, acordei com uma mensagem da Priscila (perguntando de uma tarefa, mas mesmo assim!) e meu pai até fez café da manhã. Tenho a sensação de que o hoje o dia vai ser bom.

Mudo de ideia uns dois minutos depois de eu chegar na escola.

— Ô Artur, que é isso? Livro novo? Roubou de onde? — É o Pedro, óbvio. Mal sentei e ele já vem me encher o saco.

Felizmente, o Alexandre entra na sala e começa aquele burburinho de aluno se ajeitando na carteira. O Pedro tem que sentar e me deixa em paz por enquanto, embora eu saiba bem que eles ainda não esqueceram o dia da prova. Nossa relação de amor e ódio está pendendo bem mais pra um dos lados nas últimas semanas. Tento esquecer e pensar que pelo menos vou começar o dia com uma aula boa.

— Tudo bem, pessoal? — pergunta o Alexandre, se encostando na mesa do professor. Vários resmungos. — Essa é a animação que eu gosto de ver. Bom, antes de começar a aula, quero falar com vocês sobre outro projeto. — Ele espera um segundo, para efeito dramático. — Quero começar um clube do livro com o ano de vocês. Que tal?

Fico surpreso por ele já estar falando disso, mas então admiro: ele teve uma ideia e a está pondo em prática. O resto da turma está com uma cara meio de paisagem, se entreolhando, como que buscando ajuda pra reagir à questão.

O Alexandre continua inteiramente calmo.

— Como assim, professor? — enfim pergunta uma das meninas.

— Bom, a ideia é que a gente leia o mesmo livro e se reúna regularmente pra discuti-lo, alguns capítulos de cada vez. É um jeito legal de trocar ideias, um modo de enriquecer a experiência de leitura. Cada um tira de um livro ideias suas, pessoais, que a gente nem pode imaginar. Essa coisa de professor e livro didático ficarem falando "o que o autor quis dizer" é muito restritiva... pra não dizer uma grande bobagem. Um livro tem mil leituras diferentes, se tiver mil leitores diferentes...

Ele já se desapoiou da mesa e está gesticulando, animado. É incrível: olhando ao redor, vejo olhares brilhando com um pouco de interesse. Só ele mesmo pra conseguir isso.

— E como vai funcionar, professor? — pergunta outro.

— Bem, o melhor horário seria de quinta, na sexta aula...

— Ah, não!

— Professor, a gente não tem aula nesse horário!

O Alexandre faz um gesto pacificador, e espera as reclamações acabarem. Então olha pra mim com uma sobrancelha levantada, e eu rio baixinho. Eu disse, não disse?

— Não posso tirar horário das aulas pra fazer isso, ou ficaremos atrasados no conteúdo básico. Mas pra recompensar o esforço de vocês, combinei com o diretor que quem participar vai ganhar um ponto na minha matéria.

Alguns até se endireitam na carteira. Um ponto na matéria do Alexandre não é pouca coisa, porque as avaliações dele são lendárias — os alunos do Médio ficam botando terror na gente, falando que é melhor nem comer na semana anterior às provas, que elas são à prova de cola, e por aí vai. Garantir um ponto só tendo que ler um livro não parece tão mal.

— Claro que só ganha o ponto quem participar *de fato*. Não adianta sentar e ficar só ouvindo os outros discutir. Quero ouvir a opinião de todos, e vou exigir 80% de presença.

— E… o que a gente vai ler?

— Ainda não decidi, mas não vai ser parte do currículo obrigatório. Nada de livro de vestibular. Isso vocês já leem normalmente.

Na verdade lemos muitos resumos, mas não quero destruir mais sonhos dele.

— Pra vocês não ficarem preocupados com quem mais vai estar lá, não vou passar uma lista — ele diz, escrevendo o e-mail na lousa. — Enviem o nome e a sala de vocês, e eu aviso quando formos começar e qual o livro. — Vejo vários anotando, inclusive a Priscila, e faço o mesmo. Não que já não fosse participar: me sinto meio obrigado, já que dei a ideia. Mas, se ela vai estar lá, ainda melhor.

Enquanto o Alexandre espera uma nova onda de conversas reduzir de volume, levanto discretamente o livro que meu pai comprou. Ele não parece muito surpreso, mas vejo um sorrisinho de canto de boca. Com certeza já suspeitava que um dia meu pai ia cair na real e comprar logo essa porcaria.

— Bom, vamos começar, então?

Domingo, 5 de abril

Existem três coisas no mundo que me salvam da insanidade e do tédio absoluto: HQs, mas já li todas as minhas quinhentas vezes; videogames, mas já zerei quase todos os que estão lá em casa — e nem a pau meu pai vai me dar dinheiro pra isso; e skate. Não sou nenhum profissional, mas até que sei umas manobras bacanas — desde que não envolvam rampa — e sempre que posso venho até o Ibirapuera dar umas voltas.

Depois de uma hora na pista, acabo ficando entediado. É nítido que os caras na rampa estão se divertindo bem mais do que eu — principalmente porque tem um grupinho de meninas aplaudindo e assoviando cada vez que eles fazem algum truque mais perigoso.

Preciso *mesmo* começar a praticar mais. Aposto que esses caras saem com uma garota diferente toda semana.

Estou pra dar as costas e ir embora quando ouço uma voz familiar:

— Deixa eu tentar?

Como é que não a reconheci antes? Não é como se a Letícia se esforçasse pra ser discreta, não importa a situação. Agora ela está de pé, agitando os braços, toda animada. Está usando um shortinho curto e uma camiseta de ginástica, o cabelo preso num rabo de cavalo. Acho que é a primeira vez que a vejo sem maquiagem.

Um dos garotos ri.

— Nem dá, loirinha... vai que você se machuca.

Ela sorri com o mesmo desdém que reserva pra alguns dos garotos da nossa sala e diz:

— Pode deixar que desse rostinho eu cuido muito bem. Vai me emprestar o skate ou vou ter que pedir pra outra pessoa?

Quase sigo o impulso de oferecer o meu, mas ela e eu não somos muito chegados, então ia ser meio estranho. Além do mais, dois outros caras já ergueram seu equipamento, e ela sorri vitoriosa, sem nem me ver ali, observando.

Claro que ela não tem a mesma habilidade que os caras que estavam dando o showzinho, mas até que não se sai tão mal — até se arriscar um pouco alto demais e cair do skate.

Me sinto mais confiante depois de ver a garota mais gata da escola se esborrachando no chão e resolvo arriscar. Enquanto uns cinco caras vão oferecer a mão pra ela levantar, ponho o skate no chão e tomo impulso. Subo a rampa, uma mão apoiando o skate, e me viro no ar. Penso: vai dar certo! Daí o skate escapa e estou voando direto pro chão, os braços balançando involuntariamente como se estivesse tentando voar, a boca aberta num grito engasgado.

Amorteço a queda com o braço direito, e não sei como todos os ossos não quebram imediatamente. Mordo a bochecha pra não gemer de dor.

Talvez ela não tenha visto, penso. Então ouço uma risada alta, incrédula e conhecida. Fecho os olhos, no chão mesmo. Quem sabe já não me enterram por aqui?

A risada da Letícia faz os outros skatistas, além da plateia de garotas, seguirem o exemplo. Me levanto e saio da rampa, rindo aquele riso de quem acabou de se estatelar e está com muita dor mas quer salvar a honra de alguma forma.

Mas a própria Letícia não está mais rindo e, para minha surpresa, se afasta dos outros e vem até mim.

— Oi, Artur.

— Ai. É, oi.

Passo a mão no cabelo. Nunca troquei nem duas palavras com a garota.

— Obrigada — ela diz.

Talvez a queda tenha bagunçado meu cérebro.

— Hã?

— Por fazer a minha queda parecer uma manobra radical — ela explica, com um tom meio brincalhão, meio maldoso. Abro a boca pra retrucar, mas ela já está se afastando.

Ótimo, penso. Não basta cair, tem que passar vexame na frente da garota mais popular da sala, e ainda entrar direitinho na piada dela. Muito bem, Artur. Mandou muito bem mesmo.

Ponho o skate no chão e estou prestes a cair fora, quando vejo que, em vez de observar os caras na rampa, ela está me olhando por sobre o ombro e sorrindo pra mim. Não um sorriso desdenhoso e debochado, mas... divertido? Pelo menos minha humilhação serviu como entretenimento.

Tento não me sentir muito confiante: aposto que isso não vai impedi-la de contar o caso pra sala inteira. Vou ter sorte se não for zoado na internet hoje mesmo. Acho que estou me acostumando com a escola, no fim das contas, porque a ideia nem me incomoda tanto.

Quinta-feira, 9 de abril

— O que tem pra jantar?

— Vamos sair? — ele pergunta, animado, e até ergo uma sobrancelha, porque ele não me leva pra comer fora faz uns dois anos. — Tá a fim de uma pizza? Abriu um lugar novo aqui perto.

Pelo visto a loja está finalmente dando lucro, porque o lugar fica na Bela Vista e é bem arrumadinho. Meu pai é todo papo no caminho, e quando sentamos à mesa da pizzaria já lotada ele ainda não terminou de falar sobre a loja e os clientes do dia. Ouço meio distraído, pensando sobre as mensagens que troquei com a Priscila hoje.

— Artur, tá me ouvindo?

— *Tô*, pai. Cadê o garçom? Achei que restaurante chique tivesse um serviço melhor!

— Tá com pressa pra quê? A internet ainda vai estar lá quando a gente sair — ele provoca. — Me conta alguma coisa da sua vida.

Vejamos: todo mundo me odeia na sala exceto uma garota que talvez nem perceba que eu tô a fim dela, vivo sob a ameaça de vingança de uma gangue de filhinhos de papai, e a garota mais popular do ano me viu fazer papel de idiota — e aparentemente não contou pra ninguém, o que me deixa mais nervoso do que tranquilo. O que ela tá planejando?

Dou de ombros.

— Ah, vá, deve ter *alguma* coisa pra contar.

— Não. Tudo igual.

— E a escola, como tá indo?

— A mesma porcaria que era a outra.

Ele ri, mas eu nem estava brincando.

— Então já pode parar de ficar bravo por causa da transferência, né? — Piscadela. Olho feio pra ele, mas ele só ri mais alto e me empurra, de leve, com o ombro. — Desfaz essa cara, guri! As coisas podiam ser bem piores.

— Acho difícil — murmuro.

— E os amigos? Não vai mais na casa do Gustavo?

— Não.

— E na escola? Você não foi fazer trabalho na casa de alguém esses dias?

— Foi mês passado, e era só trabalho de escola.

— Mas é assim mesmo que começa! Você vai ver, logo, logo vai começar a sair com os seus amigos e nem vou te ver mais…

— Pai, *para com isso.* Eu não tenho amigos, beleza? A gente pode mudar de assunto?

Ele suspira de leve e tô vendo que está prestes a dizer alguma coisa que só vai ser constrangedora pra todo mundo, mas daí se endireita na cadeira.

— Mas olha só quem tá aqui... — ele comenta numa voz tão baixa que nem sei se está falando comigo ou sozinho.

Me viro.

Não teve um cara que disse que, quando alguma coisa pode dar errado, vai dar? Ele sabia das coisas.

Ninguém menos do que o Alexandre entra na pizzaria, usando jeans e camiseta (ca-mi-se-ta!). Estou prestes a falar pro meu pai olhar pra baixo e não fazer movimentos súbitos, mas antes que consiga reagir, o Alexandre olha bem na nossa direção e nos reconhece, é claro.

E como não é pessoa de fugir das coisas, vem até nossa mesa.

— Oi, Artur. — Ele sorri pra mim, então olha pro meu pai, completamente neutro. — Guilherme, como vai?

— Professor, que cê tá fazendo aqui? — pergunto, tentando manter o desespero longe da voz e não fazer a pergunta que realmente está na ponta da língua: "O que cê tá fazendo aqui, *com tantos outros lugares no mundo*?".

— Um amigo meu é dono do restaurante, mas acho que ele não precisa mais do apoio de conhecidos pra encher mesas. — Ele olha para as mesas todas ocupadas com um sorriso no rosto. — Pelo visto vou ter que procurar uma alternativa hoje.

— Quê isso — diz meu pai calmamente —, senta aí.

Sério, quem faz isso? Olho pra ele tentando expressar o quanto acho que essa é a pior ideia que ele poderia ter tido. Convidar o professor Alexandre pra jantar com a gente? Ele, que fez um escândalo porque eu ia perder uma aula?

O Alexandre balança a cabeça.

— Não, imagina. Não quero me intrometer num jantar de família.

— O Artur chegou naquela idade em que não diz nada — meu pai ri. Precisava me pôr no meio? — É capaz que você saiba mais da vida dele do que eu.

— Pai!

Meu professor, pra minha surpresa, solta uma gargalhada.

— Fica tranquilo, Artur, não vou revelar nada... — E, pro meu pai: — Tem certeza?

— É claro. Por mais que seus métodos de ensino sejam questionáveis, ninguém merece ficar sem pizza.

Escondo a cara nas mãos. Sabia que ele ia dar alguma alfinetada! O Alexandre ou não percebe ou resolve ignorar em nome da comida, porque senta em uma das duas cadeiras vagas na mesa para quatro. Antes que meu pai retome a discussão e deixe as coisas pior ainda, falo rápido:

— E o clube, professor? Parece que vai ser legal.

Os olhos dele brilham de animação.

— Tivemos mais inscritos do que eu imaginava, sabe?

— Clube? — meu pai pergunta.

— O Artur me inspirou a criar um clube de leitura extracurricular.

— Ah, é? — Meu pai levanta uma sobrancelha, mas não tem tempo de perguntar mais porque vem um garçom anotar o nosso pedido.

Ainda bem, porque não quero que fique sabendo do meu novo amor pela biblioteca da escola, nem de como converso com o Alexandre de vez em quando. — Viu como você tem coisa pra contar? — Ele aponta um garfo na minha direção. — E o que vocês vão ler nesse clube, Alexandre?

— Ainda não decidi. São tantas opções! Há uma série de obras clássicas que não fazem parte do currículo que acho que eles aproveitariam, e...

Sinto um desânimo imediato, e meu pai nem tenta disfarçar a desaprovação.

— Você não espera que eles se empolguem com os *clássicos*, né?

O Alexandre se vira para mim, como quem busca apoio.

— Artur?

— Esses livros são meio... longos e tal... — eu murmuro. Então lembro do Dumas, mas, antes que possa dizer qualquer coisa, meu pai inclina a cabeça pra mim.

— Viu? Essa é a sua chance de fazer com que eles leiam algo de que gostem de verdade. Não seria bom se a escola fizesse as crianças *gostarem* de ler, em vez de obrigá-las a ler coisas de duzentos anos atrás que não têm nada a ver com a vida delas, e ainda por cima são chatas?

— Não sou criança — digo.

— Não são chatas! — protesta o Alexandre. Então vê a minha cara e acrescenta, numa voz mais controlada: — Nem todas.

Meu pai aproveita a brecha:

— Esse seu clube já não vai ser voltado pro vestibular, o que é legal, porque acho que eles já ficam focados demais nas notas e acabam não tendo oportunidade de aprender coisas pra vida. Não que Matemática e afins não sejam úteis, mas nem tudo é estudo. Então aproveita e deixa eles lerem algo divertido, se seu objetivo é que procurem outros livros depois. Já leu ficção científica?

Tomo um gole de refrigerante pra não olhar pra cara do Alexandre. Até parece. *Os três mosqueteiros* é até justificável — tem todo um interesse histórico e tal — mas ficção científica é ir longe demais.

— Não conheço muito o gênero.

— Bom, eu adoro — diz meu pai, e é verdade. Pra um motoqueiro tatuador, ele tem uns gostos bem nerds. — Lembro que, quando era moleque, cabulava as aulas de química pra ficar lendo Júlio Verne e Ray Bradbury na biblioteca. Era incrível! Foi o que me fez gostar de ler em primeiro lugar. Essa história de que adolescente não lê é tudo bobagem, sabe? Quando falam essas coisas, querem dizer que adolescente não lê, sei lá, José de Alencar. Mas nem adulto lê José de Alencar. *Ninguém* quer ler José de Alencar. — Sou obrigado a concordar com meu pai. — Eles leem, sim, mas a escola diz que o que eles gostam de ler não é bom ou importante o bastante. Como se a leitura tivesse que ser útil!

— Você não acha que ela pode ter essa função? — O Alexandre parece, para a minha surpresa, estar genuinamente interessado na conversa.

Fico feliz quando chega a pizza, mas meu pai retoma o assunto:

— Acho que todo livro bom é útil pra vida da pessoa, mas não necessariamente por ser educativo. Às vezes te faz pensar, ou fala alguma coisa que você tá sentindo naquele momento, ou simplesmente te distrai por algumas horas. Mas ler um livro porque você tem que aprender alguma coisa é horrível. Passa a ideia de obrigação, entende? E ninguém gosta de ser obrigado a fazer alguma coisa.

O Alexandre mastiga devagar e observa meu pai, como se estivesse pensando seriamente sobre os argumentos dele. Pra falar a verdade, suspeito que esteja discordando de tudo e desprezando as sugestões, mas é legal da parte dele não comprar briga.

O resto do jantar passa sem grandes discussões, e agradeço aos céus que meu pai não pergunta nada sobre mim. Quando vamos nos despedir, o Alexandre diz:

— Vou pensar no que você disse, Guilherme.

Meu pai sorri, convencido, até o estacionamento.

— Quer apostar que te salvei de uma boa? — pergunta, antes de pôr o capacete.

Segunda-feira, 13 de abril

Mais um dia, mais uma batalha. Hoje, além de canelada, o Mateus ainda resolveu completar o serviço pondo o pé na minha frente na hora da saída. Resultado: caí feito um saco de batatas. Sério, esses babacas vão guardar rancor por quanto tempo ainda?

A pior parte foi que eu tinha *acabado* de combinar com a Priscila de nos vermos outra vez amanhã, e ela estava presente pra mais essa humilhação. Se eu fosse paranoico, diria que esses cretinos fizeram isso *justamente* porque ela estava por perto.

Falando na Priscila, dessa vez ela sugeriu irmos lá em casa. *Na minha casa.* Naquele buraco desorganizado que meu pai e eu chamamos de lar. Existe alguma maneira educada de dizer: "Ah, então, nem a pau. Sabe o que é? O apartamento do meu pai é um lixo de quarenta metros quadrados, e depois que você puser os pés por lá, qualquer chance que eu tinha de a gente dar uns amassos vai evaporar?". Não tem. Então o jeito foi sorrir da maneira menos forçada possível e concordar.

Chego na loja com um humor daqueles, pensando nos hematomas e em como posso deixar a casa decente pra visita da Priscila — e me certificar de que meu pai não vá estar lá amanhã à tarde. Felizmente ele diz que tá com a agenda cheia, e aviso que não vou poder ajudar na loja porque tenho trabalho pra fazer.

— Ah, é? — diz a Penélope, que não perde nada. — Então deixa esse lugar brilhando, hein!

Quando ela sobe pra atender um cliente, aproveito pra checar as mensagens no celular. Nada da Priscila, mas chegou um e-mail do Alexandre.

De: Alexandre ✉ ENTRADA

Para: Clube do livro

Olá, clube do livro!

Escolhi nossa primeira obra. Inicialmente pensei em lermos algum clássico da literatura mundial, algo que vocês não leriam para as outras aulas, mas me foi notado que talvez vocês apreciassem um gênero mais divertido, como ficção científica. Depois de pensar sobre a questão, encontrei um modo de fazermos ambos.

O livro escolhido é Fahrenheit 451, de Ray Bradbury, um clássico da literatura norte-americana e um dos mais importantes autores de ficção científica da década de 1950. Peço que leiam até a página 60 para podermos começar a discussão quinta que vem. Vocês podem encontrá-lo nos seguintes locais: ...

O e-mail continua com edições e lojas recomendadas, mas releio o começo pra ver se não estou sonhando. Não, tudo indica que o Alexandre realmente ouviu o falatório do meu pai. Nem acredito, mas a escolha não parece de todo mal.

— Ô pai! — grito. Ele está atrás do biombo, fazendo alguma tatuagem.

— Quê?

— Você tem *Fahren*…

— Tenho o quê?

— Um livro... de um cara da década de 50, *Fahren* alguma coisa...

— Ah! *Fahrenheit 451*? Tenho, sim.

Ótimo: pelo menos não é outra coisa que vou ter que convencê-lo a comprar.

— Preciso dele hoje! Não vai esquecer, hein!

— Por que hoje? Seu clube só começa semana que vem — ele diz, e… peraí.

— Como você sabe que é pro clube?

Ele não responde por alguns segundos.

— Você disse que ia começar. Eu só imaginei… — a voz dele some atrás do biombo.

— Eu disse? — Pra falar a verdade, não me lembro de ter dito nada. Mas a Penélope acaba com o assunto quando me dá um tapinha na nuca e me manda voltar pro trabalho.

Então, pela promessa de algum dia aprender alguma coisa útil com ela, obedeço.

....

Uns minutos depois a Penélope tá descendo as escadas.

— Pê, meu cérebro tá derretendo — reclamo, e faço até um beicinho exagerado, porque ela sempre ri quando faço isso. — *Por favor*, deixa eu te acompanhar nessa sessão! Eu já aprendi o basicão, agora preciso ver na prática.

Ela tamborila os dedos na bochecha, fazendo cara de quem pensa muito sobre o assunto, mas finalmente diz:

— Tá bom, vai. Hoje o Felipão vem furar o mamilo, às sete. Quer ver?

Fecho a cara.

— Tá de sacanagem, né? Ver marmanjo furando o peito? Se fosse uma gata…

Outra voz interrompe:

— Menino, na sua idade, se você vir uma mulher com o peito de fora, desmaia.

— *Pai, não enche!*

A Penélope ri, lógico.

— A Luciana vai vir furar a língua no sábado. Quer ajudar?

Luciana é uma amiga de faculdade da Penélope, e deixa eu falar: Luciana é muito gata. Loira, alta e *personal trainer*. Uma vez comentei isso com a Penélope e ela me disse uma coisa que nunca mais esqueci: "Não existe mulher feia, Artur. Existe mulher pobre".

Se isso for verdade, então a Luciana deve ser *podre* de rica.

Abro um sorrisão.

— *Se quero!*

— Ah, e você tá com sorte — meu pai acrescenta —, porque ela acabou de terminar com o namorado, né, Pê?

Ela revira os olhos.

— É, sim. E fiquei sabendo que tá procurando um chave de cadeia! — Ela joga uma bolinha de papel na minha testa. — Vê se toma jeito, moleque! A gente tem idade pra ser sua mãe.

— Vocês que tão falando besteira. Eu só quero aprender a colocar *piercing*.

Ela vira as costas pra mim e volta a digitar as planilhas que estava fazendo antes. Suspiro, meio irritado. Ela sempre me trata como criança! Tudo bem que já passou do três-ponto-zero, mas não é como se fosse uma diferença de idade tão grande assim. Só, tipo, um pouco mais da metade da minha vida.

Pensando bem, ela tem mesmo idade pra ser minha mãe.

Se eu dissesse que nunca pensei nisso, estaria mentindo na cara dura. A Penélope pode não ser um furacão como a Luciana, mas também não é de se jogar fora. Depois que passa o choque do cabelo rosa, das tatuagens e dos *piercings*, você percebe que ela até que é bem bonita. Fico pensando como é possível que ainda não tenha laçado alguém, porque é exatamente o tipo de mulher que você encontraria de alianças com um motoqueiro punk.

O que me leva a pensar: por que eles nunca consideraram essa alternativa óbvia? Ela e o meu pai se conhecem há anos e ela sempre teve um jeito de… sei lá, colocá-lo na linha. Por exemplo, quando comento que a louça fica toda pra eu lavar, ela sempre dá bronca nele, e de vez em quando ele até arruma a casa pra compensar. Além do mais, eu poderia ter aulas do ofício em casa.

— Pê, você acha o meu pai bonito?

Ele bota a cabeça pra fora do biombo.

— Como é que é?

— Seu pai sabe que eu acho ele tudo de bom — ela diz.

Meu pai bufa, revira os olhos e volta a atenção pro cliente.

— Cala a boca!

Sinto meus lábios se contraindo num sorriso.

— Então porque não sai com ele?

— Ô Artur, que conversinha besta, hein! — meu pai praticamente berra. Imagino a cara dele, deve ser impagável.

Sem deixar a bola cair, continuo:

— Mas é sério! Vocês dariam um casal da hora!

O cliente está rindo alto agora. A Penélope umedece os lábios, e parece que está tentando segurar o riso.

— Seu pai é um cara incrível, mas a gente não combina nesse aspecto.

— Lógico que combinam! Vocês gostam das mesmas coisas e se dão superbem!

— A gente se parece demais pra dar certo juntos.

Sacudo a cabeça.

— Vocês não são nada iguais!

— Somos bem mais parecidos do que você pensa. Vai por mim, já tentamos isso antes e não deu certo…

— *Como é que é?*

— Ô Penélope! — meu pai grita.

Ela morde o lábio, parecendo culpada.

— Foi mal!

— Vocês já…? — Nem sei como completar a frase. Nem sei se *quero* completar a frase. — Quando, isso?

— Ah, faz muito tempo! Você ainda era pequeno. Mas não importa. O importante é que ele e eu somos melhores como amigos, mesmo.

— Meu mundo acabou de cair.

— Deixa de ser dramático! Você acabou de falar que queria a gente junto.

— É só que... sei lá, é estranho. Como é que eu nunca soube disso?

— Porque ninguém te contou. Não era importante.

— Lógico que era! Porque não deu certo?

— Já disse: a gente é muito igual. Seu pai precisa de alguém mais paciente do que eu...

— Eu preciso é que vocês parem de falar de mim como se eu não tivesse aqui, isso sim!

— E mais maduro, também! — ela acrescenta, fazendo uma careta que ele nem vai ver, mas que me faz rir alto.

Olho na direção do biombo e depois de volta pra ela, tentando imaginar os dois juntos. Lembro dos dois rindo, se empurrando em público, desenhando com canetinha um no braço do outro. Percebo que ela tem razão: ambos ainda têm um pezinho na adolescência, e formam uma dupla um tanto imatura.

— Desse jeito o meu pai vai morrer sozinho — comento baixinho. — A gente não conhece ninguém maduro o suficiente.

— Que nada! Tenho certeza que a pessoa certa pra ele existe, então você não tem que se preocupar. — O sorriso ela é menos sarcástico e mais gentil agora. — Aliás, porque não deixa *ele* pensar sobre isso? Você ainda tem uns quatro capítulos pra ler antes do sábado.

Dou um gemido exagerado e volto para aquele tijolo que ela chama de livro.

Quinta-feira, 16 de abril

A vantagem de não fazer parte de qualquer panelinha é que eu nunca mais cheguei atrasado pra aula nenhuma, considerando que não tenho ninguém com quem ficar papeando. Isso se estende ao clube do livro.

Quando chego, a biblioteca está vazia, mas dá pra ouvir o som estridente de alguma coisa sendo arrastada nos fundos. Sigo o barulho até encontrar uma sala menor com apenas algumas mesas.

— Ah, Artur! — o Alexandre exclama assim que me vê. — Pode me dar uma mão com isso?

Como imaginei, ele está separando as cadeiras das mesas, empilhando as primeiras uma em cima da outra. Largo a mochila num canto.

— Claro, professor. Do que cê precisa?

— A ideia é deixar esse espaço livre e alinhar as mesas pra que o pessoal tenha onde guardar o material. Pode afastar essas cadeiras, por favor?

Trabalhamos rápido e em menos de cinco minutos a sala já está arrumada o suficiente pra caber um grupo de adolescentes espaçosos.

Pego minha mochila pra pôr na mesa comprida que a gente montou para os materiais, e lembro que anotei umas coisas sobre o livro de hoje, então tiro o caderno e começo a procurar pela página.

— São muito bons — ele comenta.

— O quê?

— Os seus desenhos. — Ele aponta pro caderno. A maior parte das páginas está coberta de rabiscos que costumo fazer durante as aulas.

— Ah, obrigado. Não é nada, pra falar a verdade. Só uma mania que tenho quando fico entediado.

— Mas você parece ter talento para isso. Já pensou em desenvolver essa habilidade?

Sinto minha testa franzindo. A verdade é que não, nunca tinha pensado nisso. Quem tenta ganhar a vida desenhando é o meu pai, e sei bem como essa história se desenrola.

— Não — respondo finalmente. — Acho que não ia servir pra nada. É só pra passar o tempo mesmo.

Ele sorri meio torto.

— Algo me diz que os ilustradores dos gibis de que você tanto gosta discordariam.

Reviro os olhos.

— Primeiro: *gibi* coisa nenhuma. Turma da Mônica é gibi, beleza? Eu leio HQs. Segundo: é diferente. Esses caras são profissas. Tipo, estudam em faculdade, fazem isso o dia inteiro, sei lá. É diferente.

Ele pensa por alguns segundos antes de responder.

— Então seu único problema com a perspectiva de ilustrar histórias profissionalmente é que não acha que vai ter um currículo qualificado o suficiente?

— Não, é que eu acho que ser atingido por um meteoro é mais provável.

— Artur, tem você tem a juventude a seu favor, todo um universo de possibilidades nos anos que tem pela frente. — Só ele mesmo pra falar esse tipo de coisa e não parecer ridículo. — Está na melhor posição possível pra decidir qual carreira quer seguir.

Eu rio.

— Essa é a parte que você diz que se eu estudar muito e tirar boas notas posso ser o que eu quiser?

— Não, essa é a parte em que eu digo que se você investir nas suas habilidades e se esforçar, pode fazer algo de que *goste*.

— É... obrigado, professor — respondo, sem jeito. — Vou pensar sobre isso.

Essa conversa realmente tomou um rumo inesperado. A verdade é que gosto de HQs e até seria legal trabalhar com isso, mas parece algo tão... distante e impossível. Na verdade, sempre que penso no futuro tenho essa sensação. Como se o resto da minha vida estivesse escondido por trás de uma cortina espessa de névoa: ele existe, mas não dá pra ver muito bem o que está acontecendo.

Ainda assim, é legal da parte dele se importar, e falar como se fosse uma possibilidade real. Pela primeira consigo ver algo através da névoa: precisaria suar a camisa, sim, mas quem sabe... Não consigo me imaginar falando disso com meu pai. Ao mesmo tempo que reclama que a escola exige demais da gente, ele com certeza ia falar para eu abandonar essa ideia louca e estudar pra ter um emprego garantido.

Deixo isso pra lá quando a porta se abre e alguns alunos entram. Vejo a Priscila sem precisar procurar.

— Oi, Artur — ela vem até mim. — Animado?

— Muito — respondo. Menos sobre o clube, mais pela perspectiva de passar essa próxima hora com ela.

O resto das pessoas também está entrando. Vejo um pessoal das outras classes, uns garotos da turma dos rejeitados, a Letícia (que me dá um tchauzinho), e... só pode ser brincadeira.

— Só pode ser brincadeira — repito o pensamento em voz alta. — O que o Felipe tá fazendo aqui?

Felipe, o braço direito do Pedro. Pela cara de limão azedo que faz agora, olhando ao redor para os outros membros do clube, não há dúvida de que preferia estar em qualquer outro lugar. Algo que temos em comum: eu também preferia que ele estivesse em qualquer outro lugar.

— Não sei. Não sabia que ele gostava de ler.

Me controlo pra não bufar: acredito em qualquer possibilidade, menos que o Felipe *goste de ler*. Talvez seja castigo pelo caso da cola.

— Pelo menos o Pedro não tá aqui — digo.

— Nem me fale.

Devolvo o olhar desconfiado que o Felipe me lança com um à altura, enquanto o Alexandre quebra o silêncio do grupo:

— Boa tarde, clube do livro! Antes de começarmos, vou pedir pra que vocês guardem o material, as bolsas e sim, os livros, nas mesas perto da parede. Ótimo, muito bom. Agora, podem sentar. Isso, vamos formar um círculo no chão. — Ficamos parados, mas ele faz isso e seguimos o exemplo. A Letícia senta bem do lado dele, com um olhar adorador, e tento não revirar os olhos. O Alexandre dá um sorriso educado pra ela, então se vira para o resto de nós. — Bom, quero agradecer a todos por terem vindo! Para ser apreciado, um livro precisa ser examinado. Não dá pra gostar de algo, ou alguém, aliás, antes de conhecer mais a fundo. Com isso em mente, o que vocês estão achando do livro?

Silêncio sepulcral. Olho ao redor e, bem como suspeitava, está todo mundo olhando pra todos os lados, menos pro Alexandre.

Depois de uns dez segundos, o Alexandre fala de novo:

— Sabem, tenho uma confissão a fazer: também estou lendo esse livro pela primeira vez. — Burburinho. — Sim, eu sei. Era de se esperar que eu tivesse lido antes de recomendar, mas achei que seria interessante se vivêssemos essa jornada juntos. Não quero que vocês se sintam julgados por alguém que já esteja familiarizado com a trama e os personagens; vamos conhecê-los juntos. Por exemplo, nesse momento, a menos que algum de vocês já tenha lido essa história antes, posso comentar sobre como não gosto muito do Montag, sem me preocupar em estar falando alguma besteira, pois ninguém aqui sabe se tenho ou terei motivos para mudar de opinião sobre ele no futuro. — Ele descruza as pernas e as estica na frente do corpo, supercasual. — Senti um certo nível de arrogância por parte dele contra a esposa. Alguém concorda?

— Não — Rodrigo, um garoto do 9º B que eu não conheço muito, responde. — Aquela mulher é chata mesmo. Além de tentar se matar, fica mentindo, dizendo que ele tava louco e que aquilo não tinha acontecido!

Pra minha surpresa, ninguém menos do que o Felipe interrompe:

— Mas quem sabe ela não lembrava mesmo? — ele começa, então abaixa a voz, parecendo envergonhado. Quando todo mundo olha pra ele, esperando mais explicações, ele fica vermelho e continua, encarando o chão. — Tipo, a cobra mecânica sugou tudo de negativo que havia dentro dela... talvez as lembranças do suicídio tenham sido apagadas também.

Cai um silêncio. Eu, da minha parte, estou encarando embasbacado, porque tudo indica que o Felipe de fato leu o começo do livro. E, pior de tudo: o que ele diz faz sentido. Não acredito que estou concordando com esse cara!

— É uma teoria — o Alexandre comenta, neutro. — Mais alguém quer compartilhar suas impressões? Artur?

Quase pergunto "Por que eu?" antes de controlar o impulso meio infantil. Rabisquei um monte de coisa no caderno, mas agora, com todos os olhares voltados pra mim, parece tudo bem idiota.

— Ah, sim, professor. Tava pensando em como seria legal ter uma sala como a do Montag, com três paredes feitas de televisão.

Praticamente todo mundo ri, mas o Alexandre sacode a cabeça: sorri de leve, mas está com um olhar que diz que sabe que estou sendo teimoso, e que de repente me lembra da minha mãe.

— E, bem... — acrescento, não querendo decepcioná-lo. Penso no livro e a única coisa que me vem à mente é algo que eu não tinha nem anotado. — Os socorristas... eles são meio frios, né? Não é nem ódio: eles só estão lá, tranquilos, na casa de alguém no meio da noite, fazendo uma limpeza dentro de uma mulher que pode ou não ter tentado se matar, enquanto o marido dela surta no canto do quarto... e os caras jogando conversa fora.

Imediatamente me arrependo de ter aberto a boca. Que comentário imbecil! A verdade é que a cena me fez lembrar de dias passados no hospital, vendo enfermeiras e médicos andarem pra lá e pra cá como se nada estivesse acontecendo — e, pra eles, acho que não estava mesmo — e sentindo uma raiva silenciosa de todos eles.

Só sei que sinto o estômago embrulhado por uma eternidade — que provavelmente dura uns cinco segundos — até que alguém comenta:

— Concordo completamente. É horrível como eles não se importam!

Olho pro lado e a Priscila me dá um sorriso discreto, íntimo. Só então me lembro que ela quer ser médica, e percebo que acidentalmente disse algo certo.

Ponto pra mim.

Mesmo assim, sinto um alívio imenso quando alguém diz alguma outra coisa, e a conversa parte pra outros assuntos. O encontro dura mais de uma hora e, depois que algumas pessoas falam, todo mundo tem algo a dizer: o Alexandre praticamente só observa e faz um comentário de vez em quando. O Felipe fala mais algumas coisas (com as quais, infelizmente, tenho que concordar *de novo*, mesmo que em silêncio), e a Letícia, pela primeira vez na vida, é a pessoa mais quieta em uma sala.

Descubro o motivo quando estamos nos levantando e ela vem até mim. Fico tão chocado — e meio preocupado — que nem reparo que a Priscila se afasta da gente.

— Oi, Artur — diz a Letícia.

— É... oi. Gostou do clube? — pergunto, porque ela está me olhando com expectativa, como se eu tivesse começado a conversa.

Ela faz uma careta.

— Posso falar uma coisa? Não li tudo. Fiquei praticando skate, pra não fazer papelão no domingo. — Daí ela acrescenta: — Você não foi.

Ela fala com uma nota de acusação na voz que até me questiono se por acaso a gente não fez planos de se encontrar no parque mesmo.

— Meu pai quis sair comigo no domingo — respondo, me perguntando por que diabos estou me justificando. — Por que, precisou de alguém pra fazer papel de trouxa de novo?

Ela ri, sarcástica.

— É, senti falta do meu herói. Não sabia que você andava de skate. Ou, bom, *voava*.

— Não sou muito bom... obviamente. Mas curto. Costumava andar com uns amigos no Parque da Juventude, na Zona Norte. Antes de mudar pra cá, quer dizer.

— Que legal! — O estranho é que ela parece achar legal mesmo; sua voz perde o tom zombeteiro. Felizmente ela não pergunta que fim deram esses amigos. — Eu comecei uns meses atrás, tô tentando aprender umas manobras...

— Sério? Você é boa, pra quem só anda há alguns meses.

Eu nem estava tentando elogiar, mas ela fica nitidamente feliz com o comentário. De repente percebo como essa conversa é bizarra. O que será que ela quer, lições de skate? Improvável, considerando meu tombo. Além disso, faz uns dez dias que a gente se viu lá. Por que essa garota não veio falar comigo antes?

Daí me toco que não tem ninguém do grupinho dela no clube do livro, e que provavelmente esse é o único lugar em que ela não se sente envergonhada de falar comigo. Me sinto meio ofendido. Cadê a Priscila? Não acredito que deixei ela ir embora porque a Letícia me alugou!

— É melhor eu ir indo — digo, meio ríspido.

— Ah, tudo bem — ela diz, e provavelmente imagino o tom de decepção, de tão rápido que é, antes de ela retomar a pose de rainha, como se tivesse se lembrado de com quem está falando. — Bom, a gente se vê por aí. Quem sabe.

— É. Quem sabe.

Vou pra casa sem ter ideia do que aconteceu.

Sexta-feira, 17 de abril

Dou uma olhada no relógio na parede. Em teoria, a Priscila chega em menos de dez minutos. Tudo bem. Sem problemas. Não estou nervoso nem nada. Faz quase dois meses que a gente vem se falando e até já fui na casa dela, então não é como se hoje fosse especial.

Mas hoje é a primeira vez que vamos ficar totalmente sozinhos. Meu pai tá trabalhando e vamos ficar só nós dois aqui, a tarde inteira. Sem ninguém pra nos interromper...

Mas do que eu tô falando? "Interromper" o quê? A leitura de textos e mais textos sobre o assunto mais chato do planeta ou discussões sobre os problemas climáticos de um lugar que ninguém visita? Não, não, tô viajando. Hoje não tem nada demais. A gente só vai estudar.

Lógico que o plano é evitar ao máximo que isso aconteça. Que se dane o pantanal, eu quero saber mais é sobre *ela.*

Então me lembro de como ontem ela saiu de fininho enquanto eu estava falando com a Letícia, e tenho certeza: era ciúmes. Tá na cara. Preciso dar um jeito de tocar no assunto, dar a entender que eu definitivamente não tô a fim da Letícia, e quem sabe ela não diz alguma coisa, e daí...

Quanto eu mais penso, mais me parece não só possível como provável que a gente vá ficar. Não, não só provável, como *inevitável.* Não sei por que cheguei a duvidar. Escovo os dentes de novo. Estou com pasta na boca quando toca o interfone e quase engasgo na corrida pra atender.

Quando ela chega, estou com vários nós no estômago.

— Oi! — Beijo na bochecha. — Eu... ah, adorei sua casa!

Rio, e os nós se afrouxam um pouco.

— Só porque tá vendo a versão mais arrumada dela de todos os tempos — digo, me virando para ela entrar. — Sério, até ontem à noite tinha tanta roupa no chão que não dava pra ver a TV.

— Você não precisava ter se incomodado por mim!

— Claro que precisava. — Dou um sorriso sedutor, mas ela parece não ser tão afetada por ele quanto eu espero.

Em vez disso, senta no sofá e começa a falar sobre o pantanal. Certo. Engulo a decepção, me lembrando de que a Priscila é uma pessoa séria, que tem metas na vida e não pode ir mal num trabalho que vale três pontos na média. O trabalho em si já está praticamente pronto, mas passamos quase duas horas montando a apresentação. Sempre que tento engatar uma conversa, ela volta ao assunto, e é só quando está tudo tão preparado quanto possível que consigo soltar:

— Foi legal o clube, né?

— Foi, sim! O pessoal se animou mesmo. Acho que o Alexandre ficou superfeliz.

— Você foi embora sem falar tchau. — Tento não soar muito acusador, mas ela parece meio culpada.

— Ai, desculpa. É que minha mãe ia passar pra me buscar e vi que você tava falando com a Letícia. Não quis interromper.

Ela não parece remoída de ciúmes, o que é um pouco decepcionante.

— Não era nada importante — explico mesmo assim. — A gente se viu no Ibirapuera outro dia, e…

— Que fofo! — ela exclama, e demoro um pouco pra perceber que não está falando de mim, mas de um gato branco e peludo que apareceu na varanda. — É seu?

A que ponto chegamos? Olho para o gato, tentando transmitir toda a minha desaprovação em um único olhar, mas ele não se incomoda nem um pouco. Pula em cima de uma planta meio patética que meu pai mantém num vaso e me olha como que me desafiando a tirá-lo dali.

— Não, é do vizinho do andar de baixo.

— Nossa! — Ela ri. — E como foi que chegou aqui? A gente tá no nono.

— Física não se aplica a gatos.

— É, acho que não. — Ela sacode a cabeça, ainda sorrindo. — Adoro gatos. Sempre quis ter um, mas meus pais não deixam. Quer dizer, acho que o meu pai até toparia, mas a minha mãe tem horror a bicho dentro de casa.

Largo o caderno de lado, e esfrego os olhos, cansado.

— Minha mãe adorava gatos, mas era alérgica, então a gente nunca teve um.

Percebo o estrago que fiz uns dois segundos antes de ela perguntar:

— "Adorava"? Ela… não gosta mais?

Ela sabe o que eu quis dizer. Tá escrito na sua cara, e no tom da sua voz. Faz meses que pessoas novas na minha vida tentam coisas como essa, jogando verde. Normalmente me irrito, mas como dessa vez é a Priscila e o descuido foi meu, abro uma exceção:

— Não, não é isso. Falei no passado porque ela morreu.

Percebo que é a primeira vez que conto a alguém: até agora as pessoas na minha vida todas já sabiam. Não é tão difícil quanto eu imaginava. Não muda nada, são só palavras. O importante é não pensar demais, não *lembrar*.

— Ai, Artur! — Ela cobre a boca com as duas mãos, os olhos tristes. — Desculpa, eu não devia ter perguntado.

— Não, tá tudo bem. — Só que não tá *mesmo*. Pensei que a essa hora a gente estaria rolando no sofá, não discutindo meu status de órfão.

Ela abaixa a voz.

— Faz muito tempo?

— Uns seis, quase sete meses.

— Você quer falar sobre isso? Poxa, eu não devia ter tocado no assunto.

— Ah, sei lá. Ela ia continuar morta, mesmo se você não falasse nada, né?

Ela não ri. Lógico. Pessoas normais não riem da morte. Não fazem piada com mães mortas. Inferno, só de ver a cara dela já sei o que vem por aí: aquela pena meio sem jeito, frases de enterro, olhos baixos. Odeio isso. Não ajuda, só faz eu me sentir pior, como se tivesse estragado o dia da pessoa.

Viro a cara, sem pensar. Não quero ficar bravo com ela.

Então sinto a mão dela sobre a minha. Viro o rosto, surpreso, e vejo que ela está chorando também. Não sei o que dizer.

— Eu sinto muito — ela diz. — *Mesmo.*

— Relaxa, não é nada — eu minto.

— É, sim. — Ela morde o lábio, e sacode a cabeça. — Eu sei como é ruim perder alguém que você ama. Parece um buraco negro dentro da gente.

— Bem por aí mesmo. — É uma ótima definição, e estreito os olhos, olhando-a com atenção. — Chega a dar raiva, até.

Ela faz que sim.

— Meu primo sofreu um acidente de moto no começo do ano — ela conta, enxugando o rosto com um lencinho que tirou da bolsa. Tá explicado, penso. — A gente era muito próximo, sabe? Quase irmãos.

— Sei. Quer dizer, não sei, porque não tenho primos nem irmãos, mas... tipo. *Eu sei.*

— Pois é. Uma coisa imbecil, totalmente evitável, mas não dá pra prever essas coisas. Minha avó diz que quando a morte chama, não dá pra escapar. Que eu devia ficar feliz que foi rápido.

Dou uma bufada de escárnio.

— Se fosse rápido, tava bom.

— Não foi?

Sacudo a cabeça.

— Ela levou quase um ano pra morrer.

— O que aconteceu?

— Câncer de mama.

Ela não diz nada. Só faz aquela cara triste novamente, mas dessa vez não me irrito. De um jeito estranho, até gosto. É a primeira vez que falo disso há meses, e sinto um alívio, um pouco como tirar uma blusa de lã num dia quente. Meu pai nunca fala da doença: quando diz alguma coisa, é sempre sobre *antes*, ou *depois*, tentando me convencer a entrar no cemitério. Não que eu queira que ele me lembre daquele ano horroroso, mas é que ele sempre fica com os olhos marejados, e sinto vontade de sair correndo quando isso acontece. A Priscila está chorando, mas sei que é principalmente pelo primo. Quero consolá-la de algum jeito. Algo me diz que, se conseguir fazê-la sorrir, vou me sentir melhor também.

É a primeira vez desde que nos conhecemos que estamos falando de algo além da escola ou planos pro futuro. Na verdade, é a primeira vez que falo sobre isso sem ser obrigado por algum adulto. Não consigo me imaginar conversando essas coisas com os amigos da outra escola, chorando no sofá de casa. Mas a Priscila parece ter mais do que 14 anos, e me sinto um pouco mais velho também, só de estar perto. Sinto que a gente se entende sem ter que dizer tudo, um pouco como meu pai e a Penélope, que conversam com um olhar.

É uma sensação incrível. Como se estivéssemos conectados.

Pego um lencinho e enxugo o rosto dela. Limpo a garganta, tentando desfazer o nó que se formou lá, e brinco:

— A gente pode começar um clube também. Tema: "parentes mortos e como estragam sua adolescência".

— Local: "fundo do poço"?

Então o barulho da chave chama a nossa atenção e quebra o clima. Alguns segundos depois, meu pai entra, distraído.

— O que você tá fazendo aqui? — pergunto, ríspido.

Ele faz uma cara de confusão, dá um passo pra trás e finge ler o número do apartamento na porta.

— Hum... acho que eu moro aqui? — ele brinca e eu preciso me segurar pra não grunhir de frustração.

A Priscila ri.

— Você, eu ainda não conheço — meu pai diz, abrindo um daqueles sorrisos charmosos que ele reserva para novos clientes.

— Sou a Priscila. O Artur e eu estamos na mesma sala.

— Ah, sim... vocês tinham um trabalho pra fazer hoje, né?

— Tínhamos não, *temos* — eu interrompo. — Você não disse que ia trabalhar o dia inteiro?

— Uns clientes desmarcaram por causa da chuva e a Pê decidiu que podia cuidar da loja sozinha hoje. Não vou discutir contra uma tarde de folga, né?

Ele me dá as costas e vai em direção à cozinha, as botas enlameadas sujando o chão que eu limpei e o capacete pingando água por todo o lado. De repente entendo todas as vezes que minha mãe reclamava que eu fazia sujeira em casa.

— Vocês comeram alguma coisa? — ele pergunta, abrindo a geladeira. — Ainda não tomei nem café. Hoje de manhã foi bem corrido.

— Não, pai. A gente comeu na escola. — Porque não tem porcaria nenhuma aqui, eu quase digo.

Ele fecha a geladeira e volta pra sala, sério.

— São quase quatro horas. Vocês comeram na escola *que horas?*

— Umas onze — a Priscila responde.

Meu pai sacode a cabeça.

— Não, não, nem pensar. Vocês ficaram quase o dia todo sem comer? Poxa, filho, que mancada com a menina, hein? — Pra ela, ele sorri e diz: — Olha, guria, juro que a mãe dele e eu demos educação, viu.

Cerro os punhos de ódio. Eu não servi nada pra ela *porque não tinha nada em casa*! E o último dinheiro que eu tinha, gastei na cantina hoje.

— Pai, não tem nada pra fazer lanche aqui.

— E se eu não chegasse, vocês iam fazer o quê? Comer vento?

Essa é a questão! A culpa não é minha que não tem nada em casa! Será que é tão difícil pra ele entender?

— O que é que eu ia…

Mas ele me interrompe.

— Filho, você fica mais em casa do que eu. Quem sabe o que falta por aqui é você. Quando for assim, passa lá na loja e pega um dinheiro comigo.

Ou ele podia pensar nisso antes e deixar o dinheiro! Ou fazer compras, como uma pessoa responsável!

— Mas isso não importa. — Ele tira o celular do bolso. — Priscila, o que você gosta de comer?

Ela dá de ombros.

— Qualquer coisa. O que o senhor preferir.

Quase dá pra ver a cabeça dele explodir. Acho que ninguém jamais sequer considerou chamar meu pai de "senhor".

— É… "Guilherme" tá ótimo, guria — ele diz. — Bom, vai ser pizza, então.

Ele faz o pedido e penso que talvez se toque e nos deixe a sós, mas é claro que não: começa a perguntar várias coisas pra Priscila, tudo com a maior naturalidade, como se eles fossem velhos amigos.

Quando a pizza chega, não tem mais jeito: ele começou a contar aquelas velhas histórias dele — histórias que ouvi pelo menos vinte vezes ao longo dos anos — e ela, para o meu horror, parece estar interessada. Tento interromper, fazer gestos, sinal de fumaça, *qualquer coisa* pra ele desaparecer, mas no fim acabamos comendo pizza os três.

Ela acaba ficando bem mais tempo que planejava (mas não por minha causa), até que percebe o horário. Desço com ela de elevador.

Quando estamos no portão, ela ajeita a alça da mochila e diz, quase envergonhada:

— Seu pai é superlegal. Queria que os meus fossem assim.

Só pode ser piada.

— Sério? — Dou uma risada incrédula, sem saber como reagir. — Mas sua mãe é tão gente fina.

— Sim, claro. Mas seu pai conheceu o vocalista do Metallica!

— Ele tropeçou no cara e levou um grito dos seguranças da banda. Você não ouviu essa parte da história?

— Detalhes! — Ela dispensa a minha correção com um gesto impaciente. — Seu pai viveu umas coisas tão legais! O máximo que já aconteceu com os meus foi ter visto o governador num voo.

Dou um risinho e, de repente, ficamos em silêncio, parados, olhando um para o outro. Já mencionei como odeio silêncios?

— É... — começo.

— A gente se vê segunda, então? — ela sugere, ao mesmo tempo.

O que eu posso dizer? Droga.

— É claro. — Tento sorrir. — É... foi legal hoje. — Exceto pela parte das lágrimas e do meu pai interrompendo o momento.

Mas ela sorri de volta.

— Foi mesmo! A gente conversa depois.

— Sim, sim — respondo rápido, o coração batendo forte. Agora seria uma ótima hora pra combinar alguma coisa concreta, um cinema, um sorvete, sei lá. Mas não consigo encontrar as palavras, ou reunir a coragem, e não digo nada disso. — Até.

— Até. — Ela me dá um beijo no rosto.

Fico olhando até ela virar a esquina e desaparecer, e quando me viro vejo o seu José, o porteiro, com a janela da cabine aberta e um sorrisinho no rosto. Sinto o rosto queimar de vergonha, então lembro que meu pai está lá em cima. Ah, agora ele vai ouvir.

Fico tão energizado de raiva que subo de escada até o nono andar, dois degraus de cada vez, e escancaro a porta. Ele está tirando os pratos da mesa e dá um pulinho com o barulho.

— Você não podia ficar na sua, né? — começo.

— Quê? — Ele franze as sobrancelhas, mas então parece entender. — *Ah*, a garota... achei que era só uma amiga. Desculpa aí, filho.

Tem algo mais irritante que alguém que pede desculpas quando você está bravo?

— Mesmo que fosse, porque eu ia querer você por aqui? — As palavras são um pouco duras demais, e não sei explicar, mas fico ainda mais irritado quando percebo que estou sendo cruel. — Só queria um tempo sozinho com uma amiga! Já moro com você, te vejo no trabalho, não é o bastante?

Meu pai ergue as mãos como que se rendendo, mas o olhar dele é frio.

— Artur, da próxima vez deixo vocês em paz. Mas se você queria que eu fosse, era só pedir.

— *Só pedir*! Eu pedi, você que não presta atenção! Ah, quer saber, deixa pra lá — pego minhas coisas deixadas na sala e vou pro quarto. — Preciso estudar! — grito, batendo a porta.

Óbvio que estudar não está nos planos, mas depois de andar de um lado pro outro do quarto por uma meia hora, pensando em várias outras coisas que devia ter dito pra ele, me jogo na cama.

Então percebo alguma coisa cutucando minhas costas: é o *Fahrenheit*. Deixo a história me distrair pelo resto da noite.

Quinta-feira, 23 de abril

A semana voa. É bem verdade que, quando você está esperando alguma coisa, o tempo se arrasta, mas quando o dia finalmente chega, ele se apressa, quase como se estivesse compensando. Apresentamos o trabalho na terça e, mal pisquei, já é quase o fim da semana.

Por um lado, estou aliviado: odeio apresentações, então não via a hora de isso acabar logo; por outro lado, isso significa que não tenho mais desculpas pra ficar me encontrando com a Priscila. Preciso chamá-la pra sair de uma vez por todas.

Estou justamente tentando bolar uma maneira casual de convidá-la pra ir ao cinema, quando minha atenção é desviada por uma bolinha de papel que voa até minha cabeça. Sentei mais pra frente hoje, no meio da sala, principalmente porque a Priscila senta ali por perto, mas também porque não estava a fim de aguentar Pedro e companhia. Aparentemente a distância não vai impedi-los.

— Que foi? — rosno, virando para encará-los. Eles riem. O Felipe também, mas não tanto nem tão alto quanto os outros, o que é um detalhe que eu logo esqueço quando o Pedro responde:

— Cê tá tão concentrado hoje.

— Deixa ele em paz — interrompe o Danilo, e fico de queixo caído. Quê? Mas então percebo que um canto dos lábios dele está virado pra cima num sorrisinho maldoso. — Acho que ele tá sensível.

O resto da turma ainda está em pé e conversando antes da chegada da professora, e olho do Danilo pro Pedro sem entender nada, até que este pergunta, num tom de preocupação fingida:

— Pensando na mamãe?

Se ele tivesse me dado um soco, meu estômago não estaria mais embrulhado do que está agora.

— Quê? — pergunto, mas é só um reflexo. Já entendi tudo. Eles *sabem*, e o que é pior: só há uma pessoa que pode ter contado.

Experimento algo diferente de tudo que já senti, uma mistura de indignação, tristeza e raiva que de alguma forma me deixa frio e ferve meu sangue ao mesmo tempo. Seis dias! Ela guardou o segredo por menos de uma semana! Achei que a gente estava—que a gente tinha...

O Pedro olha por cima do meu ombro com um sorrisinho. Já sei o que vou encontrar quando me viro, e estou certo: é a Priscila na porta, me olhando com olhos arregalados. De todos os dias em que ela poderia ter chegado atrasada, tinha que ser hoje. Ela costuma chegar sempre com tempo de sobra, e fico imaginando se foi de propósito.

Ela entende a situação com um olhar, e fecha a cara pro Pedro. Então olha pra mim, preocupada.

— Artur, juro que…

— É por isso que cê é assim? — o Pedro interrompe.

Preciso de toda minha concentração pra não esmurrar a cara dele, gritar com a Priscila ou fazer algo infinitamente pior — nem quero pensar no quê. Não aguento olhar pra ela, então me viro pra ele.

— Cala a boca — digo, tentando transmitir em um olhar que se ele continuar falando disso, não vou mais me segurar. Ele ri, e me lembro da briga com o Alan. Aquela mesma sensação descontrolada começa a crescer em mim. — Juro, é melhor você calar a boca, senão…

Não completo a frase, porque a professora entra, dissipando a tensão na sala, mas não em mim. O Pedro bufa e dá um risinho; as pessoas vão para os seus lugares. Pelo canto do olho, vejo a Priscila sentar numa carteira na parede. Não olho pra ela pelo resto da aula, e ignoro os meninos completamente. Também não entendo uma palavra do que a professora está falando, mas a voz monótona dela me deixa pensar — e lembro que não posso quebrar a cara do Pedro no intervalo. Que, se fizer isso, vão chamar meu pai, e ele vai tentar convencer a diretora a não me expulsar (de novo), o que vai ser humilhante pra todo mundo (de novo).

Ignore, digo a mim mesmo. *Ele é um imbecil. Não importa.*

Mas a Priscila importa, outra parte de mim responde. É estranho, mas o tempo que passei com ela foi suficiente para mudar tudo.

Foram menos de dois meses, mas saber que poderia mandar uma mensagem boba contando alguma coisa completamente irrelevante me fez sentir menos sozinho. E, desde a semana passada, achei que tínhamos... alguma coisa. Uma conexão. Que a gente se entendia. Agora me sinto ridículo só de pensar essas coisas.

Me obrigo a prestar atenção na aula e, quando não consigo me concentrar, lembro do Pedro rindo. É por isso que cê é assim? Ele não sabe de nada. Nenhum deles sabe. Fantasiar sobre esmurrar a cara dele é bem melhor do que pensar sobre a Priscila, então é isso que faço pelo resto do dia.

Quarta-feira, 29 de abril

De todas as experiências ruins que tive na vida, e no último ano elas foram muitas, traição é a que eu menos esperava. Eu sei, ninguém *espera* ser traído, mas achei que nada ruim podia me surpreender mais.

Por mais que tentasse me concentrar em outra coisa, passei a semana inteira remoendo o que aconteceu. A Priscila tentou vir falar comigo algumas vezes, mandou umas dez mensagens, mas quando penso que devia ouvir o que ela tem a dizer, me volta aquela indignação e não consigo. Só que não consigo fazer mais nada também.

Por exemplo, ler nosso segundo livro para o clube. Esse é de terror: *O estranho caso do Dr. Jekyll e Mr. Hyde*, sobre um cara que se dividiu em dois. Dei sorte de novo, porque meu pai também tinha esse em casa, numa edição superantiga e relida várias vezes. Está bem legal, meio macabro, mas faz meia hora que tô lendo a mesma página. Ou melhor, olhando pra ela.

Ainda não consigo acreditar que ela pôde fazer isso comigo. Quer dizer, eu não disse com todas as palavras que era pra manter segredo, mas não tava implícito?

Resolvo passar um tempo considerando como é inútil se apegar às pessoas quando alguém entra na biblioteca. Por um momento, acho que é algum aluno aleatório querendo um livro, mas não: os passos se aproximam da sala onde estou, e de repente estou cara a cara com o Felipe.

Não estou chocado. Meio que esperava que uma hora eles se entediassem no intervalo e viessem atrás de mim. E não podiam ter escolhido um dia melhor: minha resolução de antes desaparece como fumaça e estou mais do que preparado para uma briga. Mas, quando estou prestes a levantar, percebo uma coisa que me faz parar: ele está sozinho.

Continuo sentado e ergo uma sobrancelha.

— O que, cês tiram onda um de cada vez agora? Rodízio?

— Sou só eu — ele diz, ignorando a alfinetada. — Posso sentar?

Admito: não tenho ideia do que está acontecendo. Mas o segredo é sempre agir como se você estivesse no controle, então, com o que imagino ser muita elegância, faço um gesto para ele se acomodar.

— Que é?

Ele apoia os braços na mesa e começa a estalar os dedos, sem me olhar nos olhos.

— Queria só dizer que… que eu tentei falar pra eles não…

Ele se enrola todo, mas quando percebo, totalmente chocado, que está tentando se desculpar, fico ainda mais furioso do que se ele tivesse vindo enfiar minha cara na privada.

— Ah, não, já entendi. Você é um cara legal… dentro dos limites da biblioteca.

— Por que você é sempre assim? — ele pergunta, finalmente me encarando.

— Assim como, honesto?

— Na defensiva, sempre… — Ele faz um gesto, como que procurando palavras. — Deixa pra lá. Não vim pra me defender, vim falar da Priscila.

Me endireito na cadeira, o coração batendo mais forte.

— Falar o quê?

— Não foi culpa dela — o Felipe diz. — A gente tava na casa do Luís com uma galera e convidaram ela também. Enfim, começaram a falar mal de você e... ela te defendeu e acabou deixando escapar que alguma coisa tinha te acontecido. Daí insistiram até adivinharem o que era.

Não vou negar: é como se eu tivesse me livrado de uma roupa de chumbo, de tão leve que me sinto. A possibilidade de culpar alguém que não ela era o que eu mais queria, mas tento não ficar animado demais.

— E ela pediu pra você vir aqui? — pergunto, desconfiado. — Não sabia que vocês eram amiguinhos.

— Ela era amiga de todo mundo antes — ele diz, mas logo faz uma cara de quem falou demais. Fica me olhando como que considerando se deveria continuar. — Ela te contou do... primo? — Faço que sim. — Então, depois disso que ela ficou toda estranha. Não que nem você, que é chato...

— Valeu.

— ...ela só parou de falar com todo mundo. A gente nem tinha coragem de chegar perto. Agora que ela tá voltando ao normal. Enfim, falei pro Pedro que ele não devia te encher o saco porque ela ia ficar chateada. E você também.

— Meu herói — digo, sarcástico.

Ele faz uma careta.

— Chato *demais*, cara.

Surpreendo nós dois com a risada que deixo escapar.

— É, já me falaram isso antes. Meu pai, inclusive. É um dos meus talentos.

Isso não muda o fato de que ele riu, todos esses dias, quando o Pedro ou o Mateus ficavam me enchendo o saco, ou de que ainda é amigo daqueles caras. E ainda estou bravo com a Priscila, só que agora por ter se deixado enganar por eles. Mas… mas penso, meio a contragosto, que talvez o Felipe não seja tão ruim quanto os amigos dele.

Cai um silêncio, e antes que ele se levante eu pergunto:

— Como cê me achou, hein?

Ele revira os olhos.

— Cê se acha muito ninja, né, cara? Não tinha muitas opções. Ninguém te via no pátio e os laboratórios ficam fechados no intervalo.

Mas uma vez, me pego rindo.

— Sabe que de vez em quando você até que é engraçado? — comento.

— Que nada, você que tem padrões muito baixos. — Ele me olha meio estranho, então comenta, como quem não quer nada: — Mas desenha bem.

Fico confuso por um instante, mas então sigo a linha do olhar dele e percebo que está se referindo aos meus rabiscos no caderno.

— Ah, é, já me falaram isso. Sua capa também é da hora. Foi você que fez?

Faz tempo que tinha reparado no caderno dele, mas como antes éramos inimigos mortais, não podia sair admitindo que gostei. São padrões coloridos — vermelho, azul e preto, cores de caneta — que formam uma espécie de labirinto. Quando vi pela primeira vez, achei que era do caderno mesmo, tipo, de fábrica, só pra dar uma ideia de como as linhas são perfeitas.

— Ah, é — ele diz, parecendo surpreso. — Valeu. Mas não sou bom pra desenhar gente, pra falar a verdade. Me dou bem melhor com formas e perspectiva.

— Então parabéns, porque é a parte que eu acho mais chata.

Ele balança a cabeça.

— Que nada, cara! Geometria é a parte mais legal! Você cria coisas incríveis usando formas diferentes, e dá pra distorcer a realidade! É muito show.

Fico cada vez mais embasbacado com o rumo da conversa, dessa vez porque nunca vi o Felipe tão animado. Nas aulas, ele nunca diz nada; e quando o grupinho dele resolve me encher o saco, ele nunca começa as provocações, só ri do que os outros dizem. Sempre achei que ele fosse meio idiota, mas agora estamos discutindo *geometria*.

— Desse jeito dava pra você, tipo, sei lá... projetar videogames. Acho que envolve umas paradas assim.

Ele dá de ombros.

— Pode ser, mas eu gosto mesmo é de arquitetura.

— Sério?

Ele faz que sim, com um leve sorriso.

— Eu *piro* quando passo no Centro. Os prédios lá são lindos. Você não vê mais coisas assim hoje em dia.

— Você sabe que acabou de envelhecer uns quarenta anos, né?

Ele estende o braço e empurra, de leve, o meu ombro.

— Cala a boca — diz, mas não ouço nenhuma agressividade no comentário.

Cai um silêncio e tento organizar meus pensamentos. Não sei bem como reagir. Ser simpático? Ele me trouxe uma informação bem útil — e bem que a Priscila podia ter explicado a situação nas mensagens em vez de só pedir desculpa! — mas mesmo assim ainda é um *deles*. Algo que me diz que não vai abandonar os amigos só porque nós dois curtimos desenhar. A ideia me irrita e, quando ele faz menção de levantar, pergunto, deixando a irritação transparecer:

— O que cê vê no Pedro, hein?

Ele estreita os olhos, com uma cara de quem foi pego de surpresa.

— Como assim?

— Tipo, você não é tão idiota quanto ele. Até pode ser razoavelmente decente… mas não vai deixar isso te subir à cabeça.

— Vou tentar, mas com um elogio desses…

— Tô falando sério.

Ele dá de ombros.

— A gente é amigo há uns dez anos, cara. Vai por mim, ele até que é um cara legal.

Solto uma bufada, e ele continua:

— É que cê tem um jeito de irritar as pessoas. Não que ele esteja certo — ele acrescenta, rápido —, mas você não colabora também, né? Vive falando que ele é burro.

— A verdade dói.

Ele me olha em silêncio e começa a morder uma unha.

— É que… tem uma coisa que posso te contar, mas cê não pode falar pra ele que sabe. Sério, ele me mata se souber que eu contei.

— Conta aí — digo, tentando parecer indiferente. — Juro que não abro a boca.

— Mesmo se ele te encher por causa da sua mãe?

No momento eu juraria guardar segredo até sob mira de arma, tal é a curiosidade que me consome. Faço que sim.

— Ele é disléxico.

Não sei o que eu estava esperando, mas não era isso.

— Tipo, ele não consegue ler direito?

— É, parece que as letras se embaralham… ele consegue ler, mas demora bastante. Quase reprovou alguns anos. Ele tem um monte de aula fora da escola por causa disso. E o pai dele… — O que o pai do Pedro faz ou não faz eu não fico sabendo, porque o Felipe parece se tocar de repente de tudo que disse e insiste, desesperado: — Sério, não me vai abrir a boca!

— Relaxa. — Infelizmente, a revelação não é muito engraçada. Claro que minha mãe morta também não é exatamente material humorístico da melhor qualidade, e o Pedro consegue rir disso mesmo assim. Mas me sinto um pouco mal por ter zoado ele todo esse tempo… o que é bem idiota, porque o Pedro obviamente está se lixando pra mim. — Não falo mais que ele é burro. Que tal?

— Você é realmente um anjo — ele responde, irônico de novo.

— É mais do que ele merece. Se parasse de espalhar por aí que eu fico chorando nos banheiros, seria bem mais fácil ser generoso.

— Bom, se te consola, tem fofoca maior na escola agora, então é capaz que parem de falar de você.

Sinto minhas sobrancelhas franzindo.

— Como assim?

— Não ficou sabendo? — Balanço a cabeça e ele abaixa a voz. — É que… parece que o Alexandre é bicha.

— *Como é que é?*

A conversa definitivamente saiu do controle.

— Uma galera do segundo ano encontrou o perfil de um cara que, parece… saiu… ou sai com ele.

Gostaria de dizer que é um choque, mas quando paro pra pensar, não me surpreende tanto assim. O mais chocante mesmo é a ideia do Alexandre namorando *alguém*, homem ou mulher. Ele sempre me pareceu dedicado exclusivamente ao estudo, meio como uma biblioteca em forma de pessoa.

— A galera do segundo deve estar é com inveja porque não tem mais aula com ele.

O Felipe baixa os olhos e morde o lábio inferior.

— Sei lá, cara... não acho que é isso, não. Mas dá uma conferida você mesmo. O cara tá no Facebook, chama Fabrício Almeida. E tem o perfil do Alexandre, também.

— *O Alexandre tem Facebook*? — As surpresas não param.

— É, e tem várias coisas… estranhas lá.

— Tipo o quê?

— Por que você tá sussurrando?

— Ele vem aqui de vez em quando.

Ele abaixa a voz também.

— Então, vários posts sobre casamento gay e coisas do gênero…

— Ah, mas você sabe como ele é, todo político. Defendendo as minorias. Não quer dizer que…

— Mas tem umas fotos bem suspeitas também.

— Sério?

Ele faz que sim.

— Tipo, em passeata e tal.

— Hum. Talvez. Mas e se ele for?

— Como assim?

— O que importa?

Ele me olha como se eu tivesse perguntado por que a Terra gira. Percebo que é uma pergunta idiota: importa porque essas coisas importam. Porque nem todo mundo é como o meu pai e a Penélope.

— Pera — digo, de repente, me sentindo levemente nauseado. — O Pedro não vai fazer nada, vai?

— O que ele faria?

— Sei lá, espalhar por aí, arranjar problema pro Alexandre.

Ele pensa um pouco.

— Espalhado já tá, mas não tem por que ninguém *fazer* alguma coisa. Não é crime, né?

— Mas até aí tem gente idiota no mundo. Vai que alguém fala pros pais e eles vêm reclamar com a escola, sei lá. Ele é um bom professor.

— É… — O Felipe não parece muito convencido. — Mesmo assim, né… vai falar que você não acha…

— O que, você vai sair do clube agora?

— Não, mas…

Ele é interrompido pelo sinal.

— Depois a gente conversa — sugiro, e ele parece meio surpreso. Eu também. Não sei o que me fez sugerir outra conversa, mas então me justifico pensando que ele provou ser uma excelente fonte de informações sobre as pessoas. É só isso.

Ele vai embora, e posso orgulhosamente dizer que ainda espero uns quinze segundos pra dar uma espiada no perfil do Alexandre.

A foto é em alguma praia — com camisa, graças a Deus — e o primeiro post não é nada muito inesperado: o link de uma matéria sobre Educação, uma chatice. Penso que o pessoal provavelmente está exagerando, e que não vou encontrar nada muito chocante no perfil do meu professor. E daí, quando começo a ler os comentários do post, o primeiro é do meu pai.

Quinta-feira, 30 de abril

Engulo o orgulho ferido e mando uma mensagem pra Priscila. Espero estarmos na sala pra conseguir ver a reação dela — e sinto o coração dar uns trancos quando ela faz uma cara de surpresa, então parece feliz. Discretamente, vira o rosto e me dá um sorriso, e, fácil assim, estamos bem. Ou quase.

[Priscila 7:54] Quero me explicar melhor. A gente pode conversar hoje? Fora da escola?

Fica feio dar pulos de alegria com a professora na sala?

[Eu 7:55] Claro, quer passar em casa?
[Priscila 7:56] Pode ser no final da tarde? Tenho aula de inglês depois do almoço.

Por mim podia ser até às três da manhã numa encruzilhada. Estar bem com a Priscila é um alívio tão grande que nem o Pedro e seus comparsas conseguem me irritar durante o dia. Na verdade, nada me perturba até eu lembrar que tenho uma hora de clube do livro. E, olha, é bem desconfortável olhar pro Alexandre sabendo que todo mundo ali estava fuçando a vida pessoal dele no dia anterior — inclusive eu.

Mas me sinto mais justificado que os outros: afinal, não era o pai deles que tá na lista de amigos do Alexandre.

Nem sabia que meu pai tinha Facebook — o que já é suspeito. Por que ele nunca me contou? Por que não tentou me adicionar e me envergonhar na internet, como qualquer pai normal? Aparentemente não tem nada muito horrível na página dele: várias conversas com a Penélope e uns amigos artistas, posts compartilhados sobre tatuagem e uns vídeos de gatos. Ele tem *muitos* amigos (uma das vantagens de ter trabalhado em uns cinco mil empregos nos últimos quinze anos, ele sempre diz, é que conhece muita gente) e passo a noite inteira lendo os posts públicos, mas não vejo sinal do Alexandre ali.

Já o perfil do meu professor é bem mais político, como eu esperava: vários posts gigantes sobre justiça social, propaganda de protestos organizados e coisas assim, além das "fotos suspeitas" de que o Felipe falou. Tem uma com o tal do Fabrício numa festa. Os dois estão rindo, como se a pessoa que tirou a foto tivesse acabado de dizer uma coisa engraçadíssima, e a descrição da foto diz: "O amor acaba, mas as lembranças são pra sempre".

É. Não tem como interpretar isso de outra forma: o Alexandre com certeza namorou esse cara — e parece que deixou muitas saudades.

Nenhum sinal do meu pai, mas não consigo parar de pensar que eles são amigos. Tem que ter havido alguma comunicação aí, e certeza que foi sobre mim — até onde eu sei, ele pode até estar falando direto sobre a minha vida nos posts particulares. Imagino o Alexandre postando no mural dele: "Seu filho foi mal na prova, rs", e ele: "É, o Artur nunca gostou muito de gramática, ha ha". Sinto arrepios só de pensar.

Então me ocorre que talvez ele tenha feito pior: será que contou pro meu pai todas as reclamações que fiz sobre ele? Não vou mentir: não sei como me sinto sabendo que o Alexandre estava escondendo isso de mim. Ou melhor, nem quero pensar nisso, porque sinto o mesmo embrulho no estômago de quando achei que a Priscila tinha traído minha confiança. Em todas as nossas conversas antes do clube, ele podia ter mencionado algo. Que meu pai tenha segredinhos, até vai, porque no fundo, no fundo ele é um adolescente — mas o Alexandre…

Evito o Felipe depois do clube pra não ter que discutir nada disso e vou pra loja. No caminho penso em como abordar a situação. "E aí, pai, falou com algum dos meus professores em segredo ultimamente?" ou algo bem casual do tipo.

É, não vai funcionar.

No fim não tenho nem chance de falar nada, porque assim que entro na loja ouço a voz da Penélope, mais alta que o normal:

— Nossa, Gui! O Caio caiu na Marginal.

Não tenho ideia de quem é Caio, mas aposto que acharia ele no Facebook do meu pai. Provavelmente é um dos amigos motoqueiros dele, que tão sempre se esborrachando por aí.

Meu pai larga o que tá segurando e se aproxima dela.

— Ele tá bem?

— A irmã dele disse que sim, mas ele tá internado. — Ela finalmente levanta os olhos para encará-lo. — Será que não é melhor a gente fechar a loja e ir pro hospital?

Péssima ideia.

Deixa eu explicar: meu pai sempre disse que a minha mãe o pegou pra criar, o que é um exagero fenomenal. Claro, ela era um pouco mais velha do que ele, mas só quatro anos. Quando se conheceram, ela trabalhava num hospital no centro da cidade, e ele tinha dado entrada com uma fratura exposta, acidente de moto. Ele diz que acabou ganhando minha mãe pelo papo, e pouco tempo depois de ter recebido alta, já estavam saindo.

Daí vim eu, e em pouco tempo eles perceberam que não iam dar certo juntos. Mas sempre continuaram amigos. Até o final.

O período em que a doença foi ficando cada vez mais séria, quando ficou óbvio que ela não ia durar mais, foi um dos mais difíceis da minha vida — não que eu tenha vivido muito, mas já sei que nada vai superar isso. Não só porque eu sabia como tudo ia acabar, mas também porque o meu pai ficava choroso pelos cantos.

Ele dava mil desculpas esfarrapadas pra não ir visitá-la. No fim das contas acabava indo, mas nunca ficava muito tempo no quarto. Dizia que era pra eu passar mais tempo com ela, mas acho que não aguentava mesmo.

Uma vez saí do quarto e acabei dando com ele no corredor, conversando com alguém no celular. Só peguei uma frase, mas foi o suficiente pra chispar dali.

— Não dá, cara — ele dizia, entre soluços. — Não dá pra acreditar que a primeira vez que eu vi a Júlia foi num hospital, e que a última vai ser em outro…

E por tudo isso só a menção de hospital faz meu pai ficar branco agora. A Penélope, que não é cega, logo percebe o clima e corrige:

— Pensando bem, alguém devia ficar na loja. Eu passo por lá e digo que você mandou um abraço.

Solto um suspiro de alívio. Vai que eles me arrastam junto?

Ficamos nós dois na loja, aquelas lembranças de que nenhum de nós quer falar criando um silêncio pesado. Até agradeço quando o telefone começa a tocar e meu pai me põe pra trabalhar — ter que lidar com clientes impacientes é uma boa distração de tudo na minha cabeça.

Além das tatuagens do dia, que incluem uma banda inteira que quer desenhos combinando, sem a Penélope quem ficou responsável por colocar os *piercings* foi ele (não que eu queira jogar nada na cara de certas pessoas, mas se tivessem me treinado pra fazer isso, pelo menos tinha alguém pra ajudar!). A questão é que ainda tenho que tomar conta do caixa e ouvir reclamações da mãe de um moleque de 17 anos que forjou a assinatura dos pais pra fazer uma tatuagem mês passado.

Quando a mulher finalmente vai embora e minha paciência já está no fim, ouço o celular do meu pai tocar. Essa coisa infernal está apitando há umas duas horas direto, porque parece que meu pai não sabe que você pode colocar o aparelho pra vibrar.

Em vez de desligar, ele sai de trás do biombo e vai para um canto atender.

— Oi, desculpa, não é uma boa hora — ele diz pra quem quer que esteja do outro lado da linha, num tom de voz quase culpado. — Tá uma loucura por aqui… — Pausa. — É, eu vi… — Espio pelo canto do olho, e ele está sorrindo. Pelo visto são boas notícias, então. — Nem fala! Mas sério, não posso falar agora, te mando uma mensagem mais tarde, pode ser? Perfeito. Beleza… até mais tarde.

— Quem era? A Penélope? — pergunto, irritado.

— Quê? Ah, não, era… um amigo meu. Nada demais.

— Não podia ter deixado pra depois, não?

Ele me lança um olhar gélido.

— Posso atender meu próprio telefone na minha própria loja? Você deixa, ou tenho que pedir permissão agora?

— Claro, faz o que quiser enquanto eu fico aqui mantendo a *sua* loja funcionando!

— Não precisa se esforçar *demais*, Artur. — Ele revira os olhos. — Aliás, vai pra casa que eu seguro as pontas por aqui.

O pior é que eu ia mesmo pra casa porque a Priscila vai me encontrar, mas agora nem tenho a chance de ter a última palavra. Dou uma bufada e resmungo uns xingamentos baixinho, fechando a agenda dele com um pouco mais de força do que o necessário.

No caminho pra casa fico remoendo a discussão e penso em várias respostas boas que podia ter dado. E com quem ele tava falando, afinal? Só atende o celular na loja pra falar com clientes, mas não parecia ser um cliente… Outro segredo! Estou tão irritado que considero roubar o celular só pra tirar a dúvida. Sei a senha dele, e…

A senha dele. O pensamento vem de repente e quase perco o ponto do metrô. Não tinha nada no perfil do meu pai ligando-o ao Alexandre, mas e se eles se falaram por *mensagens privadas*? Se eu quero saber o que tá rolando de verdade, preciso dar um jeito de acessar esse perfil.

....

Fico andando de um lado ao outro do apartamento por uns vinte minutos antes de a Priscila aparecer. Quando finalmente abro a porta e ela sorri, meio tímida e esperançosa, quase caio de tanto alívio. Vai ficar tudo bem, penso. Abro um sorriso enorme e a convido a entrar.

— Eu não queria ter contado nada, eu juro! — ela diz alguns minutos depois, a voz um pouco abafada pelo dedo entre os dentes. Estamos no sofá e ela não parou de roer as unhas desde que entrou. — Mas eles tavam falando umas coisas nojentas sobre você, sobre como você se acha melhor que todo mundo, e… quando vi, já era tarde demais.

Ela está realmente arrependida, e… bom. Pra ser justo, eu nunca disse que aquilo era segredo, então não tem sentido ficar guardando rancor por causa de um acidente. Não é culpa dela que o Pedro é a maldade encarnada. Passo a mão pelos cabelos, suspiro e digo:

— Esquece, Pri, o Felipe me contou como tudo aconteceu. Tipo, eu preferia que eles não soubessem sobre a minha mãe, mas fazer o quê? Já foi. Acontece.

Ela para de roer as unhas. Balança a cabeça.

— Eles vão acabar esquecendo, mas mesmo assim...

— É sério, deixa pra lá. — Desvio o olhar e vejo o computador. O que me lembra... — Você ouviu? Sobre o Alexandre?

Ela baixa os olhos.

— Ouvi o pessoal comentando alguma coisa sobre isso — responde, diplomática, então dá uma risada meio sem graça. — Que semana ruim pra privacidade, hein?

— É. O que você acha de... tudo isso?

Ela dá de ombros.

— Só entre os professores, a Carla fuma como uma chaminé e o Carlos é DJ de baile funk. Cada um na sua, eu acho.

— É. Bem por aí, mesmo.

Sinto um alívio maior do que esperava. Foi esquisito, *desagradável* na verdade, ter que defender o Alexandre do Felipe, principalmente por causa de uma coisa que, sei lá... ele não tem como evitar? Eu acho. Enfim, é que é uma sensação gostosa, não ter que repetir a dose com a Priscila.

O que o Alexandre *poderia* ter evitado é aceitar convite do meu pai no Facebook, mas não quero pensar nisso agora porque todo esse segredo ainda me deixa revoltado, e é estranho ficar bravo com o Alexandre. Além disso, pensar na Priscila, aqui e agora, é muito melhor.

Ficamos em silêncio por alguns minutos, mas não é ruim. É um daqueles silêncios confortáveis que as pessoas sempre comentam em livros. Assim como no dia que compartilhamos histórias tristes sobre família, me sinto conectado com ela, de alguma forma. Sutilmente, me aproximo dela no sofá. Ela não se afasta.

— Sabe... você não é como as outras garotas.

Ela ergue os olhos pra mim, franzindo o cenho.

— Como assim?

— Tipo, você não é como a Letícia, por exemplo. Sabe, preocupada com maquiagem, balada, bandinhas…

— E o que tem de errado em gostar dessas coisas? E como você sabe que eu não gosto delas também?

Droga. Falei besteira de novo e acabei dando um passo maior que a perna. Ela está me olhando com uma expressão meio confusa, como se não esperasse que eu dissesse algo tão sem noção. Me apresso pra consertar:

— Não foi o que eu quis dizer! Não tem nada demais em gostar disso, é só que, tipo, *ela* só sabe falar dessas coisas — explico, mesmo que não seja exatamente verdade. Lembro de um encontro memorável no Ibirapuera que ainda não entendo completamente. — E você… você não. Sabe?

— Vai por mim, eu falo de coisas assim o tempo todo — ela ri. — Você só nunca ouviu.

— Então quer dizer que curte umas *boy bands*?

— Pode apostar! — ela aceita a provocação. — Qualquer dia vou te chamar pra ir lá em casa pra gente assistir meus DVDs do *One Direction*.

— Nãaaooo! Tudo menos isso! — brinco. Funciona, porque ela ri e empurra o meu ombro.

— Idiota!

Ela está olhando diretamente pra mim agora. É tão bonita que eu nem acredito. Todas as meninas sempre foram bonitas assim e eu nunca percebi, ou é só ela? Percebo que nunca quis tanto beijar alguém na minha vida. A única experiência com isso que tive antes foi rápida e meio desconfortável, mas tenho certeza de que com ela seria ótimo. Sempre achei que era exagero quando as pessoas diziam que precisavam de alguém como água no deserto ou alguma bobagem do tipo, mas… olhando pra Priscila, é difícil não pensar em todos os clichês e breguices do cinema.

Mas por que a vida não pode ser um pouco como os filmes? A cena é perfeita: estamos sozinhos, acabamos de fazer as pazes, estamos rindo juntos. Sinto com toda a certeza: é o momento.

Me inclino para a frente e encosto meus lábios nos dela, apertando seu pescoço por trás. Ela inspira rápido, e então… e então me empurra com as duas mãos.

— Você tá louco?! — Ela levanta de um pulo. — Artur, que é isso!

Formar palavras ficou impossível. Balbucio alguma coisa, mas ela continua me olhando furiosa.

— Eu *nunca* te dei essa liberdade! Como é que você *pôde*—!

— Desculpa! — desenrolo, finalmente. — Achei que…

— *Nunca mais* encosta em mim sem permissão, entendeu?

Balanço a cabeça pra concordar, ainda atordoado. Meu cérebro ainda não consegue entender o que está acontecendo. A gente *acabou* de ajeitar as coisas! Levanto pra tentar me explicar, mas ela já pegou as coisas e está saindo pela porta.

....

Quando o choque passa, vem a vergonha, logo em seguida a raiva, e daí a confusão. E então tudo isso se mistura numa única e forte sensação desagradável. Mando uma mensagem pedindo desculpas, mas ela não responde, e quando meu pai chega em casa estou fazendo um buraco no chão de tanto andar de um lado para o outro.

— E aí, filho? — ele pergunta calmamente, como se a gente não tivesse trocado faíscas na loja algumas horas antes.

Me viro para encará-lo. É estranho, mas às vezes você tem duas vontades fortes que te puxam pra lados diferentes. Quero mais do que tudo fazer várias perguntas para ele e pedir que me explique onde errei com a Priscila, mas também quero virar as costas e não olhar mais na cara dele. Quando essas coisas acontecem, normalmente, você só fica parado feito idiota.

Que é o que eu fiz.

— Filho, tá tudo bem? — ele me pergunta, estreitando os olhos. Quando eu era criança, ele sempre fazia essa cara quando desconfiava que eu tinha me machucado e não queria contar porque tinha medo de ter que ir para hospitais. Nove entre dez vezes ele estava certo.

Dou de ombros. Uma terceira vontade me puxa para uma terceira direção: brigar com ele. Eu sei, *sei* que não posso culpá-lo pelo que aconteceu com a Priscila, mas como ele tem coragem de perguntar se está tudo bem, nessa voz calma, enquanto esconde de mim o fato de ser amigo do Alexandre?

— Tudo péssimo — respondo.

— O que aconteceu?

Ele parece preocupado, mas não consigo mencionar nenhum dos dois assuntos ocupando minha mente agora. Um porque ainda quero descobrir mais antes de confrontá-lo; o outro, porque estou tão envergonhado que não quero nem que ele, que já cumpriu sua cota de bobagens na vida, saiba.

— Coisa minha! — respondo, o mais grosso possível, e viro as costas pra ir pro quarto, mas ele põe a mão no meu ombro, me impedindo.

— Pera lá, guri! Coisa sua também é coisa minha. Desembucha: por que esse mau humor?

Estreito os olhos e puxo o ombro pra trás pra tirar a mão dele. Ele me olha com surpresa, meio ofendido.

— Não tô a fim de conversar. Agora *dá licença* — digo com tanto sarcasmo que, se alguém dissesse isso pra mim, eu arrebentava os dentes da pessoa —, porque tenho um monte de coisa pra estudar.

Ele cruza os braços.

— Ah, é mesmo? Pois muito bem! Pega lá suas coisas, deixa eu ver essas lições aí. Tô precisando mesmo acompanhar sua vida escolar, né?

Sinto minha respiração se acelerar, tamanha a minha irritação.

— Não!

— Não?

— É, *não.* Não sou criança pra você ficar corrigindo minha lição de casa!

— Tem certeza? Porque, olha, cê anda agindo pior do que quando era moleque!

Milhões de respostas me vêm à ponta da língua, a primeira delas sendo "Você entende tudo sobre ser criança, né?", mas sei que brigas entre filhos e pais nunca acabam bem para os filhos. Parto para um ataque diferente: o silêncio. Sei que ele odeia quando não digo nada, então apenas fico encarando-o. Depois de alguns momentos tensos, ele suspira, passa a mão pelos cabelos e diz:

— Tá bom. Vai pro seu quarto. Mas uma hora a gente vai ter que...

Já estou no corredor e não ouço como a frase termina. Infelizmente, ao bater a porta, não sinto a satisfação que esperava.

BARGANHA E DEPRESSÃO

II

Como se não bastassem os dias da semana em que acabamos nos atrasando por causa disso, às vezes ele tem dessas: me acorda num sábado pra me arrastar pro cemitério.

— Pai, vai sozinho — resmungo toda vez, escondendo a cara embaixo do lençol. — Que que eu tenho a ver com isso?

Ele finge que aceita e sai do quarto, mas deixa a porta aberta, passa aspirador, bate panela na cozinha e arrasta os pés pela casa inteira, como se fosse um cachorro querendo ir passear, até que levanto de irritação, me sentindo o adulto da casa.

As visitas de sábado são sempre quando ele tem algo a dizer pra ela. Ele nunca admitiu isso, mas consigo adivinhar pelo jeito que passa a semana inteira preocupado, meio fora do ar, puxando tufos de cabelo, e depois demora trinta, quarenta minutos lá dentro.

Esse sábado ele está com sorte, porque já estou acordado antes de vir me chamar. Pela primeira vez na vida, ficar de pé em frente ao portão do cemitério é melhor que a alternativa — olhar pro teto, remoendo tudo que deu errado essa semana — e às nove da manhã, já estamos na Zona Norte. São Paulo fica quase tranquila de fim de semana, e está um dia bonito que não combina com o meu humor.

Não sei o que me leva a deixar a moto sob a guarda dos floristas e atravessar aqueles portões horrorosos, mas quando vejo estou entre as lápides, silencioso e esquivo como os gatos. Então o vejo: de pé em frente àquele túmulo simples, de cabeça abaixada. O ar fresco parece parado ao meu redor, minha respiração alta demais. Como ele não me percebe ali? Dou mais alguns passos, passo por trás de lápides altas, até que a voz dele chega até mim:

— ... a verdade é que não sei o que tô fazendo. Eu sei, tenho que ir com calma, encarar um dia de cada vez, mas não consigo não pensar no futuro. E se as coisas não derem certo? E se a loja afundar, e eu não conseguir outro emprego? Sei que a gente ainda tem um plano B e um plano C. Você pensou em tudo, mesmo no final… Mas não quero fracassar agora. Não quero que ele me veja…

A voz morre quando ele engole a frase. Ele passa a mão pelo cabelo, chuta uma pedrinha, olha pro céu.

— E se eu tiver fazendo tudo errado? Ele não me conta nada e não sei se eu devia, sei lá, obrigá-lo ou deixar quieto. Você devia ter deixado instruções mais detalhadas. — Ele ri, mas sem humor. — Sinto que ele tá se afastando cada vez mais, e não sei o que fazer pra ajudar. Pra ele superar… ou pelo menos, lidar com isso. Chorar por você.

Engulo com força. Lidar com isso. Como se houvesse um jeito— algum jeito de melhorar!

— Mas não é isso que eu vim dizer. Sei que sempre tô falando a mesma coisa, e se você tiver ouvindo mesmo, deve estar entediada já. Mas sei também que conhece meu jeito de adiar o que interessa. A questão é… eu vim porque… eu conheci alguém.

Seguro a respiração, apoiando a mão no túmulo de um desconhecido. Uma frase tão inocente, mas com um significado óbvio. Lembro da ligação de ontem. Aposto que não era amigo coisa nenhuma, mas uma namorada nova. Mais um segredo. Quantos mais ele tá escondendo?

— Você ia dizer que isso é ótimo, eu sei — ele sorri. Sinto uma inveja súbita. Eu queria ter certeza do que ela diria a todo momento, tê-la conhecido bem a esse ponto. — Você ia dizer que eu tenho que viver mesmo, mas… mas dessa vez é mais complicado. Não sei o que o Artur vai pensar. — Silêncio por uma eternidade, então: — Acho que pode ser algo bom pra mim, de verdade. Não quero estragar as coisas dessa vez. Mas morro de medo de… enfim, tenho que pensar nele também.

O que ele quer dizer com isso? Como se eu fosse uma criança. Como se ele não pudesse ser feliz por minha causa! Espero mais alguma coisa, sem nem respirar, o coração acelerado, mas a minha sorte é essa:

— Não consigo falar disso agora. Só queria te ver. Na verdade, queria *te ver*. Mas como não dá, venho aqui. Ah, Júlia — ele diz, a voz rouca —, por que você foi me deixar?

Ela *me* deixou também, penso, uma sensação quente raspando a garganta e subindo aos olhos. Ele não é o único que sente falta dela! O único que gostaria de estar falando com ela! Mas como não vê que não adianta nada, que não tem nada aqui, que é só um pedaço de terra?

Não aguento mais. Vou embora, as palavras entaladas na garganta. Não falamos nada no caminho de volta.

MAIO

Segunda-feira, 4 de maio

— Artur. — Sinto uma mão encostar no meu ombro na hora do intervalo e me viro pra encarar a Priscila, todos os músculos no meu corpo tensos.

Ajeito o rosto numa máscara de indiferença.

— Fala — respondo, seco, porque estou chateado com o gelo que ela me deu nos últimos dias.

— Acho que a gente precisa conversar, você não?

Quase jogo as mãos pro alto de frustração. Agora ela vem com esse ar de maturidade, mas praticamente saiu correndo sexta-feira passada quando tentei falar com ela no intervalo. A questão é: se ela tivesse falado comigo na sexta, eu teria até caído de joelhos pra me desculpar. Mas agora que passei o fim de semana pensando em tudo o que aconteceu, cheguei à conclusão de que a reação dela foi totalmente exagerada — e que me punir desse jeito depois de me rejeitar é uma coisa bem babaca de se fazer com uma pessoa.

Ela está me olhando como se *eu* estivesse sendo teimoso, e a maneira como está torcendo a ponta do cabelo — que eu achava um hábito tão bonitinho — me irrita profundamente.

— Esqueci minha blusa na sua casa.

Dou uma risada sem humor.

— Claro. A *blusa* é que é importante, né? Pode deixar que eu te trago amanhã.

Ela me lança um olhar furioso, bem parecido com o que a minha mãe usava quando eu era teimoso só pra irritá-la.

— Não é você que tem que estar bravo comigo, *eu* fiquei chateada com você! — ela diz. — E uma hora a gente vai ter que lidar com isso.

Lidar com isso. Todo mundo quer que eu *lide* com as coisas, ultimamente.

— Uma hora… uma hora que *você* decide, né?

— Considerando que foi você que fez a burrada, sim — ela responde, como se fosse óbvio. — Achei que você fosse entender que eu preciso de um tempo.

— Você tá de palhaçada comigo, né? Me ignora por dias por causa de uma coisa *idiota*, e agora age como se *eu* tivesse exagerando!

— Uma coisa idiota? — Pelo tom que ela usa, me pego imaginando que ela e a Penélope poderiam ser grandes amigas. — Quantas vezes alguém já tentou te beijar sem a sua autorização?

— Ah, deixa de ser dramática! Foi uma porcaria de um selinho. Ninguém morre disso!

— Não interessa. Você abusou da minha confiança. Não me deu nem uma chance de dizer não!

— Faça-me o favor! Se der esse showzinho toda vez que um cara te beijar, vai morrer sozinha. — Sei perfeitamente que isso é uma coisa cretina de se dizer, mas as palavras saem sem eu consiga filtrá-las.

Pelo visto, ela também acha, porque agora assume um olhar furioso.

— Pois eu prefiro! — responde. — Que te passou pela cabeça pra achar que podia me beijar, quando eu nunca dei nenhum sinal de que tava a fim de você?

— Nenhum sinal?! E os últimos dois meses? E todas aquelas mensagens? E o clima que tava em casa?

— Já ouviu falar em amizade? Desculpa se eu te dei a impressão errada, mas...

Corto antes que ela possa me rejeitar outra vez:

— Olha, quer saber, eu que peço desculpa por ter achado que eu tinha alguma chance com a Rainha Priscila, tá? Foi mal!

— E foi mesmo! A sua vida é tão vazia que você acha que qualquer sinal de afeto já é um convite pra dar em cima das pessoas?

De todas as coisas que ela poderia ter dito — que disse —, essa é a que me machuca. Sinto o peito meio oco, e é como se eu tivesse murchado de repente. Parece que encolhi e ela cresceu uns três metros.

Deve ter sido uma reação visível, porque logo a expressão dela muda, e o arrependimento fica nítido.

— Artur, desculpa, eu não quis...

— Não, deixa quieto — digo, seco, engolindo o nó que se formou na garganta. Sei que estou sendo cruel, mas preciso ser, porque a alternativa é quebrar inteiro. — Obviamente a gente não se entendia tão bem quanto eu imaginava. Então vou facilitar a sua vida e ficar longe de você, assim cê não precisa mais lidar com os meus abusos, beleza?

— Não é isso que eu disse! A gente precisa conversar e...

— Não sei o que mais temos pra dizer depois dessa.

— Artur, não seja...

Teimoso? Idiota? Infantil? Não quero e não deixo que ela termine: viro as costas e me afasto da escola, o coração mais pesado a cada passo.

No caminho pra casa, a única coisa que fica martelando na minha cabeça é aquela frase. "A sua vida é tão vazia..." Ela está certa agora.

Sem ela, estou sozinho de vez. É uma constatação tão patética que sinto uma vontade quase incontrolável de bater a cabeça contra a janela do ônibus até essa voz calar a boca.

Quarta-feira, 6 de maio

De repente, é como se a escola inteira estivesse falando exclusivamente sobre isso. Por onde olho, vejo pessoas reunidas, cochichando curvadas sobre celulares e dando risinhos. No começo achei que era impressão minha, mas em menos de cinco minutos no pátio, escutei uns três grupinhos diferentes comentarem alguma coisa sobre o Alexandre.

Notícias *realmente* voam hoje em dia. Não que isso seja notícia — tá mais para fofoca de gente desocupada. Sinto uma vontade inexplicável de estrangular todo mundo participando dessa palhaçada. Babacas.

Tudo bem, não é tão inexplicável assim. O Alexandre é o melhor professor que tive na vida, e me irrita ver todo esse povo agindo como se ele fosse um deus na Terra durante as aulas, mas, assim que bate o sinal, rindo às custas dele por causa de... de coisas que não são de conta de ninguém.

Quanto mais ouço as fofocas, mais me dá a impressão de que, de um jeito estranho, eles não estão falando sobre uma pessoa de verdade. É como se estivessem discutindo a novela.

Cai um silêncio tenso quando ele entra na sala. Tem sido assim desde que fuçaram as fotos dele, mas hoje está especial, como se todos estivessem esperando que ele comentasse alguma coisa ou nos passasse um sermão sobre invasão de privacidade. Nada. Ele mantém o rosto completamente neutro quando nos cumprimenta e logo já emenda o conteúdo da matéria.

A parte boa daquela tensão é que as aulas nunca fluíram tão bem: todo mundo anda trabalhando bem, até a turma do Pedro.

Claro que isso só dura até o Alexandre sair da sala. Quando toca o sinal pro intervalo, todo mundo começa a falar como se tivesse segurado o fôlego por 45 minutos.

— Nossa, cê viu a cara dele?

— Será que ele tá p…

— Meeeo, tive certeza que ele ia falar alguma coisa hoje!

E outras frases do gênero vão surgindo. Seria engraçado se não fosse irritante: parece que estão se remoendo de culpa — ou seria medo de levar um sermão em público? — ao mesmo tempo que vibram de empolgação com toda essa história.

Pego minhas coisas e desço para o pátio. Não tô a fim de conversar com ninguém, e esse assunto já tá me enjoando.

Achei um lugar bom, uns dias atrás, logo abaixo das escadas, vários metros longe da cantina, onde quase todo mundo se reúne no intervalo. É mais gostoso que ficar dentro da biblioteca, e quase ninguém passa por aqui, então dá pra ficar lendo sossegado.

Estou quase terminando o livro para o clube quando ouço passos se aproximando.

— E não bastava ser viado, tinha que namorar negão ainda por cima!

Reconheço a voz do Lucas, um garoto do 9º A que tive o desprazer de conhecer na aula de Educação Física.

Viro a cabeça pra ver com quem esse imbecil está falando, e… claro. De todos os lugares dessa escola enorme, o Pedro e a turma dele *tinham* que escolher o meu canto perto das escadas. Eles não me viram ainda, e a conversa continua.

Dou uma espiada no Felipe, me preparando para mudar de ideia sobre ele ser melhor que os outros, mas, para a minha surpresa (e um pouco de alívio), ao invés da gargalhada de hiena pela qual esse povo é conhecido, ele dá um sorriso amarelo e desvia o olhar. Talvez não tenha gostado do tom racista — o que já é um grande avanço, naquele grupo.

— Mas fala sério! Não dá pra confiar em ninguém mais hoje em dia, né? — Danilo, vulgo Cabeção, comenta. — Antes os caras davam sinal de viadagem, agora ficam se fingindo de homem.

— Né? Antes dava pra saber quem era e evitar! — concorda o Mateus. — Agora eles aprenderam a se esconder entre a gente, então não dá pra fugir! E a gente ainda tem que ter aula com ele!

— Mas ele é um bom profes… — o Felipe começa, e mentalmente dou um tapinha nas costas dele.

Infelizmente, o Pedro interrompe:

— Mas essas sacanagens sempre vêm à tona! Não adianta se fingir de homem, alguém sempre descobre a verdade. E quer saber? Aquele bicha nunca me enganou! Sempre achei esquisito o jeitinho que ele tem de falar… de se vestir… sem contar que já vi ele desmunhecar várias vezes!

Claro, Pedro. Porque você é o *cara*. Só você conseguiu solucionar esse mistério. Reviro os olhos e tento prestar atenção no livro novamente. Não é problema meu o que esses imbecis têm pra dizer. Não vou me envolver com isso.

— Sabe, meu pai me contou que, quando era mais novo, ele e uns amigos chamaram um viado do bairro pra ir pescar, mas quando tavam lá no meio do rio, jogaram ele pra fora do barco. — O Lucas ri, como se essa fosse a melhor história que alguém pudesse ter passado para a próxima geração. Os outros meninos estão gargalhando, menos o Felipe, que encara o Lucas com a mesma expressão que imagino ter no rosto agora.

Ora, vejam só: realmente existe esperança pra ele.

— Boa! Mereceu, mesmo. Uma vez… — o Pedro começa, mas já fechei o livro e estou de pé. Eles se viram, surpresos, me notando pela primeira vez.

Eu *sei* que não vai mudar a visão deles, sei que só estou cavando uma cova mais funda pra mim mesmo, que o Alexandre não precisa que ninguém o defenda e que eu não devo isso pra alguém que anda mentindo pra mim — mas a resposta já está formada na garganta e estou falando antes que consiga me segurar:

— Por que o seu pai não pulou junto? Assim você não tinha nascido e ele tinha livrado o mundo de dois cretinos de uma vez!

Seis pares de olhos se voltam para mim. Cinco deles parecem querer comer o meu fígado, mas um parece meio preocupado. Duvido que o Felipe vá me defender agora, ou mostrar qualquer sinal do companheirismo daquele dia na biblioteca, mas é bom saber que a lealdade dele com esses babacas tem limite.

— Como é que é, moleque? O que é cê falou pra mim? — O Lucas joga no time de basquete da escola, o que faz dele bem uns dez centímetros maior do que eu, e *vários* centímetros mais largo. Eu realmente preciso começar a pensar antes de abrir a boca.

— Eu *disse* que o seu pai devia ter se jogado no rio também. — Tudo bem, pensar antes de falar vai ser a minha resolução de ano-novo. — Ou, pelo menos, ter usado camisinha, assim você não tava por aqui falando esse monte de merda.

— Tá se doendo por ele, é? — Nunca tinha escutado o Mateus falar tanta coisa numa semana. Prefiro mil vezes quando ele é só o capanga mudo e clichê.

— Ele é seu namorado? — O Pedro é tão previsível.

Risos. Reviro os olhos e cruzo os braços.

— Isso mesmo. O nosso professor de 30 anos é meu namorado, exatamente. Como foi que você descobriu? — Uivos de gargalhadas. Talvez não tenha sido a melhor ideia apostar no sarcasmo. Emendo com: — Afinal, tinha que dar uns dias de folga pra sua mãe, né?

Silêncio. Sucesso!

Os olhos do Pedro se apertam, e os outros meninos olham para ele com expectativa. Ele dá um passo para a frente, e tenho certeza de que ele vai começar uma briga. Em vez disso, ele sorri e pergunta:

— Por quê? Tá com saudades da sua?

Eles riem e com razão: sei que a minha reação foi visível. Mas não vou deixar a peteca cair! Sem pestanejar, respondo:

— Não! Pra dar o trato que o seu pai não tá dando!

— Cala a boca, seu merda!

— Cala a boca, vocês! Que é que importa se o Alexandre tá pegando homens por aí? Não é da conta de vocês!

— E é da sua? — Lucas.

— Não era eu que tava discutindo a vida dele!

— O que cês tão gritando aí, hein?

Todos paramos. É até meio cômico, considerando a testosterona no ar, mas basta a voz fina e feminina da Letícia para congelar todos nós. Por mais que não me interesse por nenhuma garota além da Priscila, a Letícia ainda intimida bastante — ela realmente é muito gata e sabe disso. Entra no meio do grupo com toda a confiança.

Os outros se empertigam, arqueando as costas pra expandir o peito. É ridículo demais, e solto uma bufada de desprezo. A Letícia olha, curiosa, de mim pra eles.

— Nada — diz o Pedro.

— A gente tava falando sobre o Alexandre — respondo, calmamente, e preciso controlar um sorriso. Nem preciso olhar pra saber que eles estão me lançando olhares de ódio. Todo mundo sabe que a Letícia *adora* o Alexandre.

Dito e feito: ela fecha a cara.

— Nossa, vocês falam das garotas, mas fofocam mais que um grupo de velhas, né?

Rio alto, tanto pelo comentário inesperado como pela cara do Pedro. Parece que a discussão vai, enfim, acabar, mas o Lucas decide tentar salvar a honra do grupo dando uma de machão:

— Fica na sua, mina! — ele grita.

O Pedro olha feio pra ele. Esse cara é demais. A garota acabou de humilhá-lo publicamente, e ele ainda fica bravo quando gritam com ela.

— Fica na sua, você! — ele retruca.

Ao contrário do que ele provavelmente espera, ela só levanta uma sobrancelha. Se olhares pudessem matar, depois desse eu não teria mais que me preocupar com o Pedro.

— Não preciso que um imbecil preconceituoso me defenda, muito obrigada. — Com isso, ela vira e se afasta.

— Melhor passar na enfermaria — sugiro — porque esse queimão deve ter doído.

Bate o sinal e aproveito pra fazer uma retirada estratégica, sentindo o olhar do Pedro fuzilando minhas costas.

....

Na loja, horas depois da discussão e mais de uma semana depois que começaram os boatos, ainda me pego pensando nisso. O fato é que ninguém tem certeza de nada e, por mais que as fotos do tal do Fabrício sejam sim incriminadoras, não dá pra ter certeza. Como o próprio Alexandre não falou nada a respeito (e se eu disser que não torcia pra que ele se assumisse em sala de aula, só pra pôr fim ao mistério, estaria mentindo), só o que dá pra fazer é especular. O que eu odeio. Gosto de ter certeza sobre as coisas.

O ideal seria parar de pensar sobre isso, mas, infelizmente pra mim, varrer não é exatamente uma atividade que ocupa muito a mente, então sempre acabo voltando para aquele assunto.

Normalmente eu perguntaria esse tipo de coisa pra Penélope, porque existem poucas coisas no universo capazes de chocá-la, e acho que ela teria algum conselho curto e grosso pra me dar, por exemplo, "Cuida da sua vida e deixa os outros ficarem com quem quiserem, menino! Varre o chão que você ganha mais!", e então eu iria rir e esquecer o assunto.

Mas a Penélope está no Rio, visitando uma amiga, então fora de questão. Me resta...

— Pai — último recurso —, como você perguntaria pra alguém que você não conhece assim tão bem se ele é gay?

Meu pai, que estava esterilizando o material de trabalho dele, levanta a cabeça e me encara como se eu tivesse perguntado como assaltar um banco e sair impune.

— Eu esperaria até a pessoa me contar voluntariamente, porque se ele não tocou no assunto até agora é porque não está preparado para falar sobre isso ainda. Por quê? Pra quem você queria perguntar isso?

Dou de ombros.

— Ah, alguém aí que eu conheço. Talvez eu nem pergunte, só tava pensando no assunto, sabe?

— Mas você precisa mesmo saber esse detalhe sobre alguém? Porque é importante lembrar que a sexualidade de alguém é só uma parte, e uma parte pequena, da vida de uma pessoa, sabe?

— Não, não, eu sei, só queria… ter certeza.

Fica um clima meio estranho por alguns segundos. Meu pai continua me encarando, como se estivesse esperando que eu dissesse mais alguma coisa. Continuo segurando a vassoura, olhando de volta pra ele, esperando, sei lá, permissão pra voltar a varrer. Isso só prova a minha teoria que nada de bom sai de tentar conversar com seus pais sobre coisas sérias.

Desesperado pra acabar logo com isso, digo:

— Então — com toda a intenção de usar o clássico "Então, tá... era só isso mesmo!", mas ele decide falar ao mesmo tempo que eu.

— Se você quiser conversar sobre alguma coisa…

Demoro um segundo pra entender. Ele tá achando que *eu* quero sair do armário! Era só o que me faltava!

Suspiro, irritado, e faça um esforço enorme pra não revirar os olhos.

— Não, pai, não tem nada que eu queira falar. Esse assunto não tem nada a ver comigo, beleza? É alguém da escola e, se duvidar, nem é verdade. É só um boato que escutei. Esquece que eu perguntei, tá bom?

Ele balança a cabeça, mas só uma vez, daquele jeito que ele sempre faz quando está sendo irônico e quer dizer "entendi a mensagem, mas estou ignorando totalmente". Põe o material sobre a mesinha cirúrgica dele e se vira completamente pra me encarar.

— Mesmo que seja só isso, se tiver *qualquer* coisa que você queria me perguntar... alguma coisa que você queira me contar...

— *Pai!*

— Eu tô falando sério! Se essa é uma conversa que você queira ter, eu acho superválido.

— Pai, a gente *já teve* essa conversa. Eu lembro, eu tava lá. E acredite, falar disso uma vez já foi mais do que suficiente! Além disso, eu tenho internet.

Ele faz uma cara de limão azedo e aponta uma agulha na minha direção.

— Esse é outro problema! Vocês hoje ficam aprendendo tudo na internet, como se desse pra confiar na "internet"! — Ele faz as aspas com os dedos, e eu prefiro nem pensar sobre o que quer dizer com isso. — Daí acham que sabem de tudo e...

— E vocês acham que a gente não sabe de nada, e somos todos imbecis — retruco. — Não sou idiota, eu sei o que não devo fazer e...

— Não é só fazer ou não fazer alguma coisa, Artur. Essas coisas não são só... físicas, embora pareça a parte mais importante agora. Você tá passando por um momento em que as emoções vão mudar e ficar mais difíceis, e...

Sabe quando uma conversa sai tão dos trilhos que você nem sabe como chegou naquele ponto?

— Pai, tô de boa, *juro*.

Ele passa uma mão pelo cabelo, e suspira.

— Sua mãe e eu sempre quisemos ter tudo às claras com você. Que você pudesse conversar com a gente sobre meninas. — Ele espera um momento. — Ou meninos.

— *Pai.*

— Ou ambos.

— Sério, acabou essa conversa. — Viro as costas e faço menção de sair, mas ele grita atrás de mim:

— Artur, senta aí e me ouve! — E não é como se eu tivesse pra onde ir, então obedeço. Ele recomeça, falando rápido. — Não quero ser um daqueles pais que tiram conclusões, ok? Eu sei que não sei tudo sobre a sua vida e que você vai inevitavelmente esconder coisas de mim, mas quero pelo menos manter uma porta aberta, se você quiser falar sobre alguma coisa. Se você tiver dúvidas, prefiro *muito* que venha falar comigo do que procurar na internet.

Não tem nenhuma chance de isso acontecer, mas eu faço que sim.

— Tá bom, pai.

Ele suspira, e parece chateado. Me sinto um pouco mal, mas daí lembro que a gente só caiu nesse buraco por causa dele — *eu* só perguntei como ele chegaria em alguém pra perguntar se era gay, não pedi pra ter um momento pai e filho constrangedor. Pra não falar que a honestidade é uma via de mão dupla e, entre adicionar o Alexandre no Facebook e ter uma namorada misteriosa, ele não está exatamente sendo aberto comigo, né? Quando lembro disso, a culpa passa rapidinho.

Quinta-feira, 7 de maio

Não bastasse o climão por causa do Alexandre, o clube do livro fica ainda mais desconfortável — pelo menos pra mim — com a Priscila me ignorando. Olho ao redor procurando um lugar longe dela e acabo sentando ao lado do Felipe, que me olha meio torto.

— Tá perdido? — ele pergunta, de sobrancelha levantada.

Reviro os olhos.

— Supera, moleque. No momento, você é, dos males, o menor.

Ele dá de ombros e fica tudo por isso mesmo.

Normalmente as reuniões do grupo são um ótimo jeito de esquecer da vida, mas o livro da vez não ajuda: enquanto conversamos sobre as duas personalidades do Dr. Jekyll, fico me perguntando se todo mundo tem um lado escondido, o que sempre me leva de volta ao meu pai.

Um lado positivo foi que dessa vez o Felipe participou um pouco mais e até chegamos a um debate um a um sobre o livro. Definitivamente, quando não está cercado por aqueles imbecis, o Felipe até que não é má companhia.

Uma hora depois, quando todo mundo começa a pegar as mochilas da mesa e sair da sala, espio a Priscila pelo canto do olho — ela continua não olhando pra mim! — e quase não percebo que o Felipe se levantou também e está parado do meu lado.

— Tchau, garotos — o Alexandre diz, sorrindo.

— Tchau, professor — respondemos junto e, quando ele passa, trocamos um olhar meio culpado.

Cai um momento de silêncio, então o Felipe coça a nuca. Todo mundo está saindo da sala e, em dois segundos, só sobramos nós dois. Me pergunto se deveria ter escapado mais cedo.

— Hã... Sobre ontem... foi legal você defender ele — o Felipe diz.

Não preciso perguntar sobre o que ele está falando. Dou de ombros.

— Era o mínimo que eu podia fazer.

Ele parece envergonhado. Bem que podia ter me ajudado ontem, né! Quase falo o que estou pensando, mas quando vejo que ele está com uma cara de cachorro chutado, me seguro.

— Não que tenha servido pra alguma coisa — acrescento, meio desanimado. — Eles vão continuar falando essas merdas.

— Provavelmente — ele concorda. — Enfim… valeu por não… mencionar aquilo do Pedro.

— Eu prometi, não prometi? — Estou na defensiva, mas, pra falar a verdade, a possibilidade me ocorreu durante a briga. — Mas nem precisei. A Letícia cuidou bem da situação.

Ele ri.

— Ah é, tem essa ainda. O Pedro é super a fim dela. Ele não tá nada feliz.

— Espero que se faça de palhaço mais vezes, foi divertido.

Ele tenta parecer recriminador, mas não consegue evitar um sorriso enquanto vai pra mesa e pega a mochila.

— Bom, enfim, vou in… — Ele para a palavra no meio. Sigo o olhar dele até meu caderno, dentro do qual enfiei uma HQ que peguei na biblioteca. — Você curte HQ?

Ah, não. Só me faltava essa. Agora a gente tem *outro* interesse em comum.

Quando vejo passamos meia hora discutindo Marvel *versus* DC, e só reparamos que aumentamos o tom de voz quando a bibliotecária, provavelmente pela primeira vez na vida, sai de trás do balcão e vem até a nossa sala nos repreender.

Saímos rindo e pedindo desculpas, até que nos vemos no meio do pátio. Está praticamente vazio, mas mesmo assim o Felipe para de chofre e olha ao redor, provavelmente lembrando que sou companhia indesejada.

Então penso: ele é que anda com uns cretinos preconceituosos. *Eu* é que não devia querer ser visto com *ele*! Fico irritado e me arrependo de ter passado meu celular pra ele cinco minutos atrás.

— A gente se fala, então? — ele pergunta.

— Se seus amiguinhos não estiverem por perto, né?

Droga. Aquela cara de criança abandonada de novo!

— É — ele diz, porque ainda é verdade. — Bom, até… depois.

Vejo ele se afastar e nem sei se me arrependo da alfinetada ou não.

O que eu preciso mesmo é de uma distração de verdade, que não tenha nada a ver com escola, Alexandre ou meu pai. Mando uma mensagem pra ele avisando que não vou pra loja e, em vez disso, passo em casa pra pegar meu skate.

....

Três tombos são o suficiente pra mim, então ponho o skate embaixo do braço e vou procurar um carrinho de sorvete.

— Até que não fez tão feio hoje! — alguém caçoa, me cutucando as costelas. Olho pro lado e, como esperava, a Letícia está me encarando com aquele sorriso debochado dela.

Tento escapar da escola, mas a escola me encontra aonde quer que eu vá.

Ela está usando shorts e uma camiseta preta larga de uma banda que eu nunca ouvi falar, bem diferente das blusinhas apertadas que usa na escola. Prendeu o cabelo num coque meio desajeitado e está sem seus característicos brincos enormes também, fazendo-a parecer outra pessoa — embora o nível de confiança continue o mesmo.

— É — respondo. — Parei cedo hoje. Evitar humilhação, sabe, coisa do tipo.

Ela ri. Pra ser sincero, é uma surpresa. Esperava que ela revirasse os olhos e dissesse alguma coisa ofensiva.

— Não ia me oferecer um pedaço? — ela olha para o picolé e arqueia a sobrancelha.

Olha, na verdade, não. Fico pensando qual é a dela. A menina é podre de rica. Se quisesse, poderia comprar não só o carrinho de sorvete, mas também o vendedor. De qualquer maneira, dou de ombros e estendo o picolé.

— Mas o que você tá fazendo aqui hoje? — ela diz, depois, enquanto estamos dando uma volta pelo parque. — Achei que você só viesse aos fins de semana.

— Sei lá. Não tava a fim de ir lá pra loja, então vim pra cá.

— Loja? Você trabalha?

— Mais ou menos. Meu pai e uma amiga dele têm um estúdio de tatuagem e *piercing*, e geralmente dou uma passada lá pra ajudar.

— Humm, é mesmo? E você faz o quê por lá, limpa o chão?

Sim.

— Não. Eu... eu ajudo a Penélope com os *piercings* — não é exatamente uma mentira — e meu pai tá me treinando pra fazer tatuagem. — Tudo bem, *essa* é uma mentira deslavada, mas escapou antes que eu pudesse evitar.

— Olha só! — Ela me empurra de leve. — Acho que você devia me levar pra conhecer essa loja. Faz tempo que tô a fim de colocar um *piercing*.

Penso em como seria fantástico se a Letícia chegasse na escola com uma joia nova que eu mesmo furei. Não só as pessoas ficariam impressionadas, mas, mais importante, a Priscila iria morrer de ciúmes. Talvez até se arrepender de ter me dispensado tão rápido. Abro um sorriso e digo:

— Combinadíssimo. Qualquer dia a gente passa lá depois da escola.

— Segunda-feira. Vou matar aula de inglês e vamos lá visitar teu pai.

Ah... nossa. Decidida, essa garota.

— É... beleza. Escuta, por que cê não foi mais nas reuniões do clube?

Ela desapareceu depois da primeira reunião, e agora faz uma careta.

— Você sabe que amo o Alex... – Percebe-se pelo fato de que chama o cara de "Alex" – ... mas não tenho tempo de ler as coisas direito, e... peraí. — Ela atende o celular. — Oi! Já chegou? Beleza, tô indo aí. Beijos, tchau! — Pra mim, ela diz: — Foi legal te ver de novo, Artur. Não esquece de segunda, hein!

E, com essa despedida, ela vira as costas e segue na direção oposta. Fico olhando até ela desaparecer, tentando entender no que acabei de me enfiar e de onde vêm os poderes mágicos dessa mina que fazem todo mundo obedecer cada desejo dela sem nem questionar.

Segunda-feira, 11 de maio

Minha ideia de causar ciúme na Priscila vai por água abaixo quando a Letícia simplesmente não abre a boca sobre nossos planos. Nem fico surpreso: estou me acostumando a ser ignorado em público.

Depois, quando estamos no metrô, dou uma alfinetada de leve, só porque não posso perder a oportunidade:

— Até entendo essa de levar uma vida dupla, mas acho que suas amigas vão acabar descobrindo que você fez um *piercing*, mais cedo ou mais tarde.

Ela ri, sem graça, e responde:

— Na verdade, até queria falar pras meninas onde ia, mas não sabia se você ia gostar. Você nunca falou pra ninguém o que seu pai faz.

É bastante... perceptivo da parte dela. Me sinto meio mal por ter tirado conclusões tão babacas sobre ela. Culpa. Outra sensação bem familiar pra mim ultimamente. Coço a cabeça, sem jeito, e dou de ombros pra quebrar o clima.

— Não gosto daquela galera sabendo da minha vida e tal. Mas... pode comentar com suas amigas. Acho que uma hora o pessoal vai descobrir mesmo. — Já descobriram coisa pior.

Ela abre um sorrisão.

— E nem tem por que esconder, Artur! Queria que meu pai fosse legal assim!

Coitada, não sabe o que diz. Ignorância realmente é uma benção. Me pergunto por que as garotas gostam tanto do meu pai.

— Ah, sei lá. Não é tão legal quanto parece, tipo… é uma loja. As pessoas entram, compram o que querem e, com sorte, vão embora. Às vezes elas reclamam bastante, também — aviso, mas não tem jeito: os olhos dela estão brilhando.

— Tá, mas tem uma diferença entre seu pai vender, sei lá, óculos e vender *tatuagens*. Vocês devem ver tanta gente *cool!*

Balanço a cabeça.

— Na real? Geralmente só temos clientes normais mesmo, sabe, gente metida a rebelde e… — Fecho a boca depressa. Ela está me encarando com os lábios cerrados e uma sobrancelha arqueada. Acabo só sorrindo amarelo e olhando pela janela o resto do caminho.

Avisei meu pai e a Penélope que ia trazer uma amiga (usei o termo bem livremente) e que eles estavam proibidos de me envergonhar de qualquer jeito. Pra minha alegria, meu pai está trabalhando e só grita um oi de trás do biombo — mas eu não estava contando com a Penélope.

Se a Letícia chegou pensando que meu pai é algum tipo de rebelde punk ultradescolado, na Penélope, parece ter encontrado seu novo modelo de vida.

— Ai meu Deus, seu cabelo! — ela grita, o que não é uma reação incomum. Então fica um pouco vermelha (e até isso fica bem nela, é claro) e estende uma mão. — Ai, desculpa, você é a…

— Penélope — ela se adianta e cumprimenta a Letícia com um beijo no rosto. — Sou a sócia do Guilherme.

— Ah! Ele mencionou você, só não disse que era tão… — Ela nem tem palavras, então termina a frase com um sorriso deslumbrante. — Adorei suas tatuagens! Essa aí significa o quê?

A Penélope começa a explicar uns símbolos zen que tem no braço e as duas me esquecem completamente enquanto começam a conversar e se sentam pra fazer o *piercing*.

Não era bem isso que eu tinha em mente, mas sem problemas, fico aqui sozinho me entretendo com…

— Ué, o Artur não vai ajudar dessa vez?

A sobrancelha da Penélope sobe até a raiz do cabelo. Então o canto da boca se curva pra cima e ela diz, depois de uma pequena eternidade:

— Vou dar uma folga pro Artur hoje, ele anda trabalhando tanto ultimamente…

Vou pagar pela mentira depois, mas a Letícia parece impressionada. Não tô a fim dela, mas também não vou desprezar atenção de uma gata dessas, né? Sem contar que, se ela resolver me odiar, aí sim minha vida vai ser um inferno.

— Mas me fala: dói muito fazer uma tatuagem? — a Letícia pergunta, enquanto observa a Penélope separando a agulha e os outros instrumentos para o procedimento.

A Penélope dá de ombros.

— Depende muito, sabe? Vai da tolerância da pessoa, pra falar a verdade. O lugar que você escolhe pra desenhar também influencia… além do mais, quanto mais você faz, mais se acostuma. É tipo como se depilar com cera, sabe?

Me afundo na cadeira. Que papo é esse?

— Nossa, se sei! A primeira vez que depilei a coxa, quase morri!

— Pois é, mas com tatuagem é mais tranquilo, viu. Chega uma hora que nem dói mais, você já tá tão alucinada de endorfina — ela ri.

— Eu queria fazer uma, mas acho que vai me atrapalhar no trabalho…

— É verdade. O Artur falou que você é modelo, Letícia — a Penélope diz.

— *Só mencionei* — esclareço rápido, me enfiando na conversa. — *Comentei* de passagem, não saí por aí falando disso, nem nada.

A Letícia ri, nem um pouco incomodada.

— É, já fiz uns trabalhos, mas é que minha mãe tem uma loja de roupas, então é mais prático pra ela…

Ela e a Penélope engatam outra conversa, e eu me pego pensando na Priscila. Por mim ela é tão gata quanto a Letícia, podia muito bem modelar se quisesse. Só que claro que não faria isso, porque vai ser *médica* e já tem todo o futuro programado. Será que é por isso que não quer nada comigo? Imbecil! Por que fui falar pra ela que não sei o que quero da vida?

— Artur? — Acordo do devaneio com a voz da Letícia. Ela está com a camiseta erguida um pouco acima do umbigo, e demoro um segundo pra entender que tenho que comentar sobre o *piercing*. Estou tão distraído que nem aprecio direito a visão.

— Ah… ficou ótimo! — digo, uns restos de pensamentos sobre a Priscila ainda voando na cabeça e enrolando minha língua.

A Letícia ou não repara ou resolve ignorar meu olhar perdido. Ela agradece a Penélope — efusivamente — e me diz que precisa ir, porque tem alguma coisa à noite. Saio com ela e atravessamos a praça da Sé, lotada como sempre na hora do rush. Fica um clima esquisito entre a gente — não ruim, mas não exatamente muito bom. Como se tivesse um buraco na conversa que um de nós devia preencher.

Depois de alguns minutos, ela diz, fazendo um muxoxo:

— Nem conheci seu pai.

— Ah, é… que pena, hein.

— Fica pra próxima?

— Cê vai fazer outro *piercing*? — pergunto, surpreso.

— Não, a próxima vez que a gente se encontrar.

Vai ter uma próxima?

— Ah, claaaro… a próxima.

— Você tem que me convidar pra ir na sua casa — ela continua, um sorriso meio brincalhão, meio incerto no rosto. Não é algo muito comum nela; todas as vezes que a vi sorrindo, sempre foi com confiança absoluta.

— Tenho?

— Aham. É assim que manda o protocolo.

— Ah… então… passa lá em casa um dia desses? — pergunto, quase esperando que ela sugira o dia e a hora de novo.

Mas dessa vez ela só me olha meio estranho, ri e me dá um beijo na bochecha.

— Então, tá. A gente marca, sim — diz, e se vira para a estação antes que eu possa dizer alguma coisa. Isso tá se tornando um padrão com a gente, e novamente fico parado uns minutos enquanto ela some de vista.

Será que ela quer que eu a convide pra ver meu pai? Não seria a primeira vez que isso me acontece — já mencionei as clientes com altas ambições, né? Ou então é a Penélope que ela quer visitar de novo. De qualquer modo, mais provável do que estar louca pelo prazer da minha companhia, considerando que eu nunca falo nada interessante quando ela está por perto.

Balanço a cabeça e tento me livrar do incômodo que me dá não saber alguma coisa com certeza, e volto pra loja — com certeza a Penélope vai ter alguma tarefinha especial reservada pra mim.

Terça-feira, 19 de maio

— Já sei: vou cozinhar. Tá a fim de comer o quê?

Palavras que temo. O repertório culinário do meu pai é limitado: um feijão com arroz básico, um macarrão com salsicha, ou — se ele estiver se sentindo ambicioso — uma omelete. Mesmo assim tudo pode dar errado. Ele está sempre fazendo dez coisas ao mesmo tempo e às vezes põe o triplo de sal na comida — o que não é muito agradável, mas nem é o que mais me faz detestar essas noites. O problema é que, sempre que cozinha, ele quer que a gente sente à mesa e converse. "Como uma família, Artur."

— Vou tomar banho — respondo, pra ganhar tempo. Hoje cruzei a cidade resolvendo problemas pra Penélope e estou inteiro suado. Quando já estou no corredor, ele grita algo sobre economizar água e eu resmungo uma resposta, trancando a porta.

Porque sim, meu pai tem dessas: se a porta não está trancada, ele acha que é convite pra entrar.

Fico pensando se foram por essas coisinhas que eles não ficaram juntos. Eu era pequeno quando eles se separaram, mas lembro que viviam brigando por uma infinidade de coisas. Mas todo casal briga por picuinhas, então uma toalha molhada em cima da cama pode ter sido a gota de água como também pode ter sido só uma terça-feira normal.

Será que se eles tivessem insistido um pouco mais as coisas seriam diferentes pra ele? Desorganização é o nome do meio dele desde que me lembro. Quando eu tinha uns oito anos, lembro que todos os sapatos dele ficavam no mesmo lugar: um montinho no canto do banheiro. Aqui é a mesma coisa, mas no quarto dele. Minha mãe jamais deixaria ele viver desse jeito. Tenho certeza de que ele teria arranjado um emprego sério e aprendido a guardar coisas em armários se eles fossem casados. Louça na pia, então, nunca mais! Certeza que ele teria entrado na linha em algum momento.

Rio de repente pensando na cara que ela faria se visse as toalhas sujas amontoadas em cima da pia, e por um momento é como se ela estivesse ali — balançando a cabeça e me repreendendo. É uma impressão de um segundo, quase como se eu *esquecesse* por um momento. Conheço a sensação. E sei que o momento sempre passa, e então vem aquele vazio.

Aumento a temperatura do chuveiro até queimar a pele, e penso em como aguentar o "jantar em família" de hoje.

Quando saio do banho, ele está sentado no computador da sala.

Chamar aquilo de computador é bondade minha, é claro. Meu laptop, que já é de uns dois anos atrás, é muito mais avançado, mas ele diz que não precisa de um computador ultramoderno. A verdade é que não tem dinheiro pra comprar um novo. Às vezes me pergunto se ele acha que eu não sei.

Pro básico serve, mas mesmo assim é mais fácil ver meu pai usando o celular. Ele estar sentado aqui é coisa rara, e está lendo algo com tanta atenção que não ouve eu me aproximar até eu estar a uns três passos dele.

Então minimiza a janela rápido e se vira com um sorriso, mas não antes de eu ver que o Facebook tá aberto.

— Então, filho?

— Pensando bem… até que ia bem um macarrão.

Ele parece animado, e ignoro uma pontada de culpa. Não é mentira. Adoro macarrão. E ele queria mesmo cozinhar, então só estou unindo o útil ao agradável… o "útil" sendo a possibilidade de fuçar as conversas dele, o que estou tentando fazer há quase um mês. Quem diria — meu pai é mais cuidadoso do que eu imaginava. O que só aumenta minha certeza de que ele tem algo a esconder.

Ele fica tão surpreso com minha aceitação rápida que levanta e vai direto pra cozinha, bem como eu esperava. Ouço o som de panelas e utensílios diversos e ele assobiando uma música qualquer. Então sento rápido, abrindo a janelas e indo até as mensagens privadas.

A primeira pessoa que aparece é a Penélope, mas, logo abaixo, encontro ninguém menos que meu professor de Português.

Pra falar a verdade, ainda estava com uma pontinha de esperança de que fosse mentira. Meu cérebro tenta encontrar alguma explicação simples — provavelmente o Alexandre queria mesmo passar aquela dica de onde comprar os livros, talvez não tenha nada estranho nisso, mas…

Mas a conversa é *longa*. De vários dias. Vou rolando pra cima, pegando uma palavra ou outra, tentando achar meu nome no meio, mas estou chocado demais pra absorver qualquer coisa.

— Você quer molho branco ou vermelho?

— Quê? — Ele repete a questão. Preciso de alguns segundos pra fazer sentido daquilo. Molhos. Como pensar em molhos num momento desses? — Tanto faz!

— Quer me ajudar a pôr a mesa?

Minimizo o navegador às pressas e me levanto silenciosamente, ajeitando o rosto no que espero ser uma máscara de tédio e normalidade.

— Tô indo!

Não sou muito bom em mentir. Quer dizer, sou tão bom quanto qualquer adolescente, o que é bem melhor do que a maioria dos adultos pensa, mas minha mãe sempre sabia quando alguma coisa estava me incomodando de verdade.

Meu pai demora mais. Enquanto vamos pondo os pratos, começa a falar de bobagens, coisas da loja, me perguntar sobre as aulas. Quando menciona o clube do livro, sinto meu rosto se contorcer de forma involuntária e óbvia. Devo ter ficado parecido com uma daquelas pinturas cubistas que a gente viu na aula de Artes uma vez.

— Que foi? — ele pergunta.

— Nada — falo rápido. — Tá legal.

— Só legal? — ele pergunta, com um meio sorriso. — Tá gostando do livro? O que seu professor tá achando do grupo?

Penso em disparar um "Por que você não pergunta pra ele?" — bem dramático, sabe? Mas me seguro, porque isso seria o jeito mais rápido de não descobrir nada. E posso mentir mal, mas não sou idiota.

— Ele tá lendo os livros pela primeira vez também. Disse que queria experimentar junto com a gente.

— Ah, é? Que interessante. — Me pergunto se ele já sabia disso. — Senta aí, já vou trazer a comida... e aquela sua amiga tava lá, a Pâmela?

— Priscila, pai!

Sério, como ele consegue?

— *Priscila*, desculpa. E aí?

— Tava — resmungo, não querendo continuar o assunto.

— E a Letícia?

A Letícia, penso, falou pra todo mundo que fez o *piercing* na sua loja, e agora as pessoas acham que eu sou interessante. O Pedro se corroeu de ódio. Foi bem legal, exceto pelo fato de que a Priscila não deu nenhum sinal de que se importa.

— Não — respondo.

— Você tá abusando dos monossílabos hoje, hein.

— "Tava" tem duas sílabas.

— Ele forma frases! Que orgulho!

Reviro os olhos.

— Já falei mil vezes que não tem o que contar.

Ele suspira. Deus, como eu odeio quando ele suspira.

— Mas, filho...

— Olha, porque a gente não faz o contrário? Você me conta como vai indo a *sua* vida!

Isso faz ele hesitar.

— Minha vida é você e a loja, Artur.

— Aposto que tem alguma coisa que eu não sei... não fico o tempo todo na loja, então vai que aconteceu alguma coisa interessante... sei lá, pessoas diferentes... — sugiro, inocente, controlando a raiva.

Ele bebe um gole de refrigerante, uma tática de enrolação óbvia, e sai pela tangente:

— Não, nada. Então, tá boa a comida?

Nem um pouco discreto. Não consigo acreditar. Dei a oportunidade perfeita pra ele ser honesto e... nada.

— Deixa que eu tiro a mesa — ofereço uns minutos depois.

— Quê? Você? Que milagre é esse?

— Vai tomar banho antes que eu mude de ideia! — bufo.

Ele levanta as mãos e vai pro corredor. Eu não hesito.

Não é como se eu *quisesse* vasculhar as mensagens privadas dele. Mas se ele anda papeando com meu professor, isso é problema meu também, né? Se não andasse falando sobre mim, não estaria guardando segredo, isso é fato.

O Facebook continua aberto. Abro a conversa e volto até o início. Uma voz na minha cabeça — que parece a minha mãe — me avisa que ainda posso voltar pro quarto e não fazer isso.

Começo a ler.

---

20 de março

21:20

A Oi, Guilherme. Obrigado por aceitar o convite.

G Agora que vc me achou não posso recusar, né? Mas te dou pontos pela persistência. Passa o link daquela loja e arranjo o livro pro Artur.

Como imaginei. Então eles têm uma discussão sobre o preço de materiais didáticos hoje em dia. Nada de interessante. Passo pra próxima conversa.

---

27 de março

15:50

G Não sabia que vc era fã de tattoo.

A Como chegou a essa conclusão?

G haha vi que vc curte a página de um colega meu. Ele trabalha a algumas lojas da minha.

A Ah, conheço ele da escola.

G Sério?? Não consigo imaginar vcs sendo amigos.

A Por que não?

G Sei lá, ele tem uma banda e uma loja de tattoo. Não é bem seu estilo. Não quis ofender.

A Não ofendeu, Guilherme. Somos bem diferentes mesmo, mas acho a arte dele muito legal.

G E vc já foi lá no estúdio?

A Isso é um jeito não tão sutil de perguntar se eu tenho uma tatuagem? Espero que não pretenda usar isso contra mim em reuniões de pais e professores.

G Mesmo se quisesse, quem acreditaria em mim?

A Não, não tenho uma tatuagem.

G Ou isso é o que vc quer que eu pense...

A Ou isso é o que quero que você pense. ☺

Um emoji. O professor Alexandre usou um *emoji*, numa conversa no *Facebook* com o *meu pai*. Não sei como vou me recuperar dessa. Mas piora:

G Hahaha... Cara, agora fiquei intrigado mesmo! Mas falando sério, se algum dia você quiser uma, pode passar lá na loja pra dar uma olhada na nossa arte, também. Te garanto um desconto.

Escondo o rosto nas mãos. Que vergonha. Sei que a situação financeira não está das melhores, mas ficar implorando cliente novo já é fim de carreira! Quase não quero continuar com essa experiência humilhante, mas a curiosidade mórbida acaba ganhando.

A Tentador, mas por mais que eu aprecie arte corporal, não acho que isso combine muito comigo. Arte é o tipo de coisa que, acredito, deve ser exposta e apreciada por todos. A minha posição não me permite esse tipo de liberdade.

G Ué, por quê? Sua religião não permite?

A Não, são os alunos, mesmo. Ou melhor, os pais deles. Preciso considerar a possibilidade de que qualquer imagem ou frase que eu escolha pode acabar ofendendo alguém.

G Que besteira. Não é papo de vendedor não, mas o corpo é teu e as opiniões, também. Se um pai folgado não curtir, ué... manda ir se lascar! ;P

A Num mundo ideal, isso seria perfeito. Infelizmente, não faço parte desse mundo.

A próxima conversa começa com um link enviado pelo meu pai, uma imagem fazendo piada do sofrimento dos professores.

2 de abril

7:52

A Cometi o erro de abrir esse link na sala dos professores, durante o intervalo, e quase engasguei. Embora tenha sido mais de surpresa do que realmente ter achado engraçado.

G Kkkk... mas admite: foi engraçado!

A Seria trágico se não fosse cômico. Ou seria o oposto?

G Te faz acordar todos os dias com um sorriso na cara, feliz da vida de ter escolhido essa carreira, né?

A Como tudo na vida, tem suas vantagens.

G Você é um cara bem difícil de irritar, rs.

A Mais fácil do que você pensa. Só tenho muita prática em disfarçar... uma habilidade necessária na minha profissão.

G Ah, um dia você vai ter que me ensinar o segredo pra parecer tão zen, mas agora preciso mesmo ir dormir.

A Tudo bem. Bom descanso.

10 de abril

8:50

A Desculpe por ontem! Não queria interromper seu jantar com o Artur.

G Sem drama. Vc animou a noite, na verdade, ele tava num dos "humores" dele eu que peço desculpas por toda aquela discussão do clube é sua ideia, não queria desprezar nem nada...

A Não, seus comentários foram bem úteis! Acho que você tem razão. Preciso de um livro que os interesse, mas ainda quero que surjam discussões interessantes. Pensei em 1984, mas já li...

G Isso é um problema?

A Queria ler a obra junto com eles pela primeira vez. O clube não é uma aula, não quero aparecer lá sabendo mais que eles. Queria que fosse uma discussão em pé de igualdade.

G Isso... é bem legal, na verdade. Bom, provavelmente vc já leu, mas e Fahrenheit 451?

A Na verdade, não li.

G O que, sério??

A Eu sei. Vergonhoso. Mas conheço a premissa. Ótima ideia!

G E um ótimo livro. Além disso, já tenho um, então não vou ter que comprar. Hahaha.

A Seu plano, embora oportunista, é excelente. Obrigado, Guilherme.

G Que isso.

Eles continuaram falando de livros, a maioria dos quais nunca tinha ouvido falar, então pulo pra algo mais interessante.

12 de abril

16:18

A Dei uma olhada no álbum do seu estúdio, hoje. Todas aquelas tatuagens foram feitas por você?

G Aham. Quer dizer, menos a do dragão, porque ainda não aprendi a tatuar minhas próprias costas.

A Uau. Meus parabéns, sua arte é incrível!

G Se eu tivesse uma sombra de vergonha, estaria vermelho agora. Mas já que tocamos no assunto, o seu trabalho tb anda impressionando! Nunca vi meu filho tão interessado na escola como nesses últimos meses.

G O que vc faz, dá mel pra eles? rs.

A Só os trato com o mesmo respeito que recebo. Você não acreditaria nos milagres que isso pode fazer.

G Opa, tô sentindo uma alfinetada.

A De maneira alguma. Apenas revelando o "mistério" das minhas aulas.

G Inspirador. Já me sinto mais motivado.

G Escuta, tá sabendo que a banda do nosso colega em comum vai tocar esse fds no Morrison?

A Ah, sim. Recebi a notificação por aqui.

G Você vai?

A Não sei. Por quê?

G Então... porque eu vou. Eu ia com um amigo, mas ele acabou dando pra trás.

A Não sou muito de ir a bares, pra ser sincero.

G Não, claro. Entendo. Mas, sei lá... se vc mudar de ideia, estarei por lá.

A Tudo bem, vou pensar no assunto. Posso te confirmar mais tarde?

G Claro! Aliás, faz o seguinte: anota o meu cel. Qualquer coisa, é só me dar um toque.

A Combinado.

Lembro desse fim de semana. Ele tinha me dito que ia sair com um amigo, mas eu *jamais* teria imaginado que... Não, pera! O que eu tô falando? É o *Alexandre*. Nunca, nem em um milhão de anos, ele iria pra um bar com o meu pai. É, não, isso não aconteceu. Definitivamente não aconteceu. Ele arranjou outra companhia.

Ouço meu pai desligar o chuveiro e fecho a janela. Tiro a mesa em velocidade recorde e vou pro quarto antes que ele apareça.

Então pego o laptop e abro o perfil do Alexandre. Da primeira vez não parecia haver nada muito interessante na página dele, mas... mas agora tudo mudou.

Meia hora depois, estou me sentindo um detetive particular. Já encontrei o perfil do tal amigo em comum — na verdade, investiguei todos os conhecidos do Alexandre indo até os tempos de escola. E deixa eu falar: se o pessoal do colégio tivesse investigado mais a fundo, teriam achado coisas *bem* interessantes, incluindo um Alexandre bêbado numa festa da faculdade. Por um momento até considero deixar a descoberta "escapar" na aula… mas, por mais bravo que esteja com meu professor, isso é entre nós. E vai que alguém descobre a conexão com meu pai — estremeço até de pensar.

Também descubro o que parece ser uma série de ex-namorados, ou equivalentes. Um parece ser músico. Outro era poeta. Pelos posts deles, dá pra perceber que todos têm um senso de humor sarcástico, e dá pra ver pelas fotos que são mais baixos que ele.

Então… caras baixinhos, com senso de humor cretino e veia artística? Sinto minha espinha gelar. Conheço um cara que se encaixa direitinho nessa descrição.

Me lembro do meu pai paquerando aquele cliente e a Penélope me falando que ele faz isso com frequência. Ai, meu Deus. A conclusão me atinge como um balde de água fria: meu pai tá enrolando o Alexandre pra ganhar um cliente.

Preciso fazer alguma coisa antes que seja tarde demais.

Quinta-feira, 21 de maio

Depois de dois dias refletindo sobre o que fazer, decido que preciso dar umas dicas sutis para o Alexandre, para que ele não seja feito de trouxa.

A ideia é ficar na sala depois que bater o sinal do intervalo e conversar com ele a sós. Percebo que o Pedro demora um pouco mais do que normal antes de cruzar o batente da porta, e me olha esquisito quando me vê enrolando, mas decido não dar bola. Problemas mais urgentes precisam da minha atenção. Que ele pense o que quiser.

— Não vai à biblioteca hoje? — O Alexandre me pergunta, recolhendo uns papéis e o livro que usou na aula.

Sacudo a cabeça.

— Queria conversar, na verdade. Você tem um tempinho?

Ele franze o cenho. Guarda o material recolhido na mala, e finalmente responde com outra pergunta:

— Não muito, mas tenho alguns minutos. Está tudo bem?

Tentei ensaiar a conversa entre ontem e hoje, mas meio que não existe uma maneira sutil de perguntar: "Fala aí, você tá interessado no meu pai? Porque se estiver, é melhor pular fora!".

O silêncio se estende. A cara de preocupado do Alexandre vai ficando cada vez mais intensa.

— Artur, pode me contar qualquer coisa, não se preocupe.

— Hum, sei.

— É algum problema com a matéria?

Balanço a cabeça.

— Um problema… com os outros meninos da escola?

Sim. Mas esse não é o momento.

— Não.

— Um problema em casa?

Vários. Suspiro.

— Professor, você sabe que eu te considero pra caramba, né? — Ele faz que sim. — E, tipo…

Ele espera pacientemente, mas não sei como terminar a frase. Sento na cadeira mais próxima e ele, na do professor. Tento novamente.

— Professor, acho que você devia se proteger mais. Pessoas não são sempre legais e podem te fazer mal, mesmo sem querer.

Ele arqueia uma sobrancelha.

— É mesmo? Está sabendo de alguém que queira riscar o meu carro, por exemplo?

— Não! Não é nada disso. Mas, por exemplo… — Telepatia me ajudaria muito agora. Suspiro de novo. — Tem coisas que as pessoas descobrem sobre você, e podem usar pra te prejudicar.

Ele fecha a cara em menos de dois segundos. Ajeita-se na cadeira.

— Se isso é sobre o incidente com o Facebook, já estou ciente.

Tenho certeza de que o meu coração acabou de se desprender do meu peito e subiu pra garganta. Minhas mãos gelam. Como foi que ele descobriu?! Será que o aplicativo avisa quando alguém visitou a página dos seus amigos em comum? *Será que dá pra saber quando alguém acessou as suas mensagens?*

— Tem coisas sobre a minha vida privada que preferiria que permanecessem particulares — ele continua —, mas eu estaria mentindo se eu dissesse que eu não imaginava que isso fosse acontecer. Meu perfil não é inteiramente privado e fui marcado em várias fotos com amigos. A verdade viria à tona mais cedo ou mais tarde.

Ah, tá. Isso.

— E… tudo bem?

— Não exatamente. Gosto de deixar linhas bem claras separando a minha vida profissional da pessoal — tento evitar uma bufada —, mas sei que isso é ingenuidade. Pessoas são naturalmente curiosas, e alguém certamente acabaria encontrando uma coisa ou outra. Agora só me resta esperar que ninguém use essas informações de forma negativa.

— Então! É meio que sobre isso que eu queria falar com você. Acho bacana essa sua postura corajosa e tal, mas você tem que ter mais cuidado, porque alguém pode, sim, usar isso contra você!

Ele cruza os braços.

— De que maneira, por exemplo?

— Ah, sei lá… tirar vantagem de você.

— Como assim? Artur, aonde quer chegar com isso?

— Olha, só quero dizer que você não precisa ficar dando mole para qualquer babaca que te dar um pouquinho de atenção, só isso. Tipo, tá cheio de caras legais por aí, que ficariam mais do que felizes em ter você. É o que eu acho.

Uma vez um professor da outra escola me fez uma pergunta absurdamente difícil de Química e um colega bateu uma foto bem na hora em que percebi o quão impossível seria resolver aquilo. O celular passou de mão em mão e todo mundo riu, inclusive eu. Era a expressão de confusão mais exagerada que eu já tinha visto na vida. A do Alexandre, nesse momento, ganha de lavada.

— Obrigado pela preocupação. Eu acho. — Ele sacode a cabeça. — Olha, aprecio o gesto e demonstração de apoio, mas não precisa se preocupar. Como eu disse, essa é uma parte da minha vida que eu prefiro manter privada.

— Não, eu sei! E, *acredite*, não quero detalhes, nem nada, mas só tô dizendo... mantenha os dois olhos abertos, porque... assim... às vezes, aquele cara que parece gostar de você não tem a melhor das intenções.

Uns segundos se passam, em que ele me olha com uma expressão preocupada. Finalmente, pergunta suavemente:

— Isso é algo sobre o que você gostaria de falar?

— Achei que a gente estivesse falando sobre isso. Não estamos?

Ele faz que sim.

— Claro, claro. — Ele se ajeita na cadeira do mesmo jeito que faz quando alguém pergunta algo sobre a matéria: mãos entrelaçadas e costas eretas. — Essa é uma época bem complicada, a que você está passando. As sensações são novas e confusas, e tudo parece bem mais intenso do que é de verdade. É bom que tenha interesse em se proteger emocionalmente, mas é bom ter em mente que nem todos os rapazes vão ser iguais.

— Hã?

— Já faz um tempo que eu percebi a tensão entre você e o Pedro, mas essa não é a melhor maneira de lidar com esse tipo de coisa, sabe? O importante é manter os canais de comunicação abertos. Um relacionamento…

— O quê?! Não! *Deus me livre*! Que nojo! Isso não tem nada a ver comigo, eu não gosto de homem, e mesmo se gostasse, *certeza* que não ia ficar com aquele otário! Não, professor, isso tem a ver com você! Você precisa manter os olhos abertos e saber escolher melhor!

Ele estreita os olhos, desconfiado.

— Você também vasculhou o perfil do meu ex-namorado?

— Olha, professor, não é essa a questão!

— Porque se encontrou alguma coisa no perfil dele que não gostou, posso garantir duas coisas: isso não é mais um problema, pois não estamos mais juntos, e as redes sociais realmente não mostram como as pessoas são de fato.

— Não, não tenho problemas com aquele cara! Aliás, ele parecia bem legal, você devia voltar pra ele. Mas não é isso! É alguém da sua vida *agora*, que você tem que ficar esperto.

Ele estreita os olhos, cauteloso.

— Por que não me fala claramente o que quer dizer?

Droga. Isso não vai dar certo. Se eu continuar nessa linha, vou ter que falar, com todas as letras, que sei que ele está interessado no meu pai, e daí nunca mais vou poder olhar na cara dele e terei que mudar de escola de novo. Possivelmente de país. Decido mudar de tática.

— Por exemplo, você gosta de caras criativos, não é?

— Artur, essa conversa está ficando pessoal demais.

— Mas gosta, não é?

— Vamos dizer que sim.

— Certo. Eles parecem ótimos na teoria, mas vivem na pindaíba! Já viu alguém viver de arte?

— Muitos. Romero Britto, mais recentemente.

— Tá, mas ele não conta! Eu tô falando de gente que você poderia encontrar na rua, na balada, na escola... de gente normal. Só é boa ideia na teoria.

— Discordo, mas agradeço a preocupação.

Me pego passando os dedos pelo cabelo. Percebo que é o hábito do meu pai e me irrito ainda mais.

— Professor, só tô falando isso porque acho que você merece coisa melhor, ok? Você merece alguém estável, sério e que realmente goste de você. Gente criativa, *artistas*, de uma forma geral, não se encaixam nessa descrição.

— Essa é uma coisa horrível de se dizer, Artur!

— Essa é uma coisa *sincera* de se dizer! Vai por mim, eu cresci rodeado de artistas, e por mais legais que eles sejam, eles tão mais preocupados em viver no seu mundinho de faz de conta do que com as pessoas de carne e osso na vida deles.

Ele muda de posição na cadeira de novo, inclinando-se um pouco para trás, mas mantendo os ombros tensos. Os dedos tamborilam na mesa.

— Também cresci cercado de arte. Minha mãe é artista plástica e o meu pai, músico. Todos os amigos deles estavam envolvidos em um ou ambos os ofícios. As lembranças que eu tenho da minha infância envolvem rodas de violão nos domingos à tarde, e quadros abstratos como presentes de aniversário e Natal.

— Que pobreza.

Ele ri.

— Pode até ser, mas eu adorava. E o que eu mais gostava, e ainda gosto, eram as conversas. Tenho certeza de que você vai concordar comigo quando digo que pessoas criativas têm as opiniões mais apaixonadas.

Odeio admitir, mas é verdade. Quando meu pai cisma num argumento, ele pode morder a língua, mas não arreda o pé.

Dou de ombros.

— Quem quer namorar alguém que só discute?

— Além disso, existem poucos instrumentos mais transformadores do que a arte — ele continua, ignorando a questão. — Ela tem o poder não só de nos contar como o mundo foi um dia, mas também de *mudar* esse em que estamos vivendo.

— Tá, isso já é exagero, professor!

— Nem um pouco! Tropicália e MPB, por exemplo, nos deram poesias tão inspiradoras que pavimentaram o caminho para a luta contra o militarismo no Brasil, e…

— Sem aulas agora, ok? O sinal já bateu.

Ele ri, sem graça.

— Tudo bem, mas deu para ter uma ideia, não? A arte é a expressão mais sincera e pura da nossa própria humanidade. Sem arte, apenas existiríamos, não viveríamos. Dentre outros aspectos, é o que nos separa das outras espécies no planeta.

— Deus do céu, você realmente curte essas paradas. Tá, tudo bem, arte tem suas vantagens e tudo mais, mas sabe quem gosta de obras de arte e *tem dinheiro pra comprá-las*? Médicos, engenheiros, advogados bem-sucedidos. Sabe, gente com empregos de verdade.

Ele umedece os lábios, os ombros relaxando.

— Você tem razão. E essas pessoas merecem amor e carinho como quaisquer outras, e acho que um dia você fará um desses profissionais muito feliz. — Ele sorri. — Mais uma vez, eu agradeço, sinceramente, a sua preocupação, mas tive já experiências tanto com pessoas consideradas estáveis como com as imprevisíveis, e sei qual grupo está melhor preparado para atender minhas necessidades emocionais. Sabe o que eu descobri?

Realmente não quero saber.

— O quê?

— Que prefiro emoção à razão.

Que besteira *hippie*. Obviamente essa tática não vai funcionar. Mas ninguém pode dizer que não tentei.

Cansado, me levanto, estendo a mão para ele e digo, sorrindo:

— Tá bom, professor. Você é quem sabe. Mas eu daria uma chance pros dentistas, se fosse você.

Ela aperta minha mão, rindo.

— Prometo que vou pensar no caso.

Já estou na metade das escadas quando trombo com alguém. Estou abrindo a boca pra pedir desculpas quando vejo quem é, e então só faço uma careta.

— Que foi?

O Pedro está com uma expressão simplesmente maligna, com aquele seu sorrisinho debochado. Imediatamente sinto uma raiva familiar. Então percebo que ele está sozinho e decido: se ele me atacar, vai levar porrada.

— Tava de papinho com o Alexandre, hein, Artur?

— Você devia investir na carreira de detetive. — Reviro os olhos, mas por dentro meu coração acelera. Será que ele ouviu a conversa? E se tiver entendido mais do que deveria?

— O quê, pedindo conselho pra ele de como arranjar homem?

Fico até aliviado por ser isso o que ele pensa.

— Não fica chateado, cara, da próxima vez, te deixo ir primeiro.

Ele fecha a cara.

— Não sou viado.

— Nem eu. Tenho outros assuntos com o Alexandre — digo, misteriosamente e, espero, com uma expressão adulta. — Nenhum que seja problema seu, então sai da minha frente.

Ele não se move.

— Cara — dou uma risadinha, lembrando da insinuação horrível que o Alexandre fez —, você tá meio obcecado comigo, né? Tem certeza que não é viado? Porque isso aqui — faço um gesto entre nós dois — não vai rolar.

Isso o deixa furioso.

— Cala a boca! — Ele dá um passo pra frente.

Me preparo para me defender, mas, nesse instante, toca o sinal. Congelamos os dois enquanto as conversas sobem de volume, como sempre acontece no final do intervalo. Então alunos começam a entrar no corredor e trocamos um último olhar em silêncio.

Tenho certeza de que não é o fim da discussão.

JUNHO

Quarta-feira, 3 de junho

Em algum momento, o esporte não oficial mais popular na aula de Educação Física virou *derrubar o Artur*. O professor Luís faltou e a substituta, Renata, é uma ex-jogadora de basquete de uns quarenta anos que considera tudo válido na guerra e no esporte (que, para ela, parecem ser a mesma coisa). Por isso não acha estranho que eu passe mais tempo no chão do que de pé.

Eu é que não vou chorar pra ela — aproveito a chance pra atacar de volta, mesmo que não seja tão eficaz em empurrar os outros com meus ombros ossudos. Mesmo assim consigo fazer o Mateus tropeçar e sair voando por uns dois metros. Ponto pra mim.

O jogo acaba e vou beber água no corredor mais próximo da quadra, tentando recuperar o fôlego. Mal me inclino sobre o bebedouro quando vejo uma figura se aproximando. Resolvo ignorar, o que funciona até que uma mão tapa a água.

Me endireito, tentando parecer indiferente.

— Você de novo, cara? Já falei que não vai rolar nada entre a gente, então...

O Pedro me empurra contra a parede. Dói pra caramba e meu frágil bom humor evapora.

— Cê acha que é muito melhor que a gente, né? — ele rosna. — Você não é nada!

Me desencosto da parede e dou um passo para a frente. Ele está a pouco menos de um metro de distância de mim, então não precisa muito para tornar esse gesto intimidador. *Quero* que ele sinta como se eu estivesse invadindo o espaço dele.

— Não sou nada? Eu sou o cara que foi expulso da última escola porque jogou um otário como você de uma ponte. — Ele estreita os olhos, e sinto que está analisando se estou mentindo. É próximo o suficiente da verdade para que consiga encará-lo nos olhos. Endireito os ombros e cerro os pulsos. — Ser expulso de novo não vai me custar nada.

Por algum tempo, ele não diz nada. Apenas me encara, a boca torta de tanto travar a mandíbula. Finalmente, responde:

— Você acha que eu tenho medo de você. Olha pra você, moleque. Eu te quebro que nem um graveto, fácil! — Bufo quando ele diz isso, mas ele continua: — Só não te arrebento porque não vale a pena, mas já tô de saco cheio de você! Fica andando por aí como se fosse bom demais pra gente. Sabe, ninguém tá nem aí que a sua mãe morreu e você ficou com raivinha do mundo.

— Cala a boca — digo entre dentes. — Cala a boca antes que eu te arrebente.

Ele ri.

— É isso que você fica conversando com aquela bicha? Sobre como sente falta dela?

Sinto a raiva aumentado dentro de mim como uma onda. Colo os punhos cerrados junto ao corpo. Respiro e fundo e digo:

— Tudo isso é ciúmes? Certeza que é… Você bem que queria poder trocar ideia com o Alexandre, mas sabe que é burro demais pra isso. — Mantenho a promessa pro Felipe: não revelo nada. Mas tá na cara que o Pedro, mesmo sem saber que eu sei do segredo dele, ficou ofendido.

— Não viaja, seu otário! Quem gosta de ficar passando tempo com viado é você! Gosta de ficar trocando beijinhos com ele — pra ilustrar o ponto, ele faz umas caretas e finge estar beijando alguém imaginário. Se não estivesse tão irado agora, teria morrido de vergonha alheia.

— Meu, cê se preocupa demais com quem a galera tá beijando, sabia? É porque não pega ninguém, é? Daí tem que ficar fiscalizando os outros? — Ele cerra os olhos, a cara ficando cada vez mais vermelha. Abro um sorrisão. — Ah, é isso, né? A Letícia. Não me culpa por a mina não querer ficar com você. Do que foi que ela te chamou mesmo? "Imbecil preconceituoso"?

Ao nosso redor, risadinhas e vaias — desde que começamos a discutir, alguns alunos se aglomeraram no corredor. Acho que ele vai me empurrar de novo ou — isto seria o ideal — começar a chorar e sair correndo, mas não. Ele levanta o queixo e diz, sem reduzir o tom da voz:

— Eu vou contar pra todo mundo.

Isso é um tanto vago, e na minha atual situação, meio que pode significar qualquer coisa. Ponto pro Pedro por saber blefar (ou não) com estilo. Me esforço para agir como se a ameaça não significasse nada.

— Contar o quê? — enrolo, pra ganhar tempo. — Que minha mãe morreu? Você já fez isso, babaca. É notícia velha.

Ele abre um sorriso largo, cheio de satisfação. O impulso de quebrar todos os dentes daquela boca torta é quase forte demais pra resistir.

— Não. Eu vou contar pra todo mundo...vou espalhar na Internet, na verdade... que o nosso professor de Português é de ficar sozinho na sala com um aluno.

Fica nítido o que ele quer dizer com isso. Sinto um frio na barriga, mas não vou dar o gostinho pra ele de me ver preocupado. Dou uma bufada.

— Se chama plantão de dúvidas, já ouviu falar? Claro que não, senão suas notas não estavam um lixo.

Ele balança a cabeça, ainda sorrindo, malicioso. As risadas e as vaias pararam, sendo agora um burburinho constante. Nem preciso olhar pro lado pra saber que estão todos cochichando entre si, especulando o que ele quer dizer com isso tudo.

— Ninguém mais fica sozinho com ele, Arturzinho. Na sala de aula, na biblioteca... dando ideias pra ele, *defendendo* ele... Vou contar pra todo mundo o que ele é de verdade: um viado metido à besta que fica dando em cima dos alunos! — Ele vira o rosto para encarar nossa plateia. — Quem concor...

Ele não termina a última palavra porque dou um soco tão forte na barriga dele que ele acaba arfando. Não contente com isso, soco de novo. Sinto a raiva borbulhando no sangue, viajando centenas de quilômetros por hora pelo meu corpo. Tenho vontade de agarrar a cabeça dele e arrancar vários tufos de cabelo, de dar joelhadas na sua barriga, de jogá-lo no chão e esmurrar a cara dele até que fique irreconhecível. Tantas ideias que nem sei por onde começar. Toda a fúria que venho acumulando nos últimos dias vem à tona, e eu não poderia ter escolhido um alvo melhor.

Estou tão absorto nas minhas próprias fantasias violentas que não percebo quando ele fecha a mão e parte para o meu rosto. Sinto o punho dele acertar, com força, o alto da minha bochecha. É um pouco como dar de cara com uma parede. Não recomendo.

Ele parte para cima de mim de novo, mas dessa vez estou preparado. Desvio por um triz e meto-lhe um chute entre as pernas. Sei que isso deve ter doído *insuportavelmente*, e uma satisfação maravilhosa se espalha pelas extremidades do meu corpo. De um jeito estranho, machucar o Pedro me faz sentir *muito* bem.

Nem percebo quando uma das portas se abre e a Andreia, professora de Geografia, aparece que nem um furacão pra separar a gente.

— Que tá acontecendo aqui?

— Nada não, prô — ele arfa, se desvencilhando de mim. — A gente tava só brincando, né não, Artur? — O nariz dele tá sangrando; tenho tufos de cabelo dele entre os dedos, sinto o alto da bochecha latejando e meu lábio parece estar cortado. É óbvio que não estávamos brincando.

Sorrio com alguma dificuldade.

— Claro, prô. Tinha prometido pra ele que ia ensinar uns golpes, sabe? Ele é muito ruim de briga. — Penso em pedir ajuda da plateia, mas, quando a porta abriu, as pessoas se dispersaram mais rápido que camelô em batida. Ela olha pra nós dois com cara de desconfiada. Pronto, penso, vamos daqui direto para a diretoria. Mas, para a minha surpresa e alívio, ela diz:

— Tá, que seja. Vão lavar o rosto e chega dessas *brincadeiras*!

....

— Que é isso no rosto?

É a primeira coisa que escuto da Penélope quando chego na loja. Tento disfarçar e puxar um pouco da franja para o lado, mas é óbvio que é inútil pelas seguintes razões:

1. Ela já viu, então de que adianta esconder agora?
2. Minha franja não é comprida o suficiente para cobrir uma marca de soco na bochecha. Neste momento — e só neste momento — me arrependo de não ter adotado o estilo emo.

— Nada — respondo rápido demais, mas antes que ela possa me puxar para examinar melhor o inchaço, chispo para o fundo da loja, onde guardamos as bolsas e mochilas. — Cadê o meu pai? — Não que eu tenha alguma coisa em particular para falar com ele, mas é esquisito chegar na loja e ele não estar aqui.

— Fazendo workshop até o fim da tarde. Falou que vai direto pra casa depois, então somos só nós dois.

— Eba — resmungo, mas sai tão baixinho que acho que ela não ouviu.

Quando volto para o balcão, ela ainda está me encarando com cara de desconfiada. Reviro os olhos.

— Ai, que drama! Tropecei e meti a cara na calçada, ok?

Ela crispa os lábios e sacode a cabeça.

— O único dramático aqui é você. — Abro a boca para retrucar, mas ela continua antes que eu consiga dizer qualquer coisa: — Espero que esse acidentezinho de nada não tenha sido grave mesmo, porque tenho algumas missões para você.

Dou um gemido parecido com aqueles que cachorros soltam quando você pisa na pata deles: cheio de dor e da sensação de ter sido traído.

— Jura? Só queria ficar de boa hoje.

A Penélope não parece sensibilizada e dá de ombros.

— Você é quem sabe. Ia te pagar cinquentinha pelo dia.

Cinquenta reais é uma fortuna, todo mundo tem que admitir. Quer dizer, todo mundo que não recebe mesada porque o pai mal consegue pagar as contas normalmente. Desanimado, suspiro e concordo.

A primeira tarefa ir até o banco e pagar uma infinidade de contas. Próximo item da lista é ir reconhecer firma de uns formulários de autorização, ou sei lá o quê, num cartório lá na Zona Norte. Tudo porque a Penélope morava lá uns vinte anos atrás! Quase chorei quando li aquilo. O trânsito de ida e volta já seria o suficiente para merecer os cinquenta reais. Quando voltar, vou renegociar o preço, com certeza. Finalmente, a última missão é passar numa loja de artigos para arte corporal e comprar dez caixas de agulhas descartáveis. Moleza.

Faço um cálculo rápido na cabeça, e decido que vale mais a pena começar pelo que está mais perto, mesmo que tenha que ficar carregando um monte de sacolas até a Zona Norte.

Passo no banco, que fica a uns cinco quarteirões da Galeria, e lógico, estava lotado, porque quartas-feiras são amaldiçoadas. Todo mundo em São Paulo parece ter saído para fazer exatamente a mesma coisa, então lá se vai uma hora e meia.

Seguindo o itinerário, tenho que comprar as agulhas agora. Lembro que meu pai tem umas três lá em casa, e considerando que dinheiro não anda dando em árvores, concluo que é melhor pegar essas e comprar o resto. Toda economia é bem-vinda.

Subo para o apartamento e começo a procurar essas caixas em tudo quanto é lugar. Sei que elas estão por aqui, mas não lembro onde as vi por último. Depois de uns vinte minutos perdidos na sala, sigo para o quarto do meu pai, e me irrito por não ter pensado nisso antes. Por que raios ele as deixaria em outro lugar?

Menos de cinco minutos, e as encontro embaixo da cama. Estou levantando quando ouço a porta abrir e duas vozes conversando animadamente.

— Juro que quando fui lá, a comida era boa! — A voz do meu pai.

— Se eu acreditasse nesse tipo de coisa, diria que isso é o universo conspirando para que eu não coma peixe cru.

Alexandre. Sinto um nó se formar no meu estômago. O que diabos ele tá fazendo aqui?!

— Que nada! — Som da porta se fechando. Passos. — Acho que é um sinal pra gente ir lá de novo, isso sim.

Dilema. Por um lado, a curiosidade me devora por dentro e quero desesperadamente ver o que eles estão fazendo. Garantir que essa suspeita é só uma neura minha e, sei lá, vai ver o meu pai realmente só quer ser amigo do Alexandre, e pela internet as coisas tendem a parecer mais puxadas pra paquera do que são de verdade. Por outro lado, se eu estiver certo, quero ver até onde isso vai e ter evidências para confrontá-lo que não envolvam o Facebook.

— É uma indireta sua pra sair comigo de novo?

Preciso ver o que está acontecendo. Dou alguns passos em direção ao corredor, o mais silenciosamente que posso. O apartamento é pequeno, mas existe um corredor em formato de L que separa a sala e os quartos, então desde que não chegue muito perto, consigo vê-los sem ser visto.

Do meu ponto estratégico, dá para ver que existe uma distância segura entre os dois. Meu pai tá rindo e tirando a jaqueta (pelo cabelo bagunçado dos dois, é óbvio que vieram na moto dele, e que imagem perturbadora). Ele a joga no sofá.

— Acabei de te convidar, cara. Estou sendo bem direto mesmo.

Isso é ridículo. Essa *situação* é ridícula. Me imagino jogando a caixa de agulhas que estou segurando na cabeça do meu pai.

O Alexandre sorri, mas parece desconcertado. Olha na direção da porta e depois para o meu pai de novo.

— Sabe, tive uma conversa interessante com o Artur outro dia.

Ai, não. Bato a mão na testa, quase sem perceber.

— É mesmo? — Meu pai franze a testa.

— É. Não sabia se devia mencionar pra você, mas... Enfim, ele pareceu muito preocupado com a minha integridade emocional.

Meu pai balança a cabeça, sorrindo.

— Esse é o meu garoto: sempre cuidando de todo mundo.

Por que ele tá sorrindo daquele jeito? Não é para ter orgulho de mim, é para criar vergonha na cara e parar de tirar vantagem dos outros!

O Alexandre põe as mãos pra trás e dá um passo à frente.

— Realmente. Parece que ele acha que artistas não são bons partidos.

Agora meu pai parece meio preocupado.

— Ah, é? — Ele ri, mas dá para ver que está sem graça porque está passando a mão pelos cabelos. — Não sei como ele... Quer dizer, você disse alguma coisa...? — O Alexandre balança a cabeça. Disse alguma coisa sobre o quê?! Quase marcho pra sala só pra perguntar qual é a primeira parte dessa conversa, porque eu obviamente perdi um pedaço. — Isso é coisa da mãe dele. Os dois não tiveram um bom exemplo de artista na família...

— Aparentemente o Artur acha que não são estáveis ou confiáveis.

Meu pai morde o lábio, olhando para baixo.

— É... vou ter que conversar com ele sobre isso... e outras coisas também, talvez — ele diz. — Esses últimos meses não foram dos melhores, e acho que eu não tenho ajudado muito.

Poucas coisas na vida são mais desagradáveis do que escutar pessoas falando de você sem que elas saibam que você está por perto. Sinto um emaranhado de coisas indefiníveis apertando meu peito, mas engulo em seco e ignoro a sensação.

— Vocês não precisam passar por isso sozinhos. Conheço ótimos terapeutas, sabe...

— Isso é ótimo e, sério, muito obrigado *mesmo*, mas não é tão simples assim. — Cai um silêncio e ele olha pra qualquer lugar que não o Alexandre. Continuo congelado onde estou, aliviado por ele ter cortado toda essa história de terapeuta. Imagina se ficam sabendo *disso* na escola!

— Desculpe, Guilherme — o Alexandre diz, de repente. — Não quis me intrometer. Claro que você sabe como criar o seu filho.

— Não, não se intrometeu, fica tranquilo — meu pai garante rápido, mas então cai outro silêncio. No meu canto, escondo a cara nas mãos. Se vergonha alheia matasse, eu estaria no chão agora.

— O Artur disse outras coisas também — o Alexandre continua.

Meu pai olha para ele, curioso. Acho que percebeu que o Alexandre está usando um tom diferente, mais cuidadoso. Ótimo, penso, assim ele já confronta meu pai e eles param com… com essa palhaçada, ou o que quer que seja.

— Tipo o quê?

— Ele acha que tem alguém querendo tirar vantagem de mim e que eu deveria me proteger melhor.

Isso aí, professor! Mostra que você não vai cair no joguinho dele.

Meu pai franze a testa.

— Eu te dou essa impressão? De alguém que quer abusar de você?

O Alexandre dá de ombros.

— Não necessariamente — ele sorri, e é tão estranho vê-lo olhando para o meu pai daquele jeito. — Mas é uma pergunta pertinente, não acha? Por exemplo, o que estamos fazendo aqui?

Vamos deixar uma coisa bem clara: eu queria que eles tivessem essa conversa, beleza? Só que agora percebo que *realmente* não queria estar por perto quando ela acontecesse. Meu pai está com uma cara que, se eu tivesse chegado agora, pensaria que o Alexandre lhe deu um tabefe na cara com um dicionário.

— Você é o professor do meu filho — ele diz, o que, primeiro, é óbvio! Só agora ele percebeu? Não entendo por que ele resolveu trazer isso pra conversa *agora*.

Mas o Alexandre pelo visto entende, porque faz que sim, bem sério. Meu pai continua:

— Ele teve um ano horrível.

— Eu sei.

— A mãe dele…

— Eu sei. Não te culpo por querer protegê-lo. Só gostaria de saber se… caso isso não fosse um fator, você… — É muito estranho ver o Alexandre lutando pra formar uma frase. Nunca o vi balbuciar desse jeito, e queria que ele falasse logo pra essa conversa terminar e eu poder tirar isso da minha cabeça. Pra sempre.

— Mas é um fator — meu pai interrompe, com um suspiro, passando a mão pelo cabelo. — O Artur é ótimo, mas qualquer garoto na situação dele não ficaria exatamente contente se…

Essa conversa definitivamente não está tomando o rumo que eu esperava. Que raios eles estão dizendo? Parece que estão falando em código e não entendo como podem estar se entendendo com esse monte de meias-palavras!

— É claro — diz o Alexandre —, e não é como se eu fizesse isso toda hora.

O jeito como o meu pai está olhando para o Alexandre agora... isso eu nunca tinha visto. Me esconder aqui foi uma péssima ideia.

— O quê, sair com os pais dos alunos?

— Não é proibido, mas nunca considerei.

Meu pai baixa a cabeça, sorrindo encabulado.

— Me sinto especial agora.

E eu me sinto nauseado. Como assim, *sair*? Meu cérebro entende a implicação, mas não consegue aceitar aquilo. Então meu pai continua, depressa, com um tom urgente:

— Só pra você saber, não estou querendo tirar vantagem de você, o que quer que o Artur esteja pensando com isso, e nem sei como ele sabe de alguma coisa. A verdade é que não devia ter continuado a falar com você, mas achei que não teria problema, sabe? Se fôssemos amigos. — Ele ri meio sem humor. — Eu sei, sou um idiota, e você tem todo o direito de me odiar, mas nada disso foi premeditado.

Ele sacode a cabeça lentamente, os olhos ainda fixos nos do Alexandre, e dá um último passo que os deixa, na minha opinião, perto demais.

— E agora? — ele pergunta.

Não sei dizer quem se move primeiro, porque acontece rápido demais. Num segundo, estão se encarando; no próximo, estão se beijando.

Alguma coisa dentro do meu cérebro estilhaça com um estalido ensurdecedor. Quase deixo a caixa de agulhas cair no chão.

Assistir outras pessoas se beijando é muito desconfortável. Não que eu fique encarando as pessoas na rua, mas tem gente que faz questão de se agarrar em público, e é difícil não reparar, né? Dá para perceber quando o beijo começa a envolver língua porque o abraço fica mais apertado. Um braço envolve a cintura e a outra mão sobe do pescoço para se enfiar nos cabelos, enquanto a outra pessoa usa ambas as mãos para segurar o rosto da outra. Nada de errado com isso. Exceto que é surreal assistir essa cena acontecendo entre o *meu pai* e o *meu professor*. Desvio o olhar, mas não tenho dúvidas de que a cena vai ficar gravada na minha cabeça até o fim dos meus dias.

Meu coração está a mil e sinto uma raiva que me deixa trêmulo, um pouco como o que senti quando a Priscila contou sobre a minha mãe, mas pior. Estou prestes a sair dali e separar os dois quando eles mesmos fazem isso e continuo onde estou, respirando com dificuldade, rangendo os dentes. Tudo faz sentido agora: aquele discurso no cemitério, aquela ligação misteriosa... sou um imbecil mesmo. Mas às vezes, quando você acha que as coisas são impossíveis, não vê o que está na sua cara.

— Eu não devia ter feito isso — ouço a voz do meu pai, afirmando o óbvio novamente.

Ergo os olhos de novo. O Alexandre dá de ombros, mas está sorrindo.

— Não estou reclamando.

Vai, penso. *Fala pro Alexandre que isso foi um erro, que não quis dizer nada, que você não é...*

Em vez disso, ele geme, frustrado, e se deixa cair no sofá, as mãos cobrindo os olhos.

— Eu só complico as coisas! Não é justo eu pedir pra você manter segredo sobre algo na sua vida.

— Você não pediu — diz o Alexandre —, e manter minha vida privada não é o mesmo que manter segredo.

— O Artur vai acabar descobrindo.

Que bom que ele *sabe*!

— Você está pensando a longo prazo. — O Alexandre sorri. — Espero que a gente chegue a esse ponto, mas não sei. Será que precisamos nos preocupar com isso agora?

— Não quero fazer nada que machuque meu filho.

A ironia quase me faz gargalhar. *Meio tarde pra isso!*

O Alexandre ainda o encara calmamente.

— A escolha é sua. E você não tem que falar nada agora, entendo que é uma decisão complicada. Mas acho que você tem direito a ter uma vida, também. Talvez precise dar mais crédito ao Artur. Bom — ele diz, se virando —, é melhor eu ir. A gente se fala — ele diz, quase como uma pergunta.

— Sim.

O Alexandre sai. Meu pai fica parado por alguns minutos, durante os quais considero me mexer e exigir explicações e desculpas ou só... ou só gritar com ele mesmo. Mas de repente ele balança a cabeça, como se tivesse acordado de um sonho, levanta e sai antes que eu tome uma decisão.

....

Volto pra loja. É estranho fazer esse caminho familiar, porque tudo parece diferente. Me lembra daqueles primeiros dias — semanas — depois da morte dela, quando me parecia absurdo que o mundo girasse exatamente do mesmo jeito porque obviamente *tudo* tinha mudado.

Hoje já sei que o mundo não para pra ninguém, mas a sensação é a mesma.

É só quando chego na loja e começo a entregar as coisas para a Penélope que me ocorre que ela provavelmente sabe de tudo.

— Que foi, Artur?

Parei no meio do que estava fazendo e estou segurando os papéis do cartório e a encarando com uma cara, imagino, de idiota. As palavras "fazendo um workshop" me vêm à cabeça. Engulo em seco. Droga. É *claro* que ela sabe. Eles dois não guardam segredo um do outro — ao contrário do meu pai comigo, obviamente. Outra vez aquele baque, como um soco no estômago. Estou me acostumando com a sensação.

— Nada — digo, seco. Entrego os papéis. — Só estou meio cansado hoje. — E questionando todo o conceito de realidade e confiança que achei que conhecia a vida inteira.

— Você tá com uma cara péssima. — Ela franze a testa e me olha preocupada. — Não quer ir pra casa hoje?

Seria melhor não ter ido da primeira vez, mas não é como se as coisas pudessem piorar.

Imediatamente, penso em cinco modos das coisas piorarem. Estremeço.

— Você tá doente?

— Não, não. — Dou um passo pra trás antes que ela ponha a mão na minha testa. — Ou sim, não sei, talvez. Tô meio morto. Melhor ir pra casa mesmo.

— Não quer falar com seu pai? Ele acabou vindo pra cá. Tá lá atrás arru…

— NÃO! — Ela ergue uma sobrancelha e eu dou um risinho que sai meio estrangulado. — Quer dizer, não precisa. Posso só voltar pra casa, não é tão longe, pego o metrô. Valeu. A gente se vê amanhã, beleza?

E saio antes que ela responda. Como vou ver essa mulher amanhã? A Penélope consegue farejar mentiras, e já falei que não sou o melhor dos mentirosos. Mas talvez não seja uma coisa tão ruim assim. Se ela descobrir sozinha o motivo da minha raiva, então vou poder falar abertamente sobre isso e até jogar na cara dela que ela também anda mentindo pra mim!

Não, espera. Do que é que eu tô falando? É a Penélope. Ela provavelmente vai me olhar com cara feia até me fazer pensar que *eu* tô errado. Vai defender o meu pai até a morte, com certeza.

Sinto uma vontade arrebatadora de ligar pra Priscila, mas ainda estamos brigados. Eu podia mandar uma mensagem pedindo desculpas — só pra poder voltar falar com ela agora —, mas não estou num humor muito generoso. Por mais que sinta a falta dela, uma parte teimosa de mim — a parte que meu pai diz que vem da minha mãe e que minha mãe dizia que vem do meu pai — é orgulhosa demais pra isso.

Só preciso falar com outra pessoa. Com...

Mas entro e saio do metrô e não consigo pensar em nenhuma opção. Não falo com meus amigos antigos há meses e não posso chegar do nada só porque estou com um problema! Minha família se resume ao meu pai e avós que nunca vejo, e por mais que o Felipe esteja se mostrando menos imbecil do que os amigos, de jeito nenhum vou revelar uma coisa dessas pra ele. A gente nem se falou muito desde aquela conversa tensa.

Sei com quem eu *gostaria* de falar, é claro. Quem resolveria o problema, quem diria a coisa certa, quem tiraria o peso da decisão das minhas costas. Mas ela tá morta, então estou, ao que tudo indica, sozinho.

Meu pai volta pra casa por volta das dez da noite. Faço questão de sair da sala no instante em que ele passa pela porta.

Quinta-feira, 4 de junho

Achei que tinha me tornado especialista em não pensar nas coisas, mas descubro que é mais difícil não pensar sobre pessoas que você vê diariamente. Não falar com o meu pai é surpreendentemente fácil até o dia seguinte. Ele está sempre atarefado, e grito do quarto que acordei atrasado e vou pra escola de ônibus.

O Alexandre é mais difícil de ignorar: não tenho como fugir da aula dele. E, para o meu horror, ele me para quando toca o sinal e pede pra falar comigo. Sinto um momento de pânico: só me faltava ele querer falar... *daquilo* agora. O Pedro me lança um olhar maldoso e dá um sorrisinho, e sinto uma raiva súbita do Alexandre por estar complicando a própria vida de todos os jeitos possíveis.

— Tem que ser agora, professor? Não pode ser antes do clube? — pergunto, meio brusco.

— É sobre isso que eu queria conversar, Artur — ele diz, sério. — Você foi expulso do clube.

Tá, por essa eu não estava esperando.

— *Quê?*

— A diretora ficou sabendo da sua briga com o Pedro. Ela achou que seria uma punição apropriada. Achei melhor falar com você pessoalmente.

Aquela Andreia abriu o bico, no fim das contas! É claro que professora de Geografia não podia ser gente boa.

— E a dele? — pergunto, furioso, só percebendo agora como eu gosto daquela droga de clube.

— O Pedro foi tirado do time de futebol da escola. Não vai mais competir nas Olimpíadas desse ano.

Sinto que o meu castigo foi bem pior do que o dele, ainda mais considerando que foi ele que começou a briga. Eu só estava me defendendo. Pior: defendendo o Alexandre — ele, que ontem tava dando uns amassos no meu pai! A raiva só aumenta. É até melhor ter sido expulso. Pelo menos assim não tenho que olhar mais pra cara dele.

— Tá, tanto faz — respondo, e ele franze o cenho, surpreso com meu tom. — Tchau, professor.

Como não me esperam na loja em dia de clube (e mesmo que me esperassem, eu não iria), vou direto pra casa. Estou esparramado no sofá com o laptop no colo quando meu pai aparece de surpresa. Ele fecha a porta, olha pro meu rosto, que está numa tonalidade azul arroxeada, e fecha a cara. Nunca o vi tão sério.

— Como foi que você machucou o rosto? — É a primeira coisa que sai da boca dele.

Dou de ombros.

— Levei uma bolada na aula de Educação Física.

— Olha, meus parabéns. Já ouvi mentira ruim, mas essa ganha de lavada.

Ergo os olhos da tela do computador.

— Que diferença faz? Já tá até sarando.

— E o rosto do outro menino? Também tá melhorando?

Sinto um arrepio me percorrer. Não sei por que achei que a diretora não ia ligar pro meu pai.

Abaixo os olhos pra tela.

— Infelizmente, sim. Devia ficar daquele jeito pra sempre.

— *Não tem graça, Artur.*

— Não era pra ser engraçado.

— Eu te dei tempo e todas as oportunidades pra vir falar comigo sobre o que anda acontecendo com você, mas você se recusa a ser honesto comigo.

A ironia — não, a *hipocrisia* da frase me faz rir. Mas sinto um pouco de satisfação também. Ruim quando mentem pra gente, né? Continuo prestando atenção na internet, principalmente porque sei que isso vai irritá-lo.

— Artur, *olha pra mim* quando eu tô falando com você.

Ele não grita. Não costuma gritar, na verdade. Mas agora está usando um tom autoritário impossível de ignorar. Me odeio por deixar isso me afetar, mas fecho o laptop e volto a encará-lo.

— Quando te matriculei nessa escola nova, eu sabia que ia ser difícil pra você — ele começa. — Ambiente novo, amigos novos. — "Amigos." Pais são tão ingênuos. — Um sistema diferente. Imaginei que ia levar um tempo pra você se adaptar, mas eu realmente achei que você não seria burro o suficiente para cometer o mesmo erro que te expulsou do outro colégio!

Meu pai não é santo, ok? Como qualquer outro pai, ele usa uns termos de afeto tanto pra ser engraçado como pra me xingar quando está bravo. Os campeões de audiência são: cabeção, peste, besta e, numa época que ele estava particularmente fã de futebol, torcedor de certo time que não vou mencionar. A questão é que ele já me xingou de várias coisas, mas geralmente são tão ridículas que nem ofendem de verdade. Dessa vez doeu.

— Não é a mesma coisa! Você não tava lá, você não sabe!

— Não? Um cara fala umas coisas que você não gosta de ouvir e você parte pra violência, ou tô errado?

— É, mas não foi assim! Você não conhece esse cara, beleza? Não é de agora que ele vem me enchendo o saco... se eu não fizesse nada, quem ia apanhar primeiro era eu! E não sabe o que ele tava ameaçando… — Tá na ponta da língua revelar tudo: queria ver a cara dele se soubesse que foi defendendo o Alexandre que eu levei porrada.

— Se tinha alguém te ameaçando na escola, por que você não me contou? Artur, é *pra isso* que eu tô aqui! Caramba, eu sou seu pai! Quem tem que te livrar dessas coisas sou *eu*!

— Posso resolver meus problemas sozinho, tá? Não sou mais criança.

— O escambau que não é! Ou você acha que é coisa de homem crescido sair metendo a porrada sempre que alguém te irritar?

Rio sem humor. A frase "Você, falando de ser homem?" me passa pela cabeça e, por um segundo, consigo senti-la na ponta da língua. Mas não é isso que respondo — tão rápido quanto surge, vem a noção de que minha mãe odiaria me ouvir falando uma coisa dessas. Em vez disso, rebato com:

— O que você queria que eu fizesse? É coisa de homem *levar* porrada, então?

— Você acha isso engraçado? Acha que eu gostei de passar quase uma hora com a sua diretora no telefone, tendo que te defender quando ela dizia coisas absurdas sobre como você é "insociável" — ele começa a contar os elogios nos dedos —, "encrenqueiro, irritável"... "Não, a senhora deve tá enganada! Deve ser outro Artur, porque esse menino que a senhora tá descrevendo não é o meu filho!" — Ele balança a cabeça. — O Artur que eu conheço é um menino inteligente, sabe? Paciente. Não machucaria ninguém, a menos que fosse um caso de vida ou morte.

— Pois é. A gente acha que conhece as pessoas, mas nem sempre...

— *Para com essa atitude.* — Ele esfrega o rosto com uma das mãos e percebo como ele parece cansado. Sinto uma pontada de culpa, mas a raiva ainda é maior. — Quando você bate nesses meninos, é a minha cara que você vê?

Reviro os olhos novamente, dessa vez com o máximo de desprezo que consigo juntar.

— Deixa de ser dramático.

— Não, eu tô falando sério. Se for, pode falar, não vou ficar bravo. Quando era moleque, sempre imaginava a cabeça do meu pai quando brigava com os garotos. Se o problema é comigo, *fala*. Porque é pior você ficar guardando essas coisas e estourar com os outros.

— O *problema* é o Pedro. Que só me encheu o saco desde o primeiro dia que eu pisei naquele inferno daquela escola, ok? Ele tava praticamente *pedindo* pra eu acabar com ele, e olha só: eu resolvi o problema. Sozinho.

— É isso que você acha que fez, resolveu um problema? — Ele suspira, frustrado. Enfia a mão no cabelo e puxa as pontas. — Você faz tanta questão de ser visto como adulto, mas ainda tem cabeça de criança.

— Não é verdade!

— É, sim! Artur, põe uma coisa nessa sua cabeça: na vida real, quando você é adulto, *tudo* o que você faz tem consequências! Depois dos dezoito, se essa continuar sendo a sua resposta pros problemas, você vai preso! Maturidade é saber quando você tem que pedir ajuda, é por isso que o mundo sempre vai precisar de policiais e advogados, porque você não vai poder comprar todas as suas brigas!

Essa discussão já tá me cansando. Levanto, pego o laptop e abro a boca pra avisar que estou indo pro meu quarto, quando ele continua:

— E não é só depois de grande que vem a punição, viu! Sabe aquele clube do livro que você adora? Pois é. Você tá fora.

— Tô sabendo. Não ligo. Nem é obrigatório.

— Pois por mim, você estaria em tudo quanto é curso daquela escola! Mas foi uma decisão da diretora. E quanto ao meu castigo — ele acrescenta —, pode esquecer suas aulas com a Penélope por um mês.

Ele soa triste. Os ombros e os olhos caídos e, de certa forma, parece menor do que o normal, como se o castigo fosse dele e não meu. Minha irritação atinge um pico inédito. Só me faltava ele querer se fazer de vítima aqui! E por que ele insiste em fazer essas coisas? Por que ele gosta tanto de ficar cutucando coisas desagradáveis? O que ele esperava que ia sair dessa briga — eu ia chorar, correr pra abraçá-lo e íamos falar dos nossos problemas? Não. Ele devia saber que ia ser feio, triste e irritante. Que nós dois acabaríamos chateados e zangados, mas mesmo assim decidiu fazer essa ceninha.

— Tá — digo calmamente. Não vai adiantar discutir. — Agora dá licença porque tenho lição pra fazer.

— Não, acho que nesses últimos dias você fez a lição do ano inteiro. Você não pode fugir das coisas que te incomodam, Artur.

— Ué, decide! Ou eu resolvo as coisas na porrada ou eu fujo dos meus problemas, não dá pra fazer os dois. — Tenho plena consciência de que agora estou gritando, mas meu coração tá acelerado de adrenalina.

— As duas coisas! — Mais uma vez a entonação que não é um grito, mas também não é calma. — O que você acha que violência é? Fuga, Artur! Violência nada mais é do que uma resposta medrosa de gente que quer fugir de uma situação difícil.

— Quanta bobagem — resmungo.

— Você não tem que concordar comigo agora, você tem que *pensar* nessas coisas antes de agir! Que droga, Artur, eu não vou viver pra sempre! Quando eu não estiver mais aqui, quem é que vai te ensinar essas coisas?

Ele continua falando. Conheço o discurso. Alguma coisa sobre como a educação que eles me deram não foi essa, mas não ouço nada disso. Meu cérebro ainda está em curto-circuito. "Não vou viver pra sempre". Meu coração, se é que é possível, começar a bater ainda mais rápido e, pela primeira vez desde o começo da briga, sinto medo. Não de que ele vá me pôr de castigo, me bater, ou qualquer coisa do tipo, mas de algo muito mais assustador, incontrolável e terrível, que eu conheço bem.

O pânico se espalha pela minha corrente sanguínea e infecta cada parte do meu corpo. Como ele pode dizer uma coisa dessas? Os cantos dos meus olhos ardem e pisco furiosamente. Todo meu discurso sobre não ser criança e estou prestes a chorar como uma.

Ele repara.

— Ah, filho... — O monólogo sobre comportamento acabou, aparentemente.

Dane-se. Não quero consolo. Não quero que ele morra, mas não aguento olhar pra ele. O que Pedro e companhia tentaram fazer, ele conseguiu, com algumas palavras jogadas casualmente. Ele estende uma mão até meu ombro e dá um passo na minha direção, mas desvio e vou pro quarto.

Engulo o choro até conseguir respirar de novo, a garganta queimando, tremendo de raiva, e prometo a mim mesmo nunca mais ser fraco desse jeito.

Quarta-feira, 17 de junho

— Não queria ir pra casa hoje — a Letícia começa, aparecendo do meu lado no corredor de repente. — Quer fazer alguma coisa?

Ela nem se incomoda em abaixar a voz ou com quem pode ouvir. Não vou mentir: é legal ter alguém falando comigo assim. Me sinto meio em dívida com ela, ainda mais quando vejo que estamos do lado da Priscila. Pelo canto do olho, percebo que ela tá observando, mas olha pro outro lado assim que nossos olhos se encontram.

— Tô *super* a fim fazer alguma coisa. Quer ir lá em casa assistir um filme? — pergunto, lembrando da nossa conversa um tempo atrás. Não corro o risco de ver meu pai, que vem passando as tardes (e noites) na loja, como se quisesse evitar continuar nossa briga tanto quanto eu.

— Claro!

— Legal. Normalmente vou de metrô…

— Tá ótimo. Onde você mora mesmo?

Vamos conversando na saída da escola, e se me enrolo uma vez ou outra pra responder é porque estou de olho na Priscila, que desaparece quando chegamos no portão. Será que ela ouviu? Trocaria qualquer filme com a Letícia por uma chance de falar com ela de novo, mas não vou desprezar uma garota que tá se convidando pra ir lá em casa, né.

Tenho uma pontada de pânico quando percebo: vamos lá pra casa.

A Letícia mora na cobertura de um prédio nos Jardins, num daqueles apartamentos mais caros do que tudo que meu pai vai ganhar na vida, provavelmente. Do estado da minha casa, já falei.

Aproveito pra investir em uma nova estratégia, que é admitir o quanto minha vida é uma zona. Incrivelmente, funciona. Ela parece fascinada por tudo: o emprego do meu pai, os amigos dele, o fato de eu passar minhas tardes com tatuadores e músicos… e, claro, quer saber mais sobre a Penélope, seu novo ídolo. Nada disso parece muito impressionante pra mim, mas já tinha percebido que, por trás do visual arrumadinho, a Letícia está louca pra ser um pouco rebelde. É possível que eu exagere os relatos um pouquinho.

— Deixa eu mandar uma mensagem pra Pê — digo, no metrô —, avisar que não vou trabalhar hoje… daí ela cancela meus horários de *piercing*.

— Sério, ainda nem acredito que te deixam fazer isso por lá.

— É bem fácil, na verdade.

Só então percebo que entrei direitinho numa cilada.

— Faz o meu próximo furo?

— Err… — Se a Penélope souber que fiz um *piercing* numa garota menor de idade, vou ter sorte se ela só arrancar meus braços. — Vamos ver, quem sabe…

Ela sorri, animada, e começa a me contar sobre ideias para tatuagens. Mentiras à parte, eu *sei* bastante sobre essas coisas, e ela parece suficientemente impressionada com as minhas dicas.

Chegamos em casa, que eu apresento, com um suspiro meio dramático, como se fosse algum tipo de reduto boêmio.

— Tá uma bagunça, não repara…

— Que gostoso que é aqui! Superaconchegante.

— Ah, há, claro. — Eu trocaria todo aquele *aconchego* por uma cobertura nos Jardins, mas cada louco com a sua mania. — Senta aí, quer comer alguma coisa? Nem sei o que a gente tem aqui, mas…

— Só um refri já tá bom — ela diz. Suspiro de alívio e sirvo uma Coca pra ela.

Isso está fácil demais, penso. A Letícia não deixa cair um silêncio constrangedor. Mesmo na escola ela está sempre falando, o que às vezes acho meio irritante, mas agora fico agradecido, já que é ela quem está no comando da conversa. É fácil falar com ela — acho que porque não estou a fim dela, o que é uma daquelas ironias da vida que venho aprendendo ultimamente.

Ela fica encantada com a coleção de CDs do meu pai e sabe muito mais sobre *heavy metal* do que eu teria imaginado nos meus sonhos mais loucos. Depois de uma meia hora disso, ela lembra da ideia do filme.

— Não sei muito sobre cinema — ela admite —, escolhe você um.

Já vim pensando nisso no caminho pra cá, então digo:

— Já viu *À prova de morte*?

— Nunca.

— Acho que você vai gostar. É a história de um cara que dirige um carro construído pra aguentar batidas feias… e ele usa isso pra matar umas pessoas. É muito louco!

Ela adora o filme. A sequência de sucessos está subindo à minha cabeça, e quando meu pai liga pra avisar que vai ter que ficar na loja até à noite, sinto que o universo finalmente está me ajudando.

— Você joga videogame? — pergunto.

— Adoro! O que você tem aí?

Passamos umas duas horas matando zumbis. Pego um dinheiro de emergência que meu pai deixa em casa pra comprar comida pra gente e não me sinto nem um pouco culpado.

....

— Seria muito chato eu te pedir uma carona? Não tava muito a fim de pegar metrô, assim tão tarde...

Leva uns dez segundos para eu assimilar que ela está falando comigo. Por um momento delirante, realmente achei que houvesse outra pessoa na sala.

— Carona? — pergunto, porque é óbvio que tá faltando um pedaço dessa conversa.

— É. Sabe, de moto.

Ah, é. Isso. Então...

No meio da empolgação de um jogo de corrida, eu meio que insinuei que pilotava a moto do meu pai. E quando digo "insinuei", quero dizer "disse explicitamente que pilotava todo fim de semana". Olha, não é uma mentira completa — meu pai me ensinou, uns meses atrás, nas férias. Além do mais, sempre presto atenção em como ele executa os comandos quase todas as manhãs, quando me leva pra escola. Em teoria, *eu sei* andar de moto. Em teoria também sei como fazer arroz, mas sempre queima, então dá pra entender a minha relutância.

— É que... eu não sei onde tá o capacete reserva.

Ela franze a testa. Aponta para a estante perto da porta.

— Os dois estão ali. Ou um tá quebrado?

Viro o pescoço para checar, mas nem preciso. Sei que os dois estão em perfeitas condições.

— Ah! — Rio, sem graça. — Tinha esquecido que tavam ali. Hã... onde você mora mesmo?

— Cerqueira César.

— Andar de moto nesse bairro é complicado. Muito visado, sabe? Vai que assaltam a gente...

— Artur! — Ela ri. — Deixa de ser besta. Não é a Zona Leste. Olha, se você não quer me levar, não tem problema. Posso chamar um táxi, mas achei que pudesse ser divertido. Nunca andei de moto, sabe.

Hesito, mas então uma voz na minha cabeça sugere que pilotar a moto do meu pai sem que ele saiba é um jeito bem legal de me vingar dos segredinhos dele. Eu também posso fazer as coisas por trás das costas dele.

— Não, que é isso! Vai pagar táxi pra quê? Vamo lá, eu te levo — digo, me levantando, com mais convicção do que sinto. A verdade é que nunca sequer tirei aquela joça da garagem. — Só que a gente vai ter que parar no posto, porque ela tá zerada de gasolina.

Isso é verdade. Quando acaba a gasolina e meu pai não tem mais dinheiro no mês, usa o transporte público. É o que anda fazendo há alguns dias.

— Será que a gente passa por dezoito?

— Claro — respondo, de novo, com mais confiança do que sinto.

— Então fica tranquilo — ela diz —, faço questão de encher o tanque!

Ela se levanta e chega a dar uns pulinhos de animação, os olhos brilhando com a possibilidade de se passar por maior de idade e andar ilegalmente por aí. Como eu disse: vontade de ser rebelde.

— Nem acredito que vou andar de moto! — ela diz, me dando um beijo no rosto.

Nem eu.

....

Se não me falha a memória, a moto tem que estar no ponto morto, antes de mais nada. Dou aquele toquinho pra cima na marcha e sinto um alívio quando vejo que o painel acendeu. Uma parte irracional do meu cérebro estava morrendo de medo de não dar certo. Viro a cabeça e vejo a Letícia sorrindo, toda empolgada, com a mochila nas costas e o capacete nas mãos.

— Já posso subir?

— Ainda não. Preciso ligar primeiro. — Tomara que a moto não tombe com a gente em cima antes mesmo de sairmos da garagem.

Solto a embreagem o mais delicadamente que consigo e, com mais cuidado ainda, começo a acelerar. O som do motor ronronando me dá mais segurança, e logo sinto a tensão começando a se dissipar. Vai ficar tudo bem. Nem é tão difícil assim!

Piso no freio traseiro e vou aumentando a aceleração, cada vez mais confiante e empolgado com o som e a fumaça. Pela cara da Letícia, o mesmo vale pra ela.

— Agora sim! Pode subir. Pronta pra voar baixo?

Ela está tão animada que nem revira os olhos pra essa frase ridícula. Apenas enfia o capacete o mais rápido possível e sobe na garupa — é um pouco mais difícil do que eu esperava, mas a gente dá um jeito.

Vou pra um posto a dois quarteirões de casa, e o funcionário carrancudo que enche o tanque nem olha pra nossa cara direito. Mais uma vitória.

— Qual o melhor caminho? — pergunto. Ela me dá as orientações e partimos de novo. Já está tarde mesmo: a hora do rush acabou faz tempo, e as ruas estão tranquilas. A cidade é gostosa assim, e quase sinto um barato enquanto dirijo. Andando de moto, com a garota mais gata da escola na garupa. Quem diria? Nada parece impossível por um momento e me sinto até idiota de ter me preocupado com…

A gente cai.

Faço uma curva desastrada e a moto dá um estalo assustador. Quando vejo, estamos no chão, numa esquina deserta de uma rua residencial.

Se você nunca caiu de moto, não sabe o quanto dói. Mesmo que tenha a sorte de não quebrar nenhum osso, ainda é um baque violento de uma altura de mais ou menos um metro e vinte, em alta velocidade, contra o asfalto. Não manjo tanto assim de Física, mas não precisa ser um gênio pra entender o conceito básico de aceleração e atrito.

Me vem à cabeça que eu poderia chamar isso de Física Aplicada se quisesse ser engraçado, mas a verdade é que a fração de segundo em que tenho certeza de que vou matar nós dois, e a dor absurda do segundo seguinte, quando minha pele é ralada pelo asfalto, são de puro pânico. Ah, e a moto pesa pra caramba também. Tenho plena consciência disso quando ela cai em cima do meu tornozelo.

— Você tá bem? — pergunto, engasgado, sem nem ter certeza se *eu* estou bem.

— Acho que sim — a Letícia responde, com voz miúda. — Minha mão tá sangrando…

Tiro o capacete e olho pra trás. A mão esquerda dela tá inteira vermelha. Provavelmente foi a mão que usou pra amortecer a queda. Engulo seco, sentindo a náusea revirar o estômago e a cabeça girar.

Com um enorme esforço, ergo a moto e tiro o meu pé dali debaixo. Dói monstruosamente. Levanto e ofereço minha mão pra ajudar a Letícia a se erguer também. Assim que fica de pé, me ajuda a puxar a moto pra cima da calçada, até estarmos nós três, moto, Letícia e eu, parados numa esquina deserta.

Ficamos uns trinta segundos só recuperando o fôlego. Não tem ninguém por perto. Para o nosso grande azar, isso diminui muito as nossas chances de resgate por aqui. Então lembro que sou menor de idade e que é *bom mesmo* que não apareça ninguém pra nos resgatar.

— A gente tá perto da sua casa? — pergunto. Ela sacode a cabeça.
— E… não rola de os seus pais virem te buscar?

— Eles tão viajando. Só fica a empregada em casa, mas acho que à essa hora ela já foi embora… Artur, a gente precisa chamar alguém! Não tem ninguém que *você* possa chamar?

Suspiro profundamente.

— Tem… infelizmente.

Tiro o celular do bolso e disco o número do meu pai. Ele não atende de primeira e deixo uma mensagem na caixa postal, aliviado por não ter que falar com ele. Um pouco depois chega uma mensagem de texto me mandando esperar onde estou.

Leva uns quarenta minutos — em que fico tentando segurar meu almoço no estômago — até um carro branco aparecer no início da rua. Quase não presto atenção, porque estou esperando o jipe vermelho da Penélope, mas então o carro para a alguns metros de nós, e percebo que há duas pessoas lá dentro. Meu pai e…

— Aquele é o Alexandre? — a Letícia pergunta, com a voz meio estrangulada, como se estivesse com medo de que a queda tivesse bagunçado o seu cérebro. — Por que o seu pai tá com o Alexan…?

Ela olha pra mim, a testa franzida, e sei exatamente em que momento ela saca, não só porque se interrompe, mas também pelo jeito como seus olhos se arregalam. Ela abre a boca, mas não sai nenhum som.

Suspiro novamente. Já tô vendo o que vai acontecer: até amanhã, todo mundo na escola — possivelmente na *Zona Oeste* — já vai estar sabendo de tudo e não vou ter um minuto de paz até entrar na faculdade. Ou mudar de nome e fugir do país.

Sinto uma pontada de raiva com meu pai, que podia muito bem ter ligado pra Penélope ao invés do Alexandre. Mas não, isso seria fácil demais e menos humilhante pro filho dele, né? Fecho as mãos com tanta força que sinto as unhas entrarem na pele.

Não digo nada pra Letícia, apenas desvio o olhar. Quando olho pra frente novamente, estão os dois, meu pai e o Alexandre, na nossa frente. Meu pai com cara de quem poderia cuspir fogo a qualquer momento; o Alexandre com aquele olhar cansado de decepção que os adultos às vezes assumem e que fazem você se sentir culpado. Me recuso a sentir qualquer coisa do tipo. Ele não é nada meu. Não tem o direito de estar decepcionado.

— Algum de vocês tá machucado? — meu pai pergunta, se esforçando visivelmente pra manter a voz neutra.

A Letícia ergue a mão.

— Ralei um pouco a mão. — Nunca ouvi a voz dela tão pequena.

Ele assente e ergue o braço. Só então percebo que ele estava carregando a maletinha dele de primeiros socorros. Ninguém fala nada enquanto ele faz um curativo na mão da Letícia. É o silêncio mais tenso da minha vida. Preferia que estivesse todo mundo aos berros.

— O Alexandre vai levar vocês pra casa — meu pai diz, na mesma voz controlada. Ele não olhou diretamente pra mim desde que chegaram. — Vou ficar aqui esperando o guincho. Se seus pais quiserem falar comigo, você tem o telefone de casa, não tem?

— Tenho — ela responde —, mas não vai precisar, não vou falar nada.

— De qualquer modo, fico disponível — ele interrompe.

Imagino meu pai no telefone com eles, prometendo que o filho imprestável nunca mais vai chegar perto da filhinha deles, e sinto uma gratidão súbita e inesperada pela Letícia. Mesmo que espalhe pra todo mundo o que aconteceu, se não contar pros pais dela, já é mais do que poderia esperar. Tento transmitir isso com um olhar urgente.

Enquanto isso, meu pai troca um olhar mudo com o Alexandre, como se eles estivessem tendo uma conversa silenciosa, e então o Alexandre fala pela primeira vez:

— Vamos lá, garotos.

De carro, a essa hora da noite, leva uns quinze minutos até a casa da Letícia. O único som são as direções que ela dá pro Alexandre. Estou tão nervoso, pelo que aconteceu e pelo que vem por aí, que nem tenho tempo de pensar sobre a bizarrice de estar andando por aí com meu professor.

Logo estacionamos na frente de um prédio chique nos Jardins.

— Obrigada, professor. Artur… — Ela hesita. Aproveito pra sair do carro e ela faz o mesmo. O Alexandre, felizmente, fica onde está.

— Desculpa — digo rápido.

— Eu que insisti, né? — Ela dá de ombros.

— É, mas eu que fui idiota de concordar. — A adrenalina baixou o suficiente no caminho para eu chegar à conclusão de que fiz uma besteira muito, *muito* grande. E que, quando meu pai começar a gritar, não vou nem poder retrucar.

— Não aconteceu nada demais — ela diz, muito mais tranquila do que eu tenho direito de esperar.

— Ainda bem, mas… desculpa mesmo assim.

Pra minha surpresa total e absoluta, ela me dá um beijo na bochecha.

— Boa sorte — diz, com um olhar significativo.

Tento sorrir.

— Brigado. Vou precisar.

Entro no carro com o Alexandre, que não diz nada enquanto nos afastamos do prédio da Letícia. É estranho vê-lo tão quieto assim, e sinto a irritação superar o medo.

— Não vai dizer nada? — pergunto, tentando parecer indiferente. Acho que um pouco da irritação escapa na voz.

— Não cabe a mim dizer alguma coisa — ele responde, com voz de quem adoraria dizer várias coisas.

— Não mesmo — concordo. — Mas aposto que você quer.

Ele vira a esquina, as mãos apertando a direção. Está definitivamente se controlando.

— Acho que estamos todos com os ânimos à flor da pele e querendo comentar muitas coisas, mas talvez esse seja um momento mais para reflexão do que palavras, não acha?

— Não — respondo. Sinto as mãos tremerem de raiva. — Acho que essa sua postura de pseudoguru é idiota e falsa.

— Pode falar o que quiser de mim, Artur — ele retruca, uma nota claríssima de fúria em sua voz que eu jamais ouvi. Parabéns para mim: consegui irritar o homem mais calmo do planeta. — Não muda o que aconteceu.

O pior é que tem razão.

Tenho certeza de que ele vai falar mais alguma coisa depois de uma pausa dramática, mas não — apenas contorna a praça e segue reto, em direção à nossa rua.

Ele sobe comigo e meu pai se vira quando entramos — deixou a porta aberta. Pela cara dele, esteve fazendo um buraco no chão da sala, andando de um lado pro outro. Quando o Alexandre fecha a porta e estamos nós três lá dentro, aperto as unhas na palma e respiro fundo. Então, finalmente, ele começa a gritar.

— Você tem alguma *ideia* do que podia ter acontecido?

— Guilherme. — A voz do Alexandre. Quero falar pra ele não se intrometer. O pai é meu, a briga é minha, por que ele ainda tá aqui?

— Não — meu pai retruca —, ele tem que entender que podia ter *matado* aquela garota!

Estremeço e desvio o olhar.

— Se fizer isso agora, vai se arrepender depois — o Alexandre continua, extremamente calmo, como se estivesse controlando os alunos na sala de aula. — Vai dormir. Vocês podem conversar amanhã, quando os dois estiverem mais controlados.

Odeio tudo que ele está dizendo porque não quero ter essa conversa, porque a frase "podia ter matado aquela garota" está fazendo meus joelhos tremerem, e porque sinto uma onda incontrolável de gratidão pelo Alexandre, e não quero sentir gratidão nenhuma por ele.

— Não, deixa ele falar — digo. — Ele tá louco pra gritar, você não conhece ele. Quer fingir que nunca cometeu erro nenhum na vida…

— Nem começa — meu pai rosna, os olhos faiscando. — Isso não tem nada a ver comigo, tem a ver com *você* e as *suas* ações! Tirar a moto da garagem e sair por aí com uma garota? E se te pegam? Sem carteira? *Menor de idade*? E se o acidente é pior?

— Já sei, podia ter matado ela!

— Podia ter matado você dois! Podia ter matado *outra pessoa*! Parou pra pensar nisso?

— Não tinha ninguém na rua — resmungo uma defesa fraca.

Ele abre a boca pra retrucar quando o Alexandre se interpõe entre nós.

— Guilherme, sério. Não acha melhor deixar isso pra amanhã?

Quero falar que não há chance alguma disso acontecer, que ele não vai ficar satisfeito até falar tudo que tem pra falar — mas eles têm outro daqueles diálogos silenciosos e, de repente, meu pai parece murchar. Esfrega o rosto, passa a mão pelo cabelo e suspira.

— Você tá certo — diz, numa voz baixa. E, pra mim: — Vai pro seu quarto. A gente conversa sobre isso amanhã.

Não acredito nos meus ouvidos. Meu coração ainda está batendo enlouquecido, a adrenalina voltando com a perspectiva da briga. Estava me preparando pra jogar umas verdades na cara dele — pra começar, apontando a presença do Alexandre ali! — e agora ele me manda pro quarto, como uma criança. Mordo o interior da boca, pensando se insisto ou não.

Mas o tom — e a cara — dele não estão pra brincadeira. Nunca tive medo do meu pai na vida, mas realmente não sei o que pode acontecer se eu abrir a boca agora. Não consigo vê-lo batendo em mim, mas é capaz que me tranque em casa por uns seis meses. Pra começar. Engulo em seco e vou. O quarto está escuro e deixo as luzes apagadas. Fecho a porta e encosto a cabeça nela imediatamente. É uma curiosidade mórbida. Não ouço nada por alguns instantes, e então:

— Obrigado. Só posso imaginar o que você deve estar pensando… que tipo de pai deixa um filho fazer uma coisa dessas.

— Na minha experiência, os pais nunca *deixam* os filhos fazer nada. Eles só fazem as coisas. Você vai ficar bem?

— Claro. — Um momento de silêncio. — Não sei. Podia ter sido tão pior.

— Mas não foi — o Alexandre argumenta. Me agarro à frase e murmuro pra mim mesmo: *Não foi, não foi, não foi.* — Relaxe. Tome um chá.

— Ou uma cachaça?

— Também serve. — Dá pra ouvir o sorriso na voz dele. — Quer que eu fique?

— Não, você já fez demais. Realmente não tenho como agradecer, te liguei no meio da noite, nem sei se você tava ocupado, eu...

— Guilherme, para com isso. Já falei que não precisa agradecer. Se precisar de qualquer coisa, pode me ligar... afinal, na nossa atual situação... quer dizer, é pra isso que... enfim. — Uma pausa curta e depois: — E vai com calma. Acho que ele sabe que foi sério.

— É — ele concorda. — Só não sei se isso vai ajudar em alguma coisa.

A porta se fecha suave demais pra eu ouvir, mas logo não há mais som algum no apartamento. Fico duas horas me revirando na cama até finalmente conseguir dormir.

Quinta-feira, 18 de junho

Quando acordo, a dor nos pés já aliviou bastante e não parecem inchados. Pelo menos *uma* boa notícia.

Leva um minuto pra eu perceber que o apartamento está vazio. Meu pai saiu para trabalhar antes mesmo de clarear, para evitar estragar o dia dele com A Briga. Quer dizer, é o que imagino. O bilhete que ele deixou na mesa diz que me espera em casa assim que acabarem as aulas. Não sei se fico aliviado ou irritado — por um lado, tenho tempo para ensaiar todos os meus argumentos; por outro, só quero que essa tensão acabe logo.

Escovo os dentes, lavo o rosto e me troco sem um pingo de ânimo. Me sinto completamente acabado. Falando sério, só o que eu queria agora é voltar pra cama, me cobrir até a cabeça e não fazer absolutamente nada.

É um plano tentador o suficiente que até considero faltar na escola hoje, mas daí lembro da Letícia. Se ela for pra escola e eu não, vai parecer que estou fugindo dela, e já criei situações desagradáveis com garotas o suficiente esse ano, então jogo a mochila por cima do ombro e saio de casa.

Na sala, um grupinho de alunos já cercou a Letícia e pela maneira como ela aponta para a mão e gesticula, parece que o pessoal já está querendo saber como ela se machucou. Meu coração começa a acelerar e sinto um frio na barriga. Lá vem.

— Ei, Artur! — Ela acena pra mim, sorrindo. — Vem cá! Tô contando sobre como a gente caiu de skate lá no Ibirapuera. — Pra uma menina à esquerda dela, comenta: — Eu achei que não tivesse ninguém no mundo mais desequilibrado do que eu, mas o Artur ganha de lavada!

Dou um sorriso amarelo, mal conseguindo respirar. Ela está de brincadeira ou realmente não espalhou pra todo mundo o que aconteceu? Olho ao redor. Ninguém parece estar rindo da minha cara. Quer dizer, mais que o normal.

— Ah, é — concordo, improvisando. — Mas eu tinha avisado que não sabia fazer aquela manobra, você que ficou insistindo pra gente tentar.

— Hum... Na verdade, acho que as suas palavras exatas foram "deixa comigo, eu manjo dos paranauês".

Reviro os olhos, me esforçando pra entrar no jogo dela e rir da situação, mas o comentário é um pouco próximo demais da verdade e o meu estômago faz vários *loopings*. Pra disfarçar, continuo:

— Lógico que não. Você só queria era me ver tomar um tombo, mas se lascou também.

A mão dela ainda está enfaixada, então desvio o olhar o mais rápido o possível.

O pessoal ri. Mais alguns comentários aqui e ali, e então a conversa vai pra outro assunto. Assim que o pessoal dispersa, ela diz, baixinho:

— Posso falar com você lá fora?

Faço que sim e giro nos calcanhares para sair da sala. Uma vez no corredor e consideravelmente afastados da sala, ela diz:

— Se alguém perguntar, a gente foi estrear meu skate novo e caímos porque você escorregou e puxou a minha manga, lá de cima da rampa.

— Teria sido um acidente mais divertido que o de verdade.

Ela dá um risinho e cai um silêncio por alguns segundos. Limpo a garganta.

— Acho que tá meio implícito que gostaria muito se você, é... não comentasse com ninguém sobre quem tava com...

— Não, lógico que não! — Ela se apressa em me tranquilizar. — Nem tinha pensado nisso.

Aceno com a cabeça, sem ter muita certeza de como responder. Talvez implorar pra ela me perdoar, agradecer pela mentira ou confessar que tive pesadelos horríveis sobre as muitas maneiras de que o acidente poderia tê-la machucado, ou pior. Me preparo para dizer alguma dessas coisas, mas ela é mais rápida:

— É por isso que você defende ele?

— Hã?

— Não quero me meter, e se eu estiver falando bobagem, não precisa responder nem nada, mas... o Alexandre e, tipo, *seu pai* — ela sussurra a última parte. — É por isso que você fica defendendo ele quando os meninos ficam falando dele?

— Eu... sei lá, odeio aqueles caras, então vai ver só queria um motivo pra encher o saco deles. Pra falar a verdade, eu sabia sobre o

Alexandre muito antes de imaginar que… bom, *você sabe o quê*. E, ah, não sei, me irrita quando esses otários ficam falando besteira de gente que eles nem conhecem, sobre coisas que nem importam.

— Então foi mais legal ainda da sua parte.

— Ah… brigado. — Sinto o rosto ficar quente. Quase matei a menina e ela tá elogiando minha força moral. Como se responde a uma coisa dessas?

Passo a mão pelo rosto.

— Pra falar a verdade, nem sei o que rola entre o Alexandre e o meu pai. Nem sei se eu quero saber, e eu *sinto muito mesmo* que a gente tenha te arrastado pro meio disso.

Ela abre um sorriso malandro.

— Mas foi uma aventura legal, não foi?

É oficial: a menina é louca.

— Na real? Sem ofensa, mas não foi, não. Adorei passar a tarde com você, mas se eu soubesse como ia acabar, não faria de novo.

— Tudo bem. Sempre suspeitei que você não fosse tão radical assim.

— Desculpa aí. — Levanto as mãos em defesa, rindo um pouco de verdade.

Ela dá de ombros.

— Todo mundo tem seus defeitos. Vamos entrar antes que alguém venha encher o saco?

Volto pra sala um pouco menos infeliz do que quando acordei.

....

Assim que chego em casa, ele já tá sentado à mesa, o rosto sem expressão alguma. Jogo a mochila no sofá e sento na cadeira da outra ponta.

— Pronto. Aqui estou. Pode começar a berrar, não tem visita hoje pra me defender.

Não vou mentir: estava esperando que a discussão já começasse pegando fogo. Em vez disso, ele nem perde tempo me olhando feio.

— Passei o dia inteiro pensando no que te dizer — ele começa, num tom neutro. — Conversei com a Penélope e até pensei em ligar pros meus pais pra pedir conselho, pra você ter uma ideia.

— E pro seu amiguinho? Não pensou em ligar pra ele?

Isso surte efeito. A cara dele fecha na hora.

— Os amigos que eu mantenho daquela porta pra fora são problema *meu*.

— Só que não tem sido da porta pra fora, né? — A adrenalina começa a borbulhar nas minhas veias. *Finalmente* tenho a oportunidade de jogar na cara dele que eu sei o que tá acontecendo.

— Ele só teve que vir aqui ontem porque *você* pisou na bola!

Dou uma gargalhada.

— Eu *sei* que ele já veio aqui antes! Eu tava aqui em casa aquele dia que vocês dois tavam… você sabe o que vocês tavam fazendo!

Me obrigo a encará-lo nos olhos. Ele fica pálido. Por um instante, o peso dessas palavras paira no ar, praticamente uma linha visível entre nós. Quando ele finalmente abre a boca pra falar novamente, tenho certeza de que é pra pedir mil desculpas e tentar se explicar, mas o que o diz é:

— Vai haver uma hora e um local pra gente falar sobre isso. Já passou da hora, aliás. Vou responder a todas as suas perguntas, mas sabe de uma coisa? Agora não é essa hora. Agora a gente vai falar sobre o seu comportamento, que está cada vez pior. Sobre a sua briga na escola, a sua total falta de respeito comigo, e o pior de tudo: o que você fez ontem. Ter pego a moto sem permissão ou habilidade, pra não mencionar o fato de ser *ilegal*, e quase ter matado você e aquela menina.

— A gente se ralou um pouquinho. Hoje é o Dia do Drama e ninguém me contou?

— Não tô pra piada hoje, Artur.

Sacudo a cabeça.

— Tá legal. Você quer falar sobre isso? Beleza, então: se tivesse aqui ontem, tinha outra pessoa pra levar a Letícia, mas você nunca tá em casa! — Agora que começo não consigo mais parar, e coisas entaladas na garganta há meses começam a escapar. — *Nunca* tem nada aqui em casa, quem faz as compras sou eu! Outro dia tive que tomar banho gelado porque você não tinha pagado a conta de luz. Quer que eu continue, ou tá bom? Você diz que eu sou irresponsável? Só tô seguindo seu exemplo!

Ele ouve em silêncio, a expressão cada vez mais sombria, mas vejo que está se controlando.

— Não tô dizendo que eu não tenho minha parcela de culpa nessa história — ele diz. — Eu *sei* que tenho que melhorar muito, mas é a primeira vez em muitos anos que tem alguém morando comigo. Ainda mais um adolescente que depende de mim. E não faz essa cara, porque você é minha responsabilidade, Artur, e por mais que você queira que eu te trate como adulto, continua agindo como uma criança. Eu não tenho bola de cristal, viu? Se você não me falar que tá faltando coisa aqui em casa, não vou saber! Mas se você tá tentando me dizer que atacou aquele menino porque não tinha pão em casa, então o problema é bem mais sério do que eu pensava!

— Achei que a gente não estivesse fazendo piada.

A mesa estremece com o murro dele no tampo de vidro, e parte de mim está surpresa que não se quebrou.

— Artur, a minha paciência *acabou* — ele enuncia cada sílaba, e acho que nunca o vi tão revoltado. Se eu não estivesse tão furioso, talvez ficasse com medo. — Eu te dei espaço, inventei um milhão de desculpas pro seu comportamento e tentei tornar esse o ambiente o mais agradável possível pra você, mas a minha tolerância acaba quando você coloca vidas em risco! Você acha que tem sido fácil pra mim? Você acha que é a única pessoa que queria deletar o ano passado?

Me levanto de um salto, engolindo o nó na garganta. Ando um pouco pelo apartamento até conseguir respirar direito. Nunca odiei tanto uma pessoa quanto odeio meu pai neste momento. Ele disse isso só pra me desequilibrar. Que tipo de pessoa faz isso com o filho? Não, me recuso a ser o único desconfortável aqui.

— Isso não tem nada a ver com o ano passado — digo.

— Ah, é? Porque…

— Tem tudo a ver com *este* ano — interrompo, antes que ele continue. — Eu sei que não devia ter pegado a moto, tá bom? Foi um erro e podia ter acontecido coisa bem pior. Eu *sei*. Pode parar de falar disso. Já pedi desculpa pra Letícia e ela tá bem.

— Mas não pediu desculpa pra *mim* por ter quebrado a minha moto.

— Já devia estar quebrada! Ou não?

— Estava — ele confirma. — E foi justamente por isso que eu não estava indo com ela pro trabalho.

— E eu tenho que adivinhar?

— A culpa é *minha* por não ter avisado meu filho de catorze anos que não era pra pegar a moto e sair por aí?

— Tá bom, desculpa, pai. — Adiciono uma camada de sarcasmo bem óbvia nessa frase. Estou tão furioso que praticamente consigo sentir essa fúria ao meu redor, como se estivesse escapando do meu corpo. — Não devia ter pegado sua moto sem permissão. Pronto, já são duas coisas. Não vou pedir desculpa por dar na cara do Pedro. Ele mereceu e você não sabe nem do começo da história. Se soubesse, ia ficar até agradecido por eu ter espancado aquele imbecil… mas não vai ficar sabendo. — Me viro para encará-lo. — Porque eu não tenho que te contar nada. Porque você vem mentindo pra mim há meses. — Ele desvia o olhar para a mesa e sinto um momento de pura satisfação. — Não vai negar, né? Que bom. Eu só queria saber que merda você tá fazendo.

Ele ergue os olhos de novo, mas, novamente, não ouço as desculpas que estou esperando.

— Achei melhor não falar com você sobre isso ainda. Foi escolha minha, e pode ter sido um erro, mas não queria falar com você antes de saber se isso era sério.

— "Isso" sendo o fato de que você tá pegando o meu professor?

— Não, Artur, porque eu não tenho quinze anos — ele responde, como se eu estivesse sendo idiota. — Eu estou *saindo* com o seu professor.

— Ah, bem melhor! — Reviro os olhos. E já que estamos falando disso, faço a pergunta que interessa, e que estou querendo fazer há semanas: — Desde quando você é viado, só pra saber?

Ele inspira como se tivesse levado um soco. Mas é só por um segundo. Já está com o rosto impassível outra vez, e diz, seco:

— Você sabe muito bem que não tolero esse tipo de vocabulário nessa casa.

— Para de querer ganhar tempo e responde à pergunta!

As mãos dele estão fechadas em cima da mesa. Ele está imóvel, mas sinto que está se controlando pra não passar os dedos pelo cabelo.

— Em primeiro lugar, não sou. Não sei se é isso que vem te incomodando, mas os relacionamentos que tive com mulheres não foram mentiras.

Era uma das coisas que eu tinha pensado. Mas não é um grande consolo.

— Então você só mudou de ideia, de repente?

— Não "mudei de ideia", Artur. Não se faça de ignorante. Você sabe muito bem que é possível gostar de mais de um gênero. Tivemos essa conversa há muito tempo. E a gente te criou pra respeitar todo mundo, independentemente de orientação sexual.

Ironicamente, a conversa era pra garantir para mim que eles me aceitariam de qualquer modo. Agora fico pensando se não havia segundas intenções aí.

— "Todo mundo" não é você — retruco. A distinção é importante, não sei como ele não percebe. Eu respeito as pessoas. O Alexandre, por exemplo, pode fazer o que ele quiser da vida. Os clientes dele da loja, não me importo. Mas isso é diferente. Não sei bem como explicar por que é diferente, mas é. *Outras pessoas* são assim. Não *ele*. — E não podia ter ficado só com as mulheres, não?

— Incrivelmente — ele diz, e o nível de sarcasmo em sua voz bate todos os recordes agora —, às vezes você gosta de uma pessoa pelo que ela é, não porque é homem ou mulher, feio ou bonito, ou o que quer que seja. Um dia você vai entender isso. — Quero sacudi-lo até ele abandonar esse tom condescendente, como se eu fosse uma criança que não soubesse nada do mundo. — O fato de ele ser seu professor não é ideal, eu sei…

Eu bufo.

— Não diga! Como se a vida na escola já não fosse ruim o bastante!

Ele franze a testa.

— Você nunca me diz nada, Artur. Como eu vou saber como é a vida na escola?

Mas ele deveria saber, penso. Parte de mim sabe que é um pensamento infantil, que eu fiz de tudo pra ele não ter ideia de como é minha vida de verdade, mas *ela* saberia. Não é isso que os pais devem fazer? Adivinhar seus problemas? Perceber quando você está incomodado, ou triste, ou bravo?

— Não interessa. Não é óbvio que eu não ia gostar de você estar *saindo* com meu professor? — E porque eu quero machucar, pergunto, a voz cheia de reprovação: — O que a mãe acharia disso?

— Ela iria querer que eu fosse feliz — ele responde, sem hesitar. — Sua mãe sabia perfeitamente quem eu sou. — Ele sacode a cabeça. — Que cara de surpresa é essa? Acha que a mãe do meu filho, *que foi minha melhor amiga por quinze anos*, não sabia isso sobre mim? Por favor, né, Artur! Mas já que você mencionou a Júlia, o que você acha que a sua mãe diria se te visse agora?

O golpe é baixo. Eu sei, eu disse o mesmo, mas fico sem reação por um momento, não acreditando que ele realmente jogou isso na minha cara.

— Você não sabe o que ela diria — respondo, brusco. — A gente nunca vai saber o que ela diria! Talvez ela dissesse pra você parar de fazer o que bem entende e pensar no seu filho um pouco!

— E eu não penso em você? Você é a prioridade da minha vida, Artur!

— Contanto que possa fazer o que quiser, né? — De repente a voz do Alexandre me vem à mente: "Mas acho que você tem direito a ter uma vida, também. Talvez precise dar mais crédito ao Artur". Sinto a raiva me consumir por dentro. Por que *eu* tenho que ser compreensível? Por que ele não pode "ter uma vida" de *outro jeito*? — Desculpa se minha existência atrapalha os seus planos. É o que acontece quando você tem um filho, sabe? Você acha que eu não queria que ela ainda estivesse aqui? Daí você podia fazer o que quisesse, e não precisava me considerar. Seria mais fácil, né?

— Artur…

— Pode ficar tranquilo — digo, sentindo uma inspiração súbita e brilhante —, não vou mais ser um problema pra você! Não vou mais morar aqui.

Ele bufa, impaciente.

— E vai morar onde, na rua? Vai por mim, menino, não é nada agradável.

Sorrio, triunfante.

— Não. Vou pra casa da vó.

— Ah, tá, claro que vai.

— Vou, sim! Ela falou que eu podia ir pra lá se eu quisesse, e eu quero! Não quero mais olhar na sua cara!

— E vai como? Porque daqui até o Rio Grande do Sul é chão, viu! E nem pense que vou te dar dinheiro pra isso!

— Não preciso do seu dinheiro! Guardei o que eu ganho da loja! — O que não deixa de ser dinheiro dele, teoricamente, mas não importa. Tinha outros planos pra essa grana, mas eles parecem bobagem agora. Se ele vai me ver como adulto, preciso fazer sacrifícios. E não estava mentindo: não aguento mais olhar pra cara dele, tanto nesse apartamento como na loja. É demais. Preciso de uma folga do meu pai.

Ele umedece os lábios, balançando a cabeça. Suspira pesadamente.

— Você acha que as coisas vão ser melhores por lá? Tudo bem. A gente pode discutir a ideia de você ir passar as férias por lá. Talvez até mude sua opinião sobre certas coisas — ele diz, enigmático. — Aproveite esse tempo pra pensar um pouco.

Cruzo os braços, furioso.

— Você não tá me ouvindo: não é pra passar uma chuva por lá. *Tô me mudando* pra casa deles!

— Não tá nada. Mais tarde, quando os ânimos se acalmarem, a gente vai planejar isso direitinho, mas até lá, esse assunto acabou.

— Se eu quiser ir, você não pode me impedir — digo, entre dentes.

Ele ri. Mas é uma risada amarga, sem vida.

— Errado: posso sim. Sou seu responsável legal e você não tem idade pra tomar esse tipo de decisão ainda. Até os dezoito, guri, quem diz onde você vai ou não *sou eu*.

— É mesmo? Que nem você, que sumiu de casa aos dezesseis?

Ele dá outro suspiro cansado e aperta a testa, entre as sobrancelhas, como se eu estivesse lhe dando dor de cabeça.

— Artur, as circunstâncias não são as mesmas. Você e eu vivemos vidas completamente diferentes. Graças a Deus — ele acrescenta, num murmúrio, e sacode a cabeça. — E mesmo assim, *mesmo assim*, depois que saí de casa, comi o pão que o diabo amassou. Eu não desejaria isso nem pro meu pior inimigo, que dirá pro meu filho!

Conheço essa história. Meus pais costumavam me alertar sobre os perigos do mundo lá fora usando a adolescência do meu pai. Sempre deixavam de fora uma pancada de detalhes (importantes, não tenho dúvida), mas a ideia geral era que as pessoas são horríveis e o mundo não perdoa adolescentes rebeldes. Ou algo do gênero.

Essas histórias não me assustam mais.

— Em julho eu caio fora.

— Em julho, você vai passar um mês na casa dos seus avós, *se* eles concordarem. E volta pra cá quando começarem as aulas. Ponto final.

E com isso, ele se levanta e sai da sala, não me deixando nem ter a última palavra.

Pinheiros do Sul, 2014

JULHO

1º a 20 de julho

Leva umas dezoito horas para viajar de São Paulo para Porto Alegre de ônibus. Não recomendo. Tipo, é muito desconfortável. Realmente uma medida desesperada, pra quando todas as outras alternativas já se esgotaram.

Mas esse não é o fim da viagem. Meus avós moram numa cidade muito pequena, Pinheiros do Sul, então nem tem ônibus de São Paulo direto. O jeito é ir até onde minhas economias deixam, e depois eles irem me buscar de carro.

O caminho é cansativo, chato e, como disse, longo. Não tem bateria de celular ou laptop que sobreviva.

Quando estou na metade do caminho, meu pai me liga pra checar se não fui sequestrado ou coisa assim. Depois de uns dois minutos de conversa forçada, invento uma desculpa de que estou cansado e finjo tirar um cochilo. No fim, acabo dormindo mesmo.

Minha soneca, no entanto, está longe de ser tranquila. Tenho alguns pesadelos sobre acidentes na rodovia e rostos desaparecendo da minha vista. Acordo meio enjoado e mal-humorado, péssima combinação. Não consigo parar de pensar em tudo o que estou deixando pra trás.

Priscila. Ainda tô bravo com ela pela maneira como me tratou naqueles últimos meses, mas você não deixa de gostar de alguém da noite pro dia. Sinto falta da risada dela, por mais idiota que isso possa parecer. O mundo dá voltas, eu sei, mas a última coisa que eu falei pra ela foi que ela era uma esnobe intocável. Ela provavelmente acha que sou um babaca que a odeia. A primeira parte pode ser verdade — eu nem contei pra ela que ia embora! — mas a segunda? Era meio importante que ela soubesse que eu jamais conseguiria odiá-la.

Tem o Felipe também. Não contei os detalhes da briga com meu pai, mas trocamos umas mensagens e ele até me desejou boa sorte e falou pra eu dar notícias de Pinheiros do Sul. Fico com a impressão de que ele vai mesmo sentir minha falta (não é à toa, com aqueles amigos dele!).

Letícia. Passou uma semana não levando a sério que eu ia mesmo me mudar pra casa dos meus avós, mas assim que chegou o último dia de aula, me fez prometer que manteria contato e me adicionou em todas as redes sociais possíveis. Ainda não sei por que ela é tão legal comigo, mas não vou reclamar – até me deixou passar o último fim de semana em São Paulo praticamente morando na casa dela. Acho que se ligou — daquele jeito inesperado com que percebe às coisas, às vezes — que o clima em casa estaria pesado entre mim e meu pai.

E falando nele, é claro, o próprio.

Não me leve a mal, ainda não o perdoei por ter mentido pra mim. Quem disse que o tempo cura todas as feridas era um mentiroso desgraçado, porque, olha, não foram dias fáceis. Principalmente porque essa é a primeira vez que meu pai e eu estamos em guerra.

E pensar sobre isso me irrita mais ainda. É como se eu estivesse me afogando, o tempo todo, em ondas alternadas de culpa, tristeza e raiva. Como as coisas puderam dar tão errado em tão pouco tempo? Nunca imaginei que chegaria o dia em que meu pai e eu não trocaríamos uma só palavra. Não éramos do tipo "melhores amigos pra sempre" ou coisa assim, mas era uma relação boa... eu acho. Já disse, até um ano e meio atrás, meu pai era a minha referência pra um pai legal. Não ficava me cobrando notas nem nada do tipo. A gente jogava bola ou videogame e discutia tipos de pizza. Eram fins de semana quase perfeitos, e eu achava que tinha tanta sorte! Outros meninos tinham pais chatos e bravos, mas não o meu! Não, o meu pai era perfeito.

Vai ver todo mundo é perfeito quando a gente só vê duas vezes por semana.

Os últimos dias no apartamento foram tão desagradáveis que nem gosto de lembrar. Entre a escola e ele trabalhando, não nos víamos tanto assim, mas sempre que trombávamos um no outro, ficava aquele climão.

Mas não adianta ficar me remoendo por águas passadas. Minha vida agora é outra, com outras pessoas. Pelo que ouvi sobre eles, meus avós parecem ser sensatos, então acho que a vida por aqui vai ser mais estável. Estabilidade... nunca achei que sentiria saudades disso.

Sinceramente, nem conheço meus avós assim tão bem. Quando eu era menor, meus pais contavam histórias sobre eles, mas conforme os anos foram passando, esse assunto foi se tornando cada vez menos frequente. Nunca fui até a casa deles, e apesar dos planos anuais, eles também não iam pra São Paulo.

Meus pensamentos são interrompidos quando o ônibus para, e desço na rodoviária.

Não demoro muito pra vê-los: o vô Elias e a vó Rosa. Para minha surpresa, os pais de Guilherme Müller são a imagem perfeita do que avós devem ser. Cabelos brancos, rostos enrugados, meu vô de camisa branca lisinha e óculos redondos e minha vó com um vestido bem-comportado e os cachos brancos presos num coque.

Eles sorriem e me dão um abraço conjunto, o que é um pouco constrangedor, mas nem tem ninguém olhando pra gente, então deixo aquilo continuar por alguns segundos.

— Meu Deus, seu pai não disse que você estava desse tamanho! — a vó diz, um pouco recriminadora, como se meu pai tivesse escondido minhas dimensões exatas de propósito. — Que bom que você veio, Artur!

— Estou feliz também.

— Vamos lá, filho — diz meu avô, e eles me guiam para o estacionamento.

Então exclamo, como um idiota:

— Um carro! — como se não houvesse milhões deles em São Paulo. Meus avós me olham estranho. Pigarreio, e tento consertar: — É que, er, meu pai vendeu o nosso, então só tenho andado de moto por uns oito meses. — Sento no carro deles, um Vectra cromado que tem uns bons 15 anos nas costas, e me sinto um rei em minha carruagem.

— Ah, ele não contou isso também — diz minha vó, e sinto uma leve pontada de culpa ao pensar que dedurei meu pai. Então me lembro que o objetivo da viagem é fazer justamente isso. — Vamos falar com ele, Elias. Motos são tão perigosas, outro dia li que todo dia morrem mais de quatrocentas pessoas naquela cidade em acidentes de moto.

— Se você acha que vai fazer diferença — o vô diz, com voz de quem sabe que não vai.

Rio no banco de trás.

— É, não vai adiantar, vó. Nem se ele quisesse comprar um, não tem dinheiro agora.

— Hum — murmura minha avó, e eles trocam um olhar silencioso. Então ela muda o tom de voz para um mais animado. — Bom, Artur, conte sobre a escola, os colegas... e as namoradinhas?

Quase dezoito horas de viagem e me sinto um idiota por não ter me preparado para o interrogatório. Acho que porque minha família é tão pequena e nossas festas de fim de ano serem sempre só nós três, sobrevivi a todos esses anos sem ensaiar uma resposta à questão "E as namoradinhas?". Claro que ela tinha que vir nesse ponto da minha vida. Lembro imediatamente da Priscila e só consigo balbuciar:

— É... não tenho nenhuma ainda.

— Você ainda é novo — diz o vô, sorrindo. — Tem muito tempo pra isso.

— O importante é achar uma garota boa — minha vó diz, se virando no banco para me encarar. — De boa família. E não fazer que nem seu pai, que pulava de uma pra outra, e só escolhia as de má índole. Lembra, Elias?

— Ah, é? — pergunto, me segurando pra não rir ou esfregar as mãos como um vilão de desenho animado. Percebo que estou diante de uma mina de ouro de informações sobre o meu pai, e já imagino toda a munição que terei para brigas futuras. É com certeza melhor do que discutir a minha vida, então insisto: — Má índole?

— Era cada uma — o vô resmunga, balançando a cabeça. — Lembra aquela garota do cabelo espichado? Toda desenhada?

— Desenhada? — pergunto. — Ah, tipo tatuada?

— Isso, isso, aquelas coisas que seu pai faz — ele diz, e sinto uma nota estranha de desprezo na sua voz. Quer dizer, sabia que eles preferiam que meu pai tivesse feito outra coisa da vida, mas agora parece meio tarde pra reprovar. — E tinha aquela que só usava preto. Inclusive no rosto.

Imagino jogar meus avós no meio da Avenida Paulista e mordo o lábio pra não rir. Deve ter sido engraçado: meu pai, que não se choca com nada, vivendo com meus avós que, parece, se chocam com qualquer coisa. Acho que puxei mais para o lado deles.

Me pergunto de repente se meus avós *sabem*, se um belo dia ele simplesmente trouxe um cara pra casa, mas não tenho coragem de perguntar.

— Deixa isso pra lá, Elias, o menino acabou de chegar. A gente ficou muito feliz quando seu pai ligou! Faz tanto tempo que não te víamos, menino. A gente falava "Guilherme, traz o garoto pra ver os avós", mas já viu seu pai, né? Sempre com alguma desculpa. E São Paulo é tão longe pra gente ir…

— É mesmo, vó — concordo, sem graça.

— E não que a gente não esteja feliz de você estar aqui, mas está tudo bem com seu pai? Por que decidiu vir?

Penso, pela primeira vez, que meus motivos pra visitar meus avós são bastante egoístas, e me sinto um pouco envergonhado. Eles estão tão felizes por me ver e eu só estava pensando em ficar longe do meu pai. Além disso, acabei de chegar, não é o momento de conversar sobre os nossos… problemas.

— Queria sair de São Paulo um pouco — respondo, dando de ombros. — Tô meio cansado daquela cidade.

— Imagino, coitado — a vó concorda. — Aqui é mais tranquilo, você vai gostar.

Uns minutos depois, finjo que estou cansado pra me esquivar de mais algumas perguntas pessoais e acabo dormindo de novo, dessa vez sem sonhos.

Mais umas duas horas e chegamos a Pinheiros do Sul. A cidade é tão pequena quanto eu imaginava — ou como meu pai sempre descreveu, na verdade. Vejo prédios, pelo menos. O trânsito não é o de São Paulo — o que não é uma coisa ruim — mas há movimento. Meu pai sempre fazia parecer o fim do mundo, mas é claro que estava exagerando.

Entramos num bairro residencial e paramos em frente a um muro que guarda um jardim. Me seguro pra não exclamar "Uma casa!", porque o mico do carro já foi o suficiente. Mas sinto que a surpresa é justificável. Nunca morei numa casa. Não tenho ideia do que é não ter que encontrar gente no corredor, ficar esperando elevador, ouvir barulho de vizinho.

Sinto um momento de felicidade. Estou longe de casa pela primeira vez e, por um mês, não vou ter que pensar no meu pai e no que ele está fazendo, arrumar as bagunças dele, brigar com a Priscila, passar por idiota pra Letícia nem ficar pensando se o Felipe vai virar a cara pra mim assim que topar com um dos amiguinhos dele. O mundo fica mais simples e mais leve, e tenho certeza de que não vou me arrepender de ter vindo.

....

São dois dias até eu me arrepender de ter vindo.

Veja bem, eu nasci e cresci em São Paulo. Estou acostumado a um certo estilo de vida (embora não seja alto), e ele inclui buzinadas e barulho de pneus cantando de madrugada, mas também qualquer rede de *fast food* à minha disposição a algumas ruas de distância. Estreias de filmes a cada quinta-feira, e o melhor de tudo: metrô. Fale o que quiser sobre a desorganização do transporte público, mas o metrô é uma baita benção — ir de uma ponta à outra da cidade em quinze minutos? Teve uma época que isso era ficção científica.

Por aqui, contente-se com o ônibus... quando ele aparece. Fato interessante sobre cidades pequenas: ninguém tá nem aí pra horários. Ah, você quer estar no centro da cidade em meia hora? Que pena, porque o ônibus não está com muita pressa de chegar. Que tal ir andando até lá? O que, aliás, eu tentei fazer no meu segundo dia aqui, e decidi que essa vida de gente saudável não é pra mim.

Wi-fi? Meus avós nem sabem o que é. Achei que fosse impossível alguém viver no século XXI e não ter internet, mas cá estão os dois pra me contrariar. Quase chorei quando tivemos essa conversa.

Como se não bastasse, meus avós odeiam videogame. Meu avô acha que é coisa de gente sem ter o que fazer (sim, vô, o objetivo é justamente passar o tempo quando você não tem mais o que fazer), e minha avó acha que são muito violentos e vão, de alguma forma, me incentivar a sair atirando em todo mundo na rua (não, vó, tirar o videogame das pessoas é o que as deixa violentas).

São problemas de primeiro mundo, eu sei, mas viver em uma cidade grande a sua vida inteira e depois mudar para uma absurdamente menor não é pra qualquer um. Exige muita, mas *muita* força de vontade, e preciso ficar lembrando o motivo de eu ter saído de São Paulo pra começo de conversa.

— Ah, sim, tô adorando esse lugar! — digo quando meu pai liga, logo depois da janta, com muito mais empolgação do que estou sentindo.

É o terceiro dia. Estou meio ofendido por ele ter demorado tanto pra ligar de novo. Aposto que a primeira coisa que fez foi ligar pro Alexandre assim que eu saí pela porta: "Pode vir, meu filho foi embora!" Eu aqui no fim do mundo e ele lá, se divertindo. Bom, de jeito nenhum vou dar o braço a torcer; vou arranjar um jeito de resolver os pequenos problemas dessa cidade. Do canto do olho, vejo minha vó observando nossa conversa e abro um sorriso mais largo.

— Sei que eu não tenho que perguntar — ele começa, do outro lado da linha —, mas vou perguntar do mesmo jeito: tá tudo bem por aí? — Sabia. Lá vem ele com a paranoia! Disfarço a irritação o melhor que posso, trocando o telefone de orelha e reajustando o sorriso. Minhas bochechas estão começando a doer, mas o telefone é fixo e minha vó está assistindo descaradamente, nem fingindo tricotar nem nada.

— Claro, pai! A vó cozinha que é uma maravilha. — Viro a cabeça e faço um sinal de positivo pra ela.

— Isso ela faz mesmo... — Agora cai um daqueles silêncios que já são horríveis ao vivo, pior ainda no telefone. Sinto uma pontada de saudades das conversas fáceis que a gente tinha e me obrigo a lembrar que ainda estou furioso. Meu pai limpa a garganta. — Ô, Artur?

— Hum?

A voz dele fica mais baixa, como se fosse *ele* quem tivesse uma senhorinha de vigilância constante.

— Certeza que tá tudo bem aí?

— Já falei que tá — respondo, meio confuso e irritado. Não sei o que ele espera que aconteça, exatamente. A cidade não é meu lugar dos sonhos, mas não é pra tanto. — É melhor eu desligar, eu vou...

— Deixa eu falar com a sua vó — ele interrompe. Ainda bem, porque nem sei direito que desculpa ia usar.

Minha vó pega o telefone da minha mão e — como o mundo dá voltas! — agora sou eu quem senta no sofá e espia.

— Oi, filho — ela atende. — Tudo, tudo... é, falei que você devia ter trazido ele antes. — Uma pausa. — O que você acha que a gente... ah, Guilherme, não é pra tanto! A gente sabe. Sim, sim, não se preocupe...

Ouvir só um lado de uma conversa de telefone é *muito* frustrante, ainda mais se, como é o caso, você está ouvindo o lado mais inútil. No meio da conversa já fico com vontade de fugir e pegar a extensão do quarto deles, mas ela ia perceber — então não fico sabendo o que é que meu pai diz que a deixa de testa franzida e suspirando.

É a primeira vez que vejo minha vó irritada.

....

A próxima acontece alguns dias depois — é o sétimo desde que cheguei, e me parabenizo por sobreviver a uma semana em Pinheiros do Sul com a sanidade mais ou menos intacta. Estamos jantando quando meu avô começa a falar de como já ganhava dinheiro quando tinha a minha idade, fazendo uma série de trabalhos manuais. E eu, baixando a guarda, menciono casualmente que ajudo a Penélope na loja.

Minha vó até apoia os talheres no prato.

— Penélope? Ah, é aquela sócia dele? — Ela diz "sócia" no tom que diria "traficante", e sinto uma pontada de irritação. Acho que minha vó nem conhece a Penélope, ou se conhece, deve ter sido por fotos que meu pai mandou para eles do dia em que abriram a loja. Por mais que ainda esteja bravo com a Pê, sinto vontade de defendê-la, mas não sei direito o que dizer já que não houve uma acusação direta. Só uma desaprovação geral que pego no ar. — Não parece certo, confiar um negócio inteiro nas mãos de estranhos...

— É a Penélope — começo em tom neutro, sem olhar pra eles. Tento ganhar tempo mexendo na comida. — Eles são amigos faz um tempão, na verdade.

— Ah, mas é a cara do Guilherme, fazer uma coisa dessas — meu vô resmunga. Ele tinha uma imobiliária ou algo do tipo, mas já se aposentou, e agora passa o tempo reformando carros numa oficina. — Quantas vezes eu já falei pra ele não misturar as coisas? Amigos, amigos, negócios à parte. Mas, não, tinha que chamar a *amiguinha* pra brincar com ele, como se fosse trabalho de escola. Se vai fazer sociedade com alguém, ou é com um investidor com muito mais dinheiro ou é com gente da família!

O instinto me manda mencionar que a Penélope é praticamente da família, mas me lembro que nem o meu pai nem a Penélope andam merecendo a minha lealdade ultimamente, então apenas enfio mais uma garfada na boca.

— Pelo menos anda dando dinheiro? — ele pergunta, sério. Meu pai se parece mais com a minha avó, notei logo de cara, mas eles dois, pai e filho, têm as mesmas sobrancelhas grossas. Acho que nunca percebi como elas podem deixar o olhar tão severo.

Engulo devagar.

— Bom, a loja é nova, então...

— Na minha época, um negócio já estaria dando lucro a essa altura!

— Mas não é como se ele tivesse aberto uma marcenaria — minha avó argumenta, e não vou mentir: fico surpreso pela defesa inesperada. — O público deve ser menor, no caso dele. Mesmo em São Paulo, não deve ter tanta gente querendo se marcar desse jeito.

Bem feito. Como disse alguma pessoa sábia, crie gatos, não expectativas. Me esforço pra não me ofender — pelo menos não visivelmente. A verdade é que, por mais que eu não concorde com todas as decisões do meu pai, ele é realmente bom no que faz. Esse tipo de coisa é chamada de *arte* corporal por um motivo! Aposto que meus avós nunca viram o trabalho dele.

O resto do jantar não sai muito melhor. A comida da minha vó realmente é incrível e meu vô é até bem engraçado quando começa a falar dos tempos dele, mas falar com os dois é um pouco como tentar se comunicar com alguém que fala outra língua. Nem usar palavrão eu posso, que minha vó briga comigo. Acabo me cansando, então invento uma desculpa pra subir pro quarto mais cedo.

Quando cheguei, achei que eles me colocariam no quarto antigo do meu pai, mas não foi o que aconteceu. Nunca tinha visitado a casa dos meus avós, então não sabia quão grande ela era, mas é enorme — além do quarto deles, tem o do meu pai e um para hóspedes, no fim do corredor. De onde venho, isso já é ostentação.

Sem nada pra fazer e sem um pingo de sono, me pego pensando no meu pai de novo. Ele sempre foi do tipo agitado, que não consegue ficar parado nem por decreto. Eu sou mais tranquilo (só de leve), e já estou enlouquecendo por aqui. Imagino como deve ter sido crescer nessa cidade.

Nunca vou admitir isso pra ele, mas agora entendo porque não via a hora de sair fora desse lugar. Ou será que, sem tanta tecnologia pra sentir falta (como no meu caso), essa parte não era tão ruim?

Então percebo: eu posso descobrir se quiser! Se ainda existe alguma evidência da adolescência do meu pai, está aqui, com certeza. Decido dar uma espiada no que costumava ser o quarto da versão adolescente de Guilherme Carlos Müller.

Meus avós não mantiveram o cômodo como um santuário para o filho desaparecido, e, pensando bem, não sei por que eu esperava que tivessem. Meu pai fugiu de casa antes de completar o ensino médio; ele *escolheu* abandonar os pais, então faz sentido que eles tenham encaixotado as coisas dele e enfiado no armário.

Não tem nem cama esse quarto — devem ter desmontado e vendido —, mas ainda tem uma escrivaninha e o armário estilo *closet*.

Não restaram muitas roupas, mas encontro uma pequena pilha de camisetas pretas e *jeans* num canto do armário. A julgar pelas estampas, o gosto musical do meu pai não mudou muito nos últimos dezenove anos. E eu que pensei que ele não era capaz de focar tanto tempo numa coisa só. Deixo as roupas de lado e parto para as caixas.

A primeira está cheia de cadernos e papéis. Vejo alguns envelopes e me dou conta de quanto tempo faz que o meu pai foi adolescente: as pessoas ainda mandavam cartas. Uma parece interessante, então a ponho de lado.

Abro a outra caixa, e *caramba*! Se eu achei que cartas eram um sinal de velhice, isso aqui realmente é um túnel do tempo! Levo alguns segundos pra reconhecer o que são, mas capinhas de celular certamente tornaram o visual das fitas cassete popular, então não tem como confundir. Encontro alguns CDs também, mas a maioria tem marcações feitas à mão. Pelos títulos, foram shows gravados do rádio (me sinto num museu só de falar isso), mas outras só têm datas. Tenho uma suspeita súbita e me resolvo a encontrar algum aparelho que toque isso aqui.

Pego as duas caixas e enfio a cabeça pra fora da porta, olhando dos dois lados do corredor antes de voltar pro quarto de hóspedes pé ante pé, me esfregando contra a parede como se isso me tornasse invisível. Tranco a porta depressa, e sinto como se houvesse roubado documentos de Estado.

Tenho certeza de que meus avós ficariam umas feras se descobrissem que, além de fazer uma baita bagunça no *closet*, ainda peguei essas caixas e estou mexendo num monte de coisas que não são minhas, mas *preciso* saber o conteúdo das cartas e das fitas e não vou arriscar pedir permissão.

— Artur! — vem a voz da minha avó, seguida de umas duas batidas na porta. Meu coração pula pra garganta e quase deixo as caixas caírem. Já estou com uma desculpa na ponta da língua, mas ela só pergunta: — Você não vai tomar banho, não?

— Mais tarde — grito de volta. Tudo bem, ainda não fui pego. Enxugo o suor da testa. Essa vida de espião não é pra mim. É meio decepcionante: a gente sempre gosta de pensar que se daria bem se a situação exigisse, mas já estou suando frio.

Ouço os passos dela se afastarem e só então sento no chão e abro a caixa de papéis. Alguns dos cadernos são da escola e poderiam ser meus, pelo conteúdo — impressionante como nada mudou. A surpresa maior é que *há* conteúdo neles. Sempre imaginei que meu pai tivesse sido o tipo de aluno que os professores odiavam, que não copiava matéria e dormia na sala, mas pelas anotações dele, até que ele era… bom. Muito bom, na verdade. E numa letra muito melhor do que a minha. É claro, todas as margens das páginas também estão rabiscadas com desenhos que me lembram o trabalho dele, só que menos desenvolvido.

As páginas finais estão cheias de rabiscos também, recados na letra de outras pessoas, reclamando da aula, fazendo caricaturas dos professores, combinando saídas no fim de semana…

Além de algumas frases que parecem versos, originais ou tirados de algum lugar, não sei. E datas, jogadas sem explicação. *7 de julho de 1990. 24 de novembro de 1991. 11 de outubro de 1996.* De repente, quero que ele esteja aqui, do meu lado, me contando a história por trás delas. Nunca pensei muito na vida do meu pai antes de eu nascer, mas agora fico com uma sensação desconfortável de que há um mundo de coisas que não sei sobre ele.

As cartas são ainda mais interessantes. Não reconheço nenhum dos nomes, mas a maioria é de garotas — de namoradas ou coisa parecida. Os envelopes são coloridos e uma ainda tem até um perfume fraquinho. Tento me imaginar escrevendo uma carta pra Priscila, mas nem saberia o que dizer. Me parece coisa de mulher. Queria ter as do meu pai pra ver como ele respondeu àquelas declarações de amor.

Paro de repente quando pego um envelope simples e leio o remetente: *Vitor*.

Até esse momento não tinha me ocorrido que o que estou fazendo é meio que errado. Sei quão ruim isso soa e me sinto meio culpado, mas já passei do ponto em que poderia parar. A curiosidade me corrói por dentro, e vou ler essa carta e todas as outras que achar desse cara.

Bem, todo mundo tem seus defeitos, penso enquanto abro o envelope, e o meu é a total falta de respeito com a privacidade dos outros.

Não há data, e bem que o tal de Vitor podia ter facilitado a vida do filho do cara pra quem ele estava escrevendo. Mas, sabendo quando meu pai saiu de casa, concluo ele devia ter mais ou menos a minha idade, ou pouca coisa mais velho. *Oi, Gui!*, começa a carta, numa letra horrorosa.

Como foram as férias? Espero que menos chatas do que as minhas. Julho mal começou, e já estou de saco cheio.
Meus pais compraram um computador e, cara, deixa eu te falar: parece muito legal! Nas poucas vezes que consegui chegar perto daquilo, vi que tem até jogos! Não vou mentir: passei quase uma hora jogando Paciência, e nem me arrependo. Mas é óbvio que o meu irmão já monopolizou, né? Agora ele só fica sentado na internet! Faz uns 4 dias que ninguém sabe o que é usar o telefone.

Obviamente, o irmão do Vitor era um cara à frente do seu tempo.

E não é só isso. Pra tornar esse o melhor mês do ano, quase morri na semana passada. Estava andando de bicicleta, pensando na vida, quando um carro apareceu do nada e me acertou! Por sorte, não me machuquei muito, mas a bike já era. Lógico que os meus pais ficaram achando que a culpa foi minha, e duvido que eu vá ganhar outra tão cedo.
Fazer o quê, né?
Mas quer saber no que eu estava pensando antes de quase morrer? Naquela conversa que a gente teve no último dia de aula. Aliás, eu tenho pensado bastante naquilo que você falou. É engraçado, porque eu passei um tempão tentando não pensar nessas coisas, e agora é só nisso que o meu cérebro quer focar. Culpa sua! (Mas de um jeito legal.)
Durante muito tempo achei que eu era louco. Que essas coisas que passavam pela minha cabeça eram confusão só minha. Que era melhor eu me internar num hospício, porque de jeito nenhum era normal sentir essas coisas! Vai ver, somos, os dois, loucos de pedra.
Não precisa responder essa carta se não quiser. Vou entender. Mas seria bacana receber uma resposta... não que eu queira que isso influencie na sua decisão, claro. Se quiser, também pode vir aqui em casa. Já que o otário do meu irmão vive naquele trambolho agora, o videogame é só meu, então... não quero me gabar, mas eu tenho o novo jogo do Mortal Kombat.
Vitor.

Um mês atrás eu provavelmente pensaria que o meu pai dividiu alguma sabedoria milenar sobre o universo ou coisa do gênero, mas agora tenho uma boa ideia sobre o que foi, de fato, que eles conversaram.

Vasculho um pouco mais e encontro outra, e parece que eles já tinham ficado bem próximos nessa época, porque esta já começa direto no assunto, sem rodeios:

Gui,

Faz uma semana desde que aquele dia na cascata e acho que a gente precisa conversar pessoalmente. Não adianta ligar aqui em casa, porque além da internet ocupando a linha, meus pais também me proibiram de fazer ou receber ligações.

Talvez a gente pudesse se encontrar perto da cascata, outra vez? Ou pode ser qualquer lugar que você queira, não ligo. A gente só precisa se encontrar.

Às vezes me pergunto se eu te irrito com essas cartas e todo o resto. Porque se foi isso, pode falar. Não quero ser uma pedra no seu sapato, mas, no momento, você é a única pessoa no mundo que me entende. Me corrija se eu estiver errado, mas acho que também sou o único a te entender de verdade... ou não? As coisas mudaram tão depressa, e às vezes eu me arrependo de ter trombado com você naquele dia. Na maior parte das vezes, no entanto, essa é a única coisa positiva desses últimos anos, então... sei lá.

A Juliana passou aqui em casa ontem. Foi péssimo, eu não sabia o que falar pra ela. Eu devia ter ficado de boca calada aquele dia, mas achei que ela tinha o direito de saber. Ou não? Será que ela vai contar pra alguém? Ela nunca foi fofoqueira, mas... Não sei. Não sei de mais nada hoje em dia.

Sério. A gente precisa se ver. Urgente.

Te espero.

Vitor.

Imagino se meus avós leram aquilo, se sabem do que se trata, mas acho que não. Tenho certeza que teriam destruído tudo aquilo se tivessem. Se eles não aprovam tatuagem nem videogames, imagina... bem.

Me pergunto, não pela primeira vez, se eles jamais souberam sobre essa parte da vida do meu pai, se isso foi parte do motivo para ele sair de casa. Sempre achei que ele tinha só ficado de saco cheio de morar em cidade pequena e tinha se rebelado, mas talvez... talvez ele tenha tido outros motivos. Pela primeira vez na vida, me pego pensando que talvez as razões dele fossem justificadas.

No fundo da caixa encontro um saquinho transparente com uma porção de folhas soltas e alguns envelopes. Com as mãos tremendo de ansiedade, viro-o de cabeça pra baixo e despejo seu conteúdo no chão. Como eu imaginava, algumas das folhas parecem ser rascunhos de cartas que ele próprio enviou. Não demora muito pra eu encontrar a que eu quero.

Está amassada e rabiscada em várias partes, mas a primeira parte ainda dá pra ler.

Vitor,

Desculpa a demora pra te responder. Queria poder dizer que não foi de propósito, mas seria uma mentira deslavada.

A verdade é que não sabia o que dizer. Ainda não sei, pra ser sincero. Você acha que eu tenho as respostas pra tudo só porque saquei algumas coisas mais cedo, mas... não é assim que funciona. Parece que quanto mais eu acho que descubro, mais dúvidas me aparecem. E, sim, isso inclui você. Quanto mais te conheço, mais eu sinto como se estivesse cavando um buraco cada vez mais fundo pra nós dois. Tá, a gente se entende de um jeito que ninguém mais consegue, mas... isso realmente ajuda em alguma coisa? Saber como algo, ou alguém, funciona não é o suficiente. Não ajuda muito. Aliás, ando percebendo, só atrapalha mais ainda. A Juliana que o diga.

Aliás, tenho que dar o braço a torcer: achei que ela daria com a língua entre os dentes em menos de uma semana, mas até agora nada. Claro que isso não a impediu de me olhar feio no mercado na semana pas-

sada, mas é melhor do que... bem, do que o pior cenário que consigo imaginar.

Sério. Você não devia ter contado pra ela. O que aconteceria se os seus pais descobrissem? Se pegassem uma dessas cartas? Eu sei o que os meus fariam: meu pai provavelmente ia quebrar alguma coisa nas minhas costas, e a minha mãe ia desidratar de tanto chorar. Ou vice-versa.

Queria ter força de vontade o suficiente pra acabar com isso de uma vez, antes que as coisas saiam do controle e a gente acabe se ferrando. Queria poder te olhar nos olhos e dizer que não quero falar com você nunca mais, mas você nunca facilita pra mim, né?

Ainda vou te ver na cascata. Não tenho coragem de te dizer nenhuma dessas coisas, seja pessoalmente ou por correio. Essa carta é pra mim, não pra você. Não vou enviar essa. Ou qualquer uma das outras que foram parar no lixo nessas últimas duas semanas.

Por que as coisas não podem ser mais fáceis? Por que eu complico tudo? Ou será que as coisas já são complicadas e eu sempre insisto em me enfiar nelas?

Preciso sair daqui. Vou embora. A vida aqui não vai mudar nunca e sinto isso se enroscando em volta do meu pescoço e sufocando. Preciso ir. Você viria comigo? Não quero que você venha, mas não quero ir sozinho.

Ainda tem mais um parágrafo, mas ele riscou inteiro e não dá pra entender. Dobro novamente e devolvo pro saquinho.

Certo, mexer nas coisas dele foi um baita erro. Por um lado, sinto aquele entusiasmo de fazer alguma coisa proibida ou saber de um segredo. Por outro, também me sinto muito estranho, meio culpado, e com uma sensação desagradável — que, percebo, é dó do meu pai. Até no tal do Vitor (de quem eu nunca ouvi falar na vida) fico pensando. Que fim ele deu?

Meu plano quando peguei as caixas definitivamente não era ficar mais confuso ainda, e sinto uma pontada de irritação, como fosse culpa do meu pai que as suas relíquias de adolescência amolecessem a minha resolução de nunca o perdoar. Enfio tudo de volta e escondo as caixas embaixo da cama.

Subo pra cama e tento digerir esse universo inteiro de informações que acabei de absorver. Parece que os dois tiveram férias conturbadas lá pra meados dos anos 90. Imagino como deve ter sido, viver seja lá o que foi que viveram juntos, em segredo. Como nunca precisei manter relacionamento nenhum em segredo (principalmente porque nunca tive um), não sei qual deve ser a sensação, mas eles pareceram angustiados.

Não é culpa dos meus avós, tento argumentar comigo mesmo. Eles são de outra época. É de esperar que tenham alguns preconceitos. *Só que tudo tem limite*, outra voz na minha cabeça aponta. Nenhuma das vozes me ajuda muito, então decido não pensar mais nisso.

O melhor a fazer é tentar dormir, mas quando tento, não consigo parar de pensar no que devia ter sido morar com eles, sendo criticado a todo momento. E, mesmo que não pretenda admitir isso em voz alta, me sinto um pouco aliviado por meu pai ser quem ele é.

Então meu celular toca com o aviso de mensagem. É a Letícia, mandando uma foto dela numa praia na Europa. Férias de gente rica é outra coisa, mas me esforço pra não ficar com inveja e pensar pelo lado bom: ela vem lembrando da minha existência desde que saí de São Paulo e, embora não seja a mesma coisa que eu tinha com a Priscila, é legal ter alguém pra conversar.

Então tento me lembrar que o plano é ficar aqui, e digo a mim mesmo que é melhor eu cortar a comunicação com o meu pai (na medida do possível), com a Letícia e o Felipe, e esquecer a Priscila — me preparar pra deixar tudo pra trás de novo. Acontece que parte de mim, por mais que tente reprimi-la, me diz que vou voltar, que não vou aguentar ficar aqui, que já estou louco pra ir pra casa apesar de tudo. Odeio essa voz. Quando a deixo falar, diz que eu fui um imbecil por achar que simplesmente podia mudar de vida e faz minhas esperanças de uma semana atrás parecerem os sonhos impossíveis de uma criança.

....

Seguindo o cronograma de filho péssimo que não tem o menor respeito pela privacidade alheia, penso nas fitas que tenho pra escutar. Ler as cartas me deu um vislumbre do passado do meu pai e, por mais confuso e culpado que isso tenha me deixado, agora que comecei preciso devorar o máximo de informações que conseguir.

Nem me surpreendo com o fato de meus avós não terem um aparelho de som em casa.

— Tenho um tocador de discos — meu avô informa, solícito.

— Ah — respondo. — Que legal.

Até poderia ser legal, na verdade, mas os únicos vinis dos meus avós são coleções de música clássica que parecem todas a mesma coisa pra mim. E o tocador de discos não me ajuda a ouvir as fitas do meu pai, o que só me deixa frustrado.

A segunda semana em Pinheiros do Sul vai lentamente me tirando a vontade de viver.

Até conseguiria lidar com o tédio, mas então chega meu aniversário. Uma terça-feira. Quinze anos. As mensagens da Letícia e do Felipe só me fazem sentir falta de São Paulo — até daquela escola. Para minha surpresa, recebo parabéns dos meus amigos da outra escola, mensagens de "saudades" e "aparece". Primeiro penso que estão todos sendo falsos, mas então releio as mensagens e me pergunto se eles não sentem minha falta até. A ideia só me deixa mais deprimido.

Meu pai liga, mas nossa conversa não dura dois minutos. Quando desligo o telefone, com um suspiro exagerado, meu avô me chama.

— Por que não me ajuda lá na oficina? Tem um Fusquinha 68 que tá me dando um trabalhão. Eu bem que podia usar um par extra de mãos.

Minha língua coça pra soltar um "tal pai, tal filho!", mas considerando o que já vi do senso de humor do meu avô, talvez ele não goste da piada. Sinceridade pode ser melhor.

— Ah, sei lá, vô. Não entendo nada de carros. Acho que ia atrapalhar mais do que ajudar — comento sem ânimo. Não tenho um pingo de vontade de mexer com carros velhos. A única coisa velha com que quero ter contato é um aparelho antigo o suficiente pra tocar essas malditas fitas.

— Não tem problema, não! Eu te ensino. É até bom. Tá mesmo na hora de você começar a aprender umas coisas de homem.

Não tenho mais como argumentar, e acabo indo.

Só digo uma coisa: espero que nem todas as "coisas de homem" sejam tão chatas quanto consertar carros, senão estou ferrado.

É claro que eu gosto de carros. Sempre gostei de *ter* um carro, pelo menos, e desde que vendemos o nosso aprecio a *ideia* de carros como um símbolo da vida boa que eu nem sabia que tinha. E seria legal dirigir um (isso meu pai nunca me ensinou), sentir o motor rosnar enquanto você aperta o acelerador e voa por uma estrada vazia...

Mas isso não tem nada a ver com o que estamos fazendo agora, que é a) incompreensível; b) tedioso; e c) sujo. Não, melhor, *imundo*. Graxa é pior que areia em termos de entrar em lugares que você não achava possível, porque nem estou ajudando muito — minha função é passar as ferramentas pro meu avô — e me sinto coberto pela coisa.

A oficina não é muito grande, mas há quatro carros aqui, no momento, incluindo o do meu avô, que é o que parece mais novo e seguro de se pôr na rua.

— Olha que maravilha! — ele diz, dando a partida no Fusca, que, finalmente, retorna à vida. Estou tão feliz que podia abrir uma *champagne*.

— Que legal, vô… Acabou, então? — pergunto, esperançoso.

— Esse sim — ele diz, e ainda bem que não está olhando pra mim, porque tenho quase certeza que fiz uma cara de dar pena. — Mas quero dar uma olhada na bomba hidráulica do meu. Vem cá.

Acompanho-o até o carro cromado no fundo da oficina, parecendo até novinho, no meio de tantas velharias.

Ele abre o capô e, enquanto mexe em mais partes imundas de graxa, aproveita pra me dar aula sobre a manutenção da direção hidráulica, mas nem estou ouvindo. No banco de trás há nada menos do que um rádio com entrada pra fitas cassete.

— É seu? — pergunto, meio engasgado.

Ele franze a testa e por um momento tenho certeza de que está lendo na minha cara tudo em que estou pensando. Mas a confusão some do seu rosto antes mesmo que eu termine de imaginar o cenário em que ele me força a confessar todos os meus pecados recentes sob ameaça de uma chave inglesa.

— É, sim — ele diz, se virando pro capô de novo. — Tava no conserto.

— Ah. Legal.

Mais que legal, na verdade. *Excelente.*

— Você quer levar pra dentro, Artur? — ele pergunta. — Eu ia deixar aqui na oficina mesmo, pra ouvir uma música enquanto trabalho…

— Não — falo, daquele jeito cuidadoso que a gente fala quando as coisas estão dando tão certo que você nem acredita. — Pode… deixar aqui.

E assim o assunto acaba, meu avô voltando, empolgado, para as aulas de manutenção. Tento até demonstrar algum grau de interesse nos procedimentos, tal é a minha euforia, e ele parece feliz quando a gente sai da garagem.

O resto do dia se arrasta, mas me obrigo a parecer tranquilo. O Universo parece estar colaborando, e no jantar ninguém menciona meu pai, suas decisões de negócio questionáveis ou outros assuntos delicados — em vez disso, ficamos falando de carros. Então chega a noite, vemos novela, e eu vou pro quarto ler antes de dormir — ou, pra ser exato, ficar esperando até ouvir a porta deles fechar.

Isso acontece por volta das onze horas, quando então abro a porta um milímetro e espio o corredor. Vazio. Vou até a sala na ponta dos pés, como se estivesse andando sobre um campo minado, até que encontro as chaves da oficina e do carro num ganchinho ao lado da porta da frente.

Uma voz na minha cabeça me diz pra largar essas chaves e voltar pra cama. Se meu avô descobre, nem sei o que ele faria. Com certeza, nada bom. Hesito por uns três segundos, refletindo sobre a ironia de estar roubando chaves de outro veículo em outra cidade (qual vai ser o próximo? Um helicóptero?), mas a dúvida logo passa e fico com medo que algo me impeça de sair no último segundo, então praticamente corro pra fora da casa.

A única vantagem de uma cidade tão pequena é que lá pela meia-noite já não tem mais alma viva acordada. Chego à oficina em tempo recorde e me enfio dentro do carro sem pensar muito sobre isso. Tiro o aparelho e ligo na tomada mais próxima, que é de uma bancada de trabalho.

Nem escolho muito a primeira fita, só enfio a mão na sacola, tiro uma e enfio no toca-fitas. Uma voz mais estridente do que aquela com a qual estou acostumado começa:

Alô, alô, planeta Terra chaman... não, que idiotice. Mentira que eu falei isso. Guilherme, seu otário.

Não tem ninguém olhando, mas escondo a cabeça nas mãos mesmo assim. Até a versão adolescente do meu pai me trinca de vergonha alheia. Então ele continua falando e me toco que essas fitas são um tipo de diário gravado. Sinto como se tivesse ganhado na loteria sem nem ter jogado.

Vi uma tarântula enorme hoje! Daria uma tatuagem da hora. Fiquei pensando em como faria. Eu sempre quis uma tatuagem só riscada, mas depois de hoje, quero uma supercolorida. Gigante, pegando o ombro inteiro! Minha mãe ia surtar.

Um suspiro longo e pesado.

Faz um mês desde que eu desenhei pela última vez. Acho que nem lembro mais como faz isso.

Uma risada vazia.

Se bem que isso é uma questão de ponto de vista, né? Se a minha mãe soubesse, ela daria pulos de alegria.

E então a voz fica ainda mais estridente e preciso me controlar pra não rir: é uma imitação bem convincente da minha avó.

"Você tem que se concentrar em coisas produtivas, não aquelas porcarias de rabiscos! Pensar no que vai fazer da vida!"

Uma pausa, e a voz volta ao tom normal, mais baixo agora, meio desanimado.

Tem um concurso de desenho mês que vem, mas não sei se vou conseguir terminar alguma coisa. E provavelmente não ia conseguir mesmo, então…

Tem um barulho estranho no fundo. Parecem papéis caindo no chão.

A Larissa tava de olho em você hoje. Vai falar com ela quando? Metade dos caras da escola matariam pra sair com ela. Melhor correr antes que alguém chegue primeiro. Só que… não é ela que eu… ah, deixa pra lá.

A gravação corta nesse ponto.

Bom, penso, isso não esclareceu muita coisa. Que eles desaprovavam os hobbies dele, que era popular com as meninas e que tem mania de falar umas coisas meio aleatórias, eu já sabia. Não sei quanto tempo de gravação cabe em uma dessas fitas, mas outra começa logo em seguida.

Preciso mandar consertar o meu walkman. Viver nesse inferno já é ruim o suficiente sem música.

Rio, levemente surpreso. Bom saber que certas coisas são eternas.

Já que estou fazendo listas, também preciso comprar mais tinta. Não aguento mais usar lápis de cor. Ah, e preciso dar um jeito de falar pra Débora que não aguento mais olhar pra cara dela. Talvez não com essas palavras.

Conhecendo o meu pai, quaisquer as palavras que ele usou, aposto que essas teriam sido melhores. Ele tem mania de sair pela tangente quando não quer falar sobre alguma coisa, daí volta pro assunto original uma hora depois e resume a conversa inteira em uma frase.

E o mais importante: tenho que deixar claro pro Vitor que ele não pode ligar aqui em casa.

Sinto uma pontada desagradável ao ouvir isso. Não por causa do que ele diz, mas pelo tom da voz. Não é irritação ou desprezo — o que se esperaria de alguém que não quer que outra pessoa te ligue. É um tom de partir o coração, seguido por alguns segundos de silêncio.

Odeio isso. Por que as coisas não podem ser mais simples? O Vitor gosta de fingir que em outro lugar as coisas seriam diferentes. Que não precisaríamos ficar escondendo cartas, que eu não precisaria me enfiar no meio do mato pra finalmente ser sincero comigo mesmo. Que poderia falar abertamente o que eu acho ou o que sinto, mas a verdade é que talvez não exista um lugar assim.

Tudo bem, isso foi deprimente. Escolho outra fita e estou prestes a parar essa, quando ouço:

Pinheiros do Sul, 20 de agosto de 1996, ele começa, numa voz séria, pesada. Então fica em silêncio por uns trinta segundos.

Não sei o que dizer, na verdade. Achei que tinha que registrar a data, pra ver se, ouvindo isso aqui mais tarde, fica mais fácil de acreditar, porque...

Outra pausa e o som inconfundível de alguém engolindo em seco, muito perto de um microfone.

Tudo ainda parece mentira. Você ouve mil vezes as pessoas dizendo que alguma coisa foi como um pesadelo, mas a verdade é que isso parece exatamente um daqueles pesadelos em que você sabe que está sonhando e não consegue falar ou fugir. Queria dizer algo... bonito, ou inspirador, mas ninguém vai ouvir mesmo então não importa. Não sei direito o que fazer. É como se tudo estivesse... pausado. Como se alguma coisa fosse acontecer. Só não sei o quê.

A fita acaba e tenho um momento de pânico — mas então lembro que essas coisas têm lados, e pra ouvir o outro você tem que virar o negócio. Faço isso e a voz dele começa, sem introdução:

O prazo do concurso passou e obviamente não entreguei nada. Adoraria culpar minha mãe, mas dessa vez a culpa é minha. Ando meio distraído desde que... enfim. Me veio na cabeça a ideia fugir de casa. Fugir de casa! Parece coisa de criança. Mas tô falando sério. Eu acho. Não consigo parar de pensar nisso. Não aguento mais ficar aqui. Sinto a vida passando e que tô perdendo a chance de fazer alguma coisa real. Alguma coisa que importe... ou pelo menos que me deixe feliz. Nada aqui me deixa feliz. Sem o Vitor, então, a ideia de passar mais um ano aqui é insuportável. Só de saber que tenho que voltar pra cá à noite passo o dia angustiado. Imagino como seria me sentir livre de verdade. Tenho vontade de ir pra cidade grande — não que Pinheiros do Sul seja o fim do mundo, mas sinto que todo mundo me conhece aqui. Quer dizer, não conhece. Me conhecem como o filho debochado dos Müller. Queria ir pra um lugar em que ninguém olhasse duas vezes pra mim.

Será que um dia vou ouvir isso e pensar "Nossa, como eu era idiota e dramático, no fim deu tudo certo?". Espero que sim.
Será que eu devia aguentar mais um tempo? Mas quanto? Não vou entrar na faculdade, tenho certeza. Não do jeito que não consigo me concentrar em nada ultimamente. Vou ter sorte se passar de ano. Por que ele tinha que...

Mas quem fez o que não fico sabendo, porque a gravação termina aí. Estou louco por respostas, mas o pior é que, ouvindo as outras fitas, chego à conclusão de que essa era a última. As outras são mais animadas, falam de música, livros, garotas, umas mentiras que ele contou pros meus avós...

Quando chego na última, já são quase 4 da manhã. Guardo o aparelho no carro com cuidado, me xingando por não ter memorizado exatamente a posição em que estava e torcendo pro meu avô ser distraído.

Ainda está cedo, até para os madrugadores, então volto pra casa sem ver ninguém. Quando entro, fico até meio surpreso por meu avô não estar esperando na sala com uma cara de morte e o cinto na mão — ou o que quer que gente da geração dele usava com adolescentes que escapavam de madrugada.

Mas não. Para a minha grande sorte, parece que me safei dessa. Quem diria.

....

Ilusão minha achar que eles me deixariam dormir até tarde. Não são nem 10 horas da manhã quando a minha avó bate na porta.

Não consegui dormir antes das 7, a cabeça rodando enquanto tentava imaginar o que podia ter acontecido pra chatear tanto o meu pai. A hipótese mais provável é que o Vitor tenha ido embora. Fugido antes e o abandonado aqui. Isso explicaria por que nunca ouvi falar dele.

Ainda assim, tenho certeza de que não vou conseguir parar de pensar nisso até saber, definitivamente, o que aconteceu. Considerando que as relíquias do meu pai são exatamente iguais a ele, ou seja, evasivas e levam a mais dúvidas do que respostas, só tem um outro jeito de descobrir.

No dia seguinte, penso como vou começar o assunto no jantar. Estamos comendo um prato típico alemão com um nome dificílimo de pronunciar, uma especialidade da minha vó, ela me informa — mas que, na boa, parece uma sopa, só que com carne de porco em vez de vaca. Eles parecem tranquilos; meu vô feliz por ter entregue o maldito Fusca e ela por todos os *Ahhh* e *Hmmm* que faço durante o jantar.

— Sabem que achei um negócio curioso lá no meu quarto — digo entre uma garfada e outra. — Parece ser do meu pai.

— Mas aquele quarto… — começa meu avô.

— É de hóspedes, eu sei. Na verdade, acho que um amigo dele deixou lá.

— Por que você acha? O que era?

— Ah, um CD. Tava assinado "Vitor". Não sei, talvez tenha sido um presente.

Se eu não estivesse discretamente observando cada movimento deles por cima do copo, teria perdido como os dois congelam por um segundo — os talheres parados no ar — e então trocam um olhar rápido.

— Acho que me lembro desse garoto — diz minha vó devagar, como se estivesse escolhendo as palavras. — Ele dormiu aqui em casa uma vez.

Ufa, penso, porque se nunca tivesse essa conversa ia acabar rapidinho.

— Quem era? — insisto, bêbado do meu próprio sucesso. — Acho que meu pai nunca falou dele.

Eles trocam outro daqueles olhares rápidos e estou quase *vibrando* de antecipação, a curiosidade tanta que nem me importo se a história deixar todo mundo desconfortável. Pelo contrário, torço pra ser algo bem escandaloso pra saber que, no fim das contas, eles não tiveram que se esconder pra sempre.

— Era um garoto que estudou com seu pai — diz minha vó. É bizarro, mas por um momento ela fica muito parecida com o filho, passando a mão pelos cabelos e puxando as pontas. Então a impressão passa, e ela completa: — Ele faleceu quando seu pai estava no colegial.

Meu humor cai com toda a delicadeza de um elevador de parque de diversões.

Meu vô completa, com a mesma voz vagamente desaprovadora com que comenta as escolhas de vida do meu pai:

— Se matou, na verdade. Foi uma tragédia, na época. Conhecíamos os pais do menino... Ele só veio aqui uma vez, não sei se seu pai o conhecia muito bem. Uma pena, mas que o menino era esquisito, era.

A notícia de quase vinte anos atrás sobre um garoto que eu nunca conheci me atinge como um soco no estômago. Engulo em seco, tentando acalmar meu coração, que está querendo sair pela garganta.

Só agora percebo que já estava com várias ideias na cabeça — perguntar pro meu pai sobre o tal do Vitor, tentar encontrá-lo na internet, saber o que ele fez da vida... só pra descobrir que ele não teve tempo de fazer nada.

É a morte, de novo. Aquela sensação de que alguém te sacaneou e de que não há nada que você possa fazer. Gritar, berrar, chorar... claro. Fique à vontade. Mas eu sei que não adianta, você tem sorte se te deixar cansado. Será que meu pai se sentiu assim? Será que foi isso que o levou a fugir de vez? Lembro das fitas e as coisas começam a fazer sentido.

Luto é uma das experiências mais solitárias que existem, e imagino passar por isso sem que ninguém nem saiba que você está sofrendo. Que a pessoa era importante pra você.

E, por trás de todos esses pensamentos, a palavra que meu vô usou ecoa na minha cabeça.

— Esquisito? Esquisito como? — Minha voz soa estranhamente calma.

Demorei alguns segundos pra fazer a questão e meu vô parece surpreso com a retomada da conversa.

— Por que você quer saber?

Dou de ombros.

— Ele era amigo do meu pai.

— Era um garoto muito quieto, isolado — ele responde. — Não brincava com os outros meninos. Não se interessava por nada.

— Talvez só não se interessasse pelo que tinha por aqui — respondo, com cuidado. Sinto uma irritação começar a arder dentro de mim, mas ainda preciso de respostas, então tento manter a calma quando pergunto: — E meu pai, era estranho também? Não tinha amigos?

— Não, seu pai sempre foi popular — minha avó responde, como que para me tranquilizar. — Mas nunca se aproximou muito dos colegas. E as namoradas, nem se fale. Era uma nova a cada mês. Uma pior que a outra — ela acrescenta, crispando os lábios.

— Por quê? — insisto. — Pior como?

— Ah, umas garotas... que não eram como a gente. De boa família.

Ah, penso, chegamos então ao "boa família". Boa família!

— Quão boa podia ser essa família se meu pai fugiu daqui pra não morar com vocês? — As palavras escapam da minha boca antes mesmo que perceba que elas tinham se formado no meu cérebro.

— Artur! — A voz do meu vô, pela primeira vez, como meu pai devia tê-la ouvido todos aqueles anos. — Não vou permitir que você nos desrespeite nessa casa!

— Só estou curioso pra saber qual o problema dessas tais garotas. Eram estranhas também? — tento emendar.

— Estranhas, não, mas umas moças sem-vergonha. Tinha umas que pareciam ter saído da favela — minha avó resmunga, mexendo com a comida.

— Isso quer dizer o quê?

— Artur, de onde veio esse questionário?

Ignoro meu avô.

— E minha mãe?

— Que tem ela? — ele pergunta.

— Era uma dessas que pareciam ter saído da favela? — Falo entre dentes, a respiração saindo com esforço. Me sinto como um incêndio fora do controle, que aumenta um pouco mais a cada nova palavra deles. — Quero só saber porque, sendo filho dela, talvez eu pareça também.

— A gente nem conhecia sua mãe direito — minha vó diz, com uma nota de irritação na voz. — Seu pai a apresentou quando ela já estava grávida de você.

— Ela nunca falou disso.

— O Guilherme trouxe ela aqui. Ela era uma mulher muito educada, inteligente, é claro, mas…

— Mas vocês não aprovaram?

— Bem — ela diz, se endireitando na cadeira —, quando eles chegaram imaginamos que tinham vindo anunciar o casamento. Afinal, ela já tinha… *você sabe*. Mas depois o Guilherme disse que eles tinham conversado e decidido não se casar! Achei que ele estava enganando a coitada, mas ele me garantiu que ela preferia assim. Que tipo de mulher não quer casar?

— Não sei, uma que tem outros planos?

— Mas não é certo, Artur — minha vó insiste, parecendo até ofendida com a possibilidade que sugeri. — Eles deviam ter se casado. Formado família.

Minha mãe era enfermeira, penso, *trabalhava doze horas por dia, nunca deixava nada faltar em casa. Todo mundo a amava*. Quero falar mas não consigo; a lembrança dela parece ganhar vida e apertar minha garganta.

Engulo com força e dou uma risada irônica.

— Uma "boa família"? Só que a gente *era* uma família. Mesmo que meu pai não morasse com a gente, mesmo que ela não fosse casada. E vocês não iam aprovar quem quer que fosse, porque tudo que meu pai fazia tava errado, não tava?

Meu avô abandona o jantar de vez e me lança um olhar duro, se reclinando na cadeira com os braços cruzados.

— A gente amava… *ama* o seu pai, Artur. Mas não aprovamos o caminho que ele deu pra vida dele.

— Talvez nem tenham tentado entender! — Agora estou gritando. Era uma questão de tempo, e inevitável desde que descobri que o pobre do Vitor tinha se matado, desde que a morte veio me achar em Pinheiros do Sul e despedaçar o meu autocontrole. — Ele queria mais que isso aqui, queria… queria trabalhar com o que ele gostava, não só ganhar dinheiro, e conhecer gente diferente, de mente aberta, que nem minha mãe. E qual o problema deles não serem casados? Eles sabiam que não iam dar certos juntos, não é melhor do que ter casado e se odiado depois de uns anos?

Não sei como explicar uma coisa que parece tão óbvia pra mim, e percebo que não vou conseguir — que meu pai provavelmente fez o mesmo tipo de discurso milhares de vezes. Os dois estão me olhando como se eu tivesse comprovado os seus piores medos sobre a minha criação, como se fosse um caso perdido e agora só pudessem rezar pela minha alma.

Eles tiveram quinze anos pra tentar ser parte dessa família, e não tentaram. Não culpo meu pai por não ter insistido.

Levanto e os pés da cadeira se arrastam no chão.

— Vou pro meu quarto — digo, mas o que penso é: *amanhã vou embora daqui.*

....

O único lugar com sinal decente por aqui é um pouco além do parapeito do antigo quarto do meu pai, então cá estou, erguendo o celular como se estivesse apresentando o Simba, e desejando, ardentemente, estar no meio da Avenida Paulista.

[Felipe 20:10] Mas que saco, hein?
[Eu 20:11] Bom saber que sempre posso contar com você pra apontar o óbvio.

Quase posso vê-lo revirando os olhos.

[Felipe 20:11] Sabe, achei que essa sua temporada no fim do mundo fosse te ajudar a ficar menos chato, mas só te deixou pior.
[Eu 20:13] Não enche. Tô com um problema sério aqui: ainda tô bravo com o meu pai, mas agora também estou fulo da vida com os meus avós. Não tenho mais pra onde correr!

[Felipe 20:14] Talvez seja hora de você parar de brigar com todo mundo?
[Eu 20:14] Você não é tão engraçado quanto acha. Tô falando sério!
[Felipe 20:15] Ué, eu também! Já reparou que em menos de um mês você já brigou com 3 pessoas diferentes? Isso dá uma média de uma pessoa por semana. Cara, como você vive?

[Eu 20:16] Nem vem! Todos eles mereceram! Ou você acha que eles estão certos?
[Felipe 20:16] Depende. Se eu disser que sim, você vai brigar comigo também?

[Eu 20:17] Não tem graça! O cara morreu e o meu avô fica agindo como se o moleque fosse um monstro! "Nossa, como ele se ATREVE a pôr um fim ao sofrimento dele, coitados dos pais..."

[Felipe 20:19] É, é bem triste mesmo. Mas o que é que você vai fazer? Ficar por aí mesmo e punir os seus avós por serem babacas sendo MAIS babaca do que eles?

[Eu 20:20] Não dá. Depois dessa, agora tenho que ir, né? Não tem mais clima pra ficar aqui.

[Felipe 20:21] Cara, você tem que aprender a pensar antes de falar.

[Eu 20:22] Conselho incrível, ajudou bastante, obrigado.

[Felipe 20:23] Bom, é o que tem pra hoje. E se prepara, porque vem outro pior: larga a mão de ser otário e volta pra São Paulo! Liga pro seu pai e pede pra ele ir te buscar. Pronto, fim do problema.

[Eu 20:24] Ele não vai querer vir me buscar. Não depois de tudo que aconteceu.

[Felipe 20:26] Bom, você bem que merecia que ele te largasse pra apodrecer aí, mas não vai saber se ele é tão ruim quanto você até ligar e perguntar.

[Felipe 20:28] Não, sério. Semana que vem a Letícia e eu vamos pra praia. Se você correr, dá tempo de vir com a gente.

Leio a mensagem umas três vezes até entender. Nunca os vi conversando na vida, e foi só eu me enfiar no fim do mundo que eles viram amiguinhos?

[Eu 20:32] *Não, obrigado, não gosto de praia.*

[Felipe 20:34] *Todo mundo gosta de praia. Além do mais, não ligo se você passar a semana inteira de jeans e camiseta preta na areia. A gente quer ouvir esse drama todo pessoalmente.*

[Eu 20:35] *A gente?*

[Felipe 20:36] *Ela tá sempre perguntando de você.*

Não me orgulho disso, mas a ideia de que os dois não me esqueceram faz eu me sentir melhor. Pensando bem, consigo até imaginar os dois sendo amigos. E de repente percebo que, no fim, nós meio que somos também.

[Eu 20:35] Vc não acha bizarro a gente estar tendo essa conversa?
[Felipe 20:36] Bastante. Mas acho que todo mundo tem as companhias que merece.
[Felipe 20:36] Vem pra São Paulo. Sério. Pq você ainda tá em dúvida?

Não respondo, mas não acho que ele estivesse esperando uma resposta mesmo.

Aguento mais duas horas antes de ligar pro meu pai.

ACEITAÇÃO

São Paulo, 2014

Terça-feira, 21 de julho

Ele teria vindo me buscar — se ofereceu pra emprestar o carro da Penélope e fazer isso, na verdade — mas eu não estava preparado pra passar mais da metade de um dia num silêncio desconfortável. Muito menos pra ficar conversando. Precisava de um tempo pra me preparar, e me senti imensamente aliviado quando ele não discutiu.

Estou pensando que essa pode realmente ser uma oportunidade para um recomeço entre a gente quando desembarco na rodoviária do Tietê. Passar esse tempo na casa dos meus avós meio que me fez perceber que o meu pai não precisa que eu o fique criticando o tempo todo, porque parece que essa vaga já tá mais do que ocupada.

É, as coisas vão ser diferentes. Vou tentar ser mais paciente.

Atravesso a rodoviária e vou até o metrô. Ele está lá, me esperando — e o Alexandre também. Por um momento nem acredito: ele não me deu nem trinta segundos em São Paulo antes de testar minha boa vontade.

Dezoito horas de viagem pensando em como lidar com tudo que deixei pra trás e não tenho ideia de como reagir quando chego até eles. Sinto minha irritação crescendo. Menos de um minuto de convivência e minha resolução está começando a se dissolver.

— Oi — digo, sem demonstrar nada, o que me parece mais seguro.

— Oi, filho — meu pai diz. Então, como se estivesse com um pouco de medo que eu desvie, dá um passo à frente e me abraça. — Foi bem de viagem?

— Achei que não ia acabar nunca.

— É claro, você deve tá cansado — ele concorda, meio sem jeito. Então acrescenta, rápido: — Por isso pedi pro Alex vir. Vamos voltar de carro, tá?

Me sinto levemente culpado pelo momento de irritação anterior. Eles estão me fazendo um favor. Certo. Legal da parte deles. Consigo lidar com isso.

Meu pai está com um olhar meio assustado, como se estivesse se preparando para algo. Que eu comece a gritar, talvez. Acho um pouco injusto até lembrar que na última semana em São Paulo isso aconteceu com bastante frequência.

Mas a alegria de voltar pra casa é tanta (pessoas correndo pra pegar o ônibus esbarram na gente e quase derrubam a minha mala, e só quero sorrir pra elas) que não digo nada.

Desde que saí de Pinheiros do Sul, sinto como se um peso tivesse sido tirado das costas. É uma expressão clichê, mas estou chegando à conclusão de que elas têm um pingo de verdade, porque é como se eu estivesse literalmente mais leve. Imagino se meu pai sentiu o mesmo quando veio pra cá pela primeira vez. Ter que tomar cuidado com tudo que eu dizia ou fazia perto dos meus avós era cansativo demais — e olha que eu nem tomava tanto cuidado assim! O que quer que aconteça agora, pelo menos vou poder jogar meus videogames em paz.

— Oi, professor — cumprimento. E, porque parece a coisa certa a se dizer, acrescento: — Obrigado.

— Não há de quê — ele sorri. — Vamos lá?

Perco um segundo observando o Alex seguindo rumo ao estacionamento, grato por ele não ter insistido em ficar de papo na rodoviária, evitando que a situação fique mais constrangedora.

Então me toco de que pensei nele como "Alex", não "professor Alexandre". Obviamente isso significa alguma coisa: boa ou ruim, ainda não sei bem.

No caminho, o Alexandre (vamos com um meio-termo) parece o mais relaxado de nós três. É ele que me pergunta sobre Pinheiros do Sul e, como tenho várias coisas a dizer, evito qualquer silêncio constrangedor contando histórias de terror sobre falta de internet, uma galeria que eles têm coragem de chamar de shopping e coisas do tipo. Não deixo de reparar que em nenhum momento ele pergunta sobre meus avós.

O trânsito está delicioso, isto é, caótico e barulhento, e abro a janela pra respirar aquele ar poluído, olhando para o céu cinza como se fosse um pôr do sol na praia.

O Alexandre para na frente do prédio, mas não sai do carro. Claramente eles já tinham combinado isso, porque os dois não trocam uma palavra, mas percebo que meu pai põe a mão sobre a do Alexandre e aperta de leve. É tão rápido que, quando pisco, o momento já se passou e é como se nunca tivesse acontecido. Quando fecha a porta do passageiro, meu pai se inclina pra dentro da janela.

— Brigado, aaaa... Alex.

Não quero nem especular do que ele estava prestes a chamar meu professor de Português.

O Alexandre parece estar segurando o riso.

— A gente se fala, Gui. Tchau, Artur. Bem-vindo de volta a São Paulo.

Não sei direito o que responder pra isso, então só dou um sorrisinho por educação e saio rapidinho do carro. Meu pai sacode a cabeça, se mordendo pra rir da minha cara, tenho certeza. Troca mais um olhar com o Alexandre e se afasta do carro.

Agradeço o fato de eles não terem dado um beijo de despedida, pensando se foi por minha causa ou por causa das pessoas: é o meio da tarde, a rua está movimentada e o porteiro do prédio, como sempre, está em sua guarita observando a vida alheia. Mas a ideia é meio deprimente. Me sinto mal ao pensar que meu pai fugiu de Pinheiros do Sul, em parte, por causa disso, mas mesmo em São Paulo não pode beijar quem ele quiser na frente da própria casa. Quer dizer, poder ele pode, mas todos os funcionários do prédio estariam comentando amanhã de manhã. Sinto uma vontade de brigar com o seu José quando ele abre o portão, por coisas que ele nem fez. Ainda.

Então tento imaginar dois caras se beijando em Pinheiros do Sul, o que me lembra do Vitor — e das caixas que consegui, de algum jeito, enfiar na mala.

Subimos em silêncio pro apartamento, e tomo um banho demorado enquanto tento pôr ordem nas ideias. Se alguém me falasse, três semanas atrás, que eu estaria aceitando o fato do meu pai namorar um cara — um dos meus professores, ainda! — eu teria rido. Mas agora que o choque passou… consigo até me imaginar vivendo com isso. Não era o resultado que estava esperando da viagem, mas meus avós, no fim das contas, me levaram a ver as coisas de outro modo. Sorrio pensando que é o oposto do que eles pretendiam.

Não que eu tenha perdoado meu pai inteiramente, é claro.

— Tá com fome? Preparei umas coisas pra você — ele diz quando apareço na sala. A mesa está posta, incrivelmente arrumada e cheia de coisas. Tem um buraco no meu estômago, então sento e começo a comer.

A fome é tanta que nem me incomodo com ele me observando.

— Você tá bravo? — ele pergunta suavemente. — Por eu ter ido com o Alex?

— Não. — Dou de ombros. — Bem melhor que pegar metrô.

— Artur — ele diz, e só pelo jeito como inspira, como que tomando coragem, entendo que vai rolar uma conversa séria —, preciso perguntar: aconteceu alguma coisa? Você não pretendia voltar tão cedo. Sei que seus avós podem ser meio… eles têm muitas… opiniões…

— Isso têm mesmo.

— … e quero saber se preciso ligar lá e gritar com eles. Eles deixaram você desconfortável?

Com certeza, penso, *mas não porque* me *ofenderam.*

— Não, é só que… — Ganho tempo enfiando meio pão na boca. Então resolvo ser honesto. — A gente brigou. Eu comecei, pra falar a verdade.

Ele sorri.

— Não diga.

— Não achei que eles fossem tão difíceis! Tipo, sabia que cês não se davam muito bem, mas só entendi quando cheguei lá. Quando eles começaram a falar de você… e da mãe…

Ele suspira, mas não parece surpreso.

— Falei pra eles não mencionarem sua mãe, mas acho que era esperar demais que me fizessem um favor. O que quer que eles tenham dito, eles gostavam dela.

— Não pareceu.

— Bom, eles também gostam de mim — ele abre um sorriso irônico —, e aposto que não pareceu. O problema é que não sabem muito bem como lidar quando as pessoas não cabem direitinho nos moldes que têm na cabeça. Queria dizer que é um defeito da geração deles, mas é mais comum do que você imagina. Mesmo assim… não quero que você os odeie. Eu amo meus pais.

— Sério? — pergunto, surpreso de verdade.

Ele dá de ombros.

— É difícil não amar os pais, mesmo quando vocês não concordam em nada. Só que a convivência fica complicada bem rápido. Por isso saí de lá, antes que chegasse a odiá-los de fato. — Ele não está contando toda a história, mas acredito que essa parte é verdade. — Tudo que passei com eles me deu a certeza de que queria um relacionamento diferente com meu próprio filho, mas levando esse último mês em conta, acho que nadei e nadei pra morrer na praia, né? Parece que é inevitável cometer os mesmos erros dos nossos pais.

Ele está com uma cara tão de cachorro chutado que sinto vontade de dar uns tapinhas nas costas dele e garantir que fez um bom trabalho. O melhor que pôde, pelo menos.

É estranho sentir dó dos pais. Quando você é criança, tem certeza de que os adultos sabem o que estão fazendo — que um dia atingiram uma idade mágica em que aprenderam todos os segredos da vida e estão mais do que preparados para lidar com tudo. Que serão sempre o seu porto seguro. O problema é crescer e descobrir que não; que são só pessoas, mesmo. Pior: é assustador perceber que vai ser o mesmo com você.

— Você conseguiu — digo. — Quer dizer, não é perfeito, mas também não é nada como eles.

Ele faz que sim com a cabeça, e torço pra que não comece a chorar. Mas então pisca umas vezes, balança a cabeça, e me olha nos olhos.

— Eu devia ter falado com você quando comecei a sair com seu professor.

Reclino na cadeira, a voz bem mais acusadora agora.

— É, devia.

— Fiquei com medo de que não desse em nada e eu te deixasse preocupado à toa.

— Mas é essa a questão! — Não consigo evitar que a minha voz saia mais alta do que o normal. Meu pai faz uma careta como quem levou um tapa e a culpa ataca novamente. Dou um suspiro e sigo em frente, mais calmo dessa vez. — Pai, você começar a sair com ele *já era alguma coisa*. Você fala que eu não te conto nada, mas daí me esconde uma coisa dessas? — Esfrego o rosto, de repente muito cansado. — Eu nem imaginava, sabe… daí um dia eu estou em casa e vejo vocês dois…

— Eu sei.

Tento não focar em como a voz dele soa derrotada.

— Você teve um milhão de oportunidades pra me contar sobre isso. Todas aquelas conversas sobre tolerância e bláblábla… por que nunca mencionou isso antes?

Ele suspira.

— Porque esse nunca foi um aspecto da minha vida que afetasse a sua. — Abro a boca pra argumentar, mas ele completa: — Até agora, lógico. E acredite, esse não era o jeito que eu queria que você descobrisse!

— Mas o que é que você achou que fosse acontecer? Não, sério! *O quê*?

— Não sei. A verdade é que tive quinze anos pra praticar como iria te contar uma coisa tão importante a meu respeito, e ainda assim parece que não foi tempo o suficiente. Você obviamente tinha uma imagem minha criada na sua cabeça, e eu fiquei com medo de, sei lá… destruí-la — ele passa a mão por entre os cabelos, aquele sinal de ansiedade que sempre me irritou tanto.

O que me surpreende é que dessa vez não sinto vontade de revirar os olhos como sempre, mas sim de segurar o braço dele e acalmá-lo. É um instinto de deixar claro que eu entendo pelo que ele tá passando e queria que não passasse mais. Outro aspecto irritante de crescer é justamente isso: perceber que a humanidade dos seus pais significa que, às vezes, você tem que cuidar deles tanto quanto eles precisam cuidar de você. A vida era mais fácil quando eu não ficava tomando cuidado com os sentimentos alheios.

— Sinceramente? A imagem que eu tinha de você foi destruída quando me mudei pra cá. — Ele me olha daquele jeito de novo, triste, magoado. — Quer dizer, descobrir que você larga a toalha molhada no chão do banheiro e depois só pega do chão pra se enxugar de novo? Olha, foi um baque difícil de superar.

Ele ri, e não tenho vergonha de admitir que sinto uma onda gigante de alívio. Definitivamente, odeio esse climão.

— É mesmo? Você nunca tinha visto isso antes?

— Não. Aliás, pensando bem, nos fins de semana que a gente passava juntos antes, acho que você nem tomava banho…

Mais uma risada, mais leve dessa vez.

— Pois é. Era pior antes. Eu fazia uma coisa que a sua mãe odiava: só lambia as colheres e punha de volta na gaveta.

— Mentira!

— Sério! Uma vez ela tirou a colher da gaveta e me deu peteleco com ela, pra você ter uma ideia.

Nós dois rimos disso, e a lembrança parece ocupar todo o ar ao nosso redor, uma presença quase real.

— Mas, sabe — ele diz, hesitante —, sua mãe não era perfeita.

— Eu sei — admito.

— Se bem me lembro, você vivia reclamando das regras dela…

Dou um sorriso meio torto. É verdade. Também é verdade que eu daria qualquer coisa pra ser obrigado a obedecer a uma dessas regras de novo.

Acho que ele sabe disso, porque sua expressão cai um pouco. Então ele me dá um tapinha no ombro e abre um sorriso.

— E ela reclamava de você também, viu.

— Ah, tá! Eu sou um anjo!

Ele dá uma gargalhada.

— Olha, você é muita coisa, filho, mas um *anjo*… nem pensar. Mas a verdade é que… — Ele inspira fundo e pesa as palavras. — Sua mãe provavelmente nunca teria tentado esconder algo assim de você, e nós dois sabemos disso. Mas somos pessoas diferentes, com defeitos diferentes. Nunca vou chegar aos pés da lembrança que você tem dela, se você ficar esperando que eu atinja esse ideal de perfeição, eu sempre vou te decepcionar, e a gente já viu onde isso dá.

As palavras me dão um estalo, e de repente as coisas ficam mais claras. Pensar sobre os mortos é estranho: lembrar das partes ruins parece errado; lembrar das partes boas dói como um chute no peito. Mas pela primeira vez entendo que não há escapatória. Percebo que venho, sim, comparando meu pai a ela — e que talvez isso não seja justo.

Então digo:

— Ok.

Meu pai franze a testa.

— Ok o quê?

— Acho que eu entendo o seu lado.

— Mesmo?

— É. Tipo, ainda acho que você tava errado e devia ter me contado anos atrás, ou pelo menos quando percebeu que tava a fim do meu professor…

— É, eu sei.

— … mas acho que agora entendo porque você não… quer dizer, essa coisa de atingir expectativas, e tal… eu entendo.

— Que bom, filho. Porque é muito importante pra mim que você entenda, de verdade, que nunca quis que isso te machucasse de alguma forma.

— Posso imaginar. Mas fala sério: vocês dois? Jura? Vocês se odiavam!

Ele dá de ombros, mas está sorrindo meio torto.

— Que eu posso dizer? É uma linha tênue a que separa o amor e o ódio.

Mordo o lábio.

— Então isso entre vocês é isso mesmo? Assim, o lance é sério?

Ele inclina a cabeça para o lado, como que pensando a respeito.

— É. Acho que se pode dizer que sim. Não, é. É sério. A gente ainda tem que definir umas coisas, mas é pra valer mesmo.

— A gente vai morar com ele?

Ele bufa, rindo.

— Você já viu a casa dele? É menor que a loja! Se for o caso, *ele* é quem vem pra cá!

Não rio dessa vez, e ele bagunça meu cabelo.

— Não faz essa cara, guri. Cê tá pensando muito a longo prazo! Por enquanto é ele na casa dele, e a gente por aqui. E pode ficar tranquilo: vai ser assim durante muito tempo ainda.

— Por minha causa?

— Que nada. Se tem uma coisa que eu aprendi nessa vida, é que não tem nada melhor pra um relacionamento do que a distância. Saudade faz um bem danado!

— Bom — digo, mais tranquilizado agora —, pode chamar ele aqui um dia desses pra jantar, então.

Ele levanta uma sobrancelha.

— Jantar?

— É. — Abro um sorriso malicioso. — Quero perguntar quais as intenções dele com meu pai.

— Artur.

— É sério, tenho que ter certeza de que ele te merece.

— Você não era o fã número um dele, não?

— Isso era antes, né, pai. Agora tenho que julgar se ele é um rapaz de bem que vai te trazer pra casa antes da meia-noite.

Ele reprime um sorriso e resmunga:

— Só me aguarde, quando você arranjar uma namorada…

Ele levanta pra tirar a mesa, então para na porta da cozinha e se vira, com uma cara meio estranha. E eu que achava que o pior tinha passado! Que raios é agora?

— Sabe, o Alex comentou uma coisa — ele diz, e eu já começo a me remexer na cadeira. Lá vem, penso, o Alexandre falou alguma coisa sobre o Pedro ou... — Sobre os seus desenhos — meu pai completa.

— Aaah! — Quase rio de alívio. Estou meio lisonjeado que o Alexandre tenha mencionado. E um pouco feliz, embora jamais, *jamais* vá admitir, que eles conversem sobre mim. — Não é nada. Só umas bobagens que eu rascunho de vez em quando.

— É que... — Ele limpa a garganta. — Eu sei que tô sempre te falando pra focar nos estudos e arranjar uma carreira que paga as contas, que nem sua mãe, mas é importante também fazer o que gosta. Claro que é. E, se você achar que é bom e que quer investir nisso no seu futuro, quero que saiba que vou te apoiar, filho.

Balanço a cabeça, sem acreditar. Faz anos que a gente tem discussões sobre isso, e agora é só o Alexandre falar e ele muda de ideia?

Bom, não vou reclamar.

— Então posso sair da escola?

— De jeito nenhum. Mas se quiser eu faço umas contas aqui e a gente te arranja um curso de desenho.

A oferta me surpreende de verdade, e fico meio sem graça. Pra falar a verdade, nem sei se quero um futuro parecido com o do meu pai, cheio de incertezas. Talvez seja melhor virar dentista e desenhar nos fins de semana. Mas o fato de ele não estar arrancando os cabelos com a ideia faz a escolha parecer um pouco menos assustadora.

— É... valeu, pai. Vou pensar no caso.

— E, Artur — ele chama de novo, quando estou prestes a levantar. — O nosso relacionamento... não vai te causar problemas na escola mesmo?

Quase rio: dessa vez, da inocência dele. Só posso imaginar o quanto vão me atormentar quando descobrirem. E considerando que tenho mais três anos e meio naquela escola, é claro que uma hora vão descobrir. Vai ser o melhor dia da vida do Pedro.

Mas ele está tão feliz que não tenho coragem de falar a verdade. Percebo que às vezes são os filhos que têm de proteger os pais, e a mentira vem fácil, e dessa vez sem culpa nenhuma:

— Claro que não. — Abro um sorriso. — Pode ficar tranquilo.

....

Fazer e desfazer malas, na minha opinião, é como uma punição por ter saído de casa. Odeio. Geralmente nem desfaço, pra ser sincero. Só largo a mala aberta no chão e vou usando o que tem dentro até não sobrar mais nada — considero isso a minha forma pessoal de rebeldia contra esse sistema irritante, mas minha mãe chamava de preguiça.

A questão é que não mexo em malas depois de uma viagem a menos que seja obrigado, e como não vejo outra maneira sutil de trazer o assunto à tona, o jeito é fazer esse sacrifício.

Mesmo estando de volta a São Paulo, e com o meu pai tão disposto a manter as linhas de comunicação abertas, não tenho coragem de perguntar sobre as coisas que li e ouvi em Pinheiros do Sul. Então decidi fazer algo tão inteligente que quase nem acreditei na minha própria genialidade: desfazer as malas com a porta do quarto aberta, reclamando o mais alto o possível.

Não leva nem dez minutos pra ele morder a isca.

— Tudo bem por aqui? — ele brinca, apoiado no batente.

— Argh, não. Odeio fazer isso. Acho que só vou jogar tudo no chão e ir usando ao longo da semana.

— Você? Vivendo numa bagunça? Acho difícil, hein! — Ele entra no quarto e senta na cama. — Deixa de corpo mole. Vai jogando o que é roupa suja, que já junto tudo e lavo de uma vez.

Mais um minuto e bingo! Dá pra perceber pelo olhar dele que notou, mas sendo ele quem é, disfarça de um jeito nada discreto.

— São o que eu acho que são? — ele pergunta numa voz neutra, ainda dobrando umas camisetas quase limpas.

— Depende. O que acha que são?

— Coisas muito pessoais que achei que já tinham sido jogadas fora.

— É. Então provavelmente são.

Ele ajeita uma pilha de camisetas e começa a dobrar os shorts.

— Não vou nem perguntar se você abriu alguma delas.

— Melhor mesmo. Assim não preciso mentir.

Ele espera longos segundos antes de voltar a falar.

— Eu preferiria que você jogasse essas coisas fora. Não são boas lembranças nem uma representação de quem eu sou agora.

Sacudo a cabeça.

— Não, desculpa. São minhas agora. Achado não é roubado.

Ele bufa, mas está sorrindo.

— Tenho quase certeza que é, na verdade. Você só ganha um desconto porque imagino que o tédio foi insuportável lá em Pinheiros do Sul. Mas sabe que eu vou jogar essas caixas fora quando você não estiver em casa, né?

— Vai ter que encontrá-las primeiro.

— Vai ser difícil nesse apartamento gigante — ele ironiza, então dá um suspiro. — Dá isso aqui. Vai ser no mínimo interessante dar uma olhada em como eu era adolescente.

— Posso perguntar só uma coisa? — ele meio que resmunga uma afirmativa, então suspiro e pergunto aquilo que não tem saído da minha cabeça nos últimos dias: — Foi por isso que você foi embora? Tipo, por causa… *dele*?

— Dele? — meu pai franze a testa.

— Você sabe… o tal do Vitor.

A expressão do meu pai fica sombria de repente. Ele para de mexer nas roupas e desvia o olhar.

— Eu *realmente* não queria falar sobre isso, Artur.

— Tudo bem. Eu entendo.

— Mas só pra você saber: não foi só por causa disso. Contribuiu bastante, mas não foi o motivo principal. — Ele passa a mão pelos cabelos. — Minha vida nunca foi lá, de verdade. Acho que mesmo antes de eu saber isso direito, eu meio que sentia que o meu caminho tava aqui, sabe? São Paulo é mais a minha cidade do que Pinheiros do Sul já foi algum dia.

Faço que sim e passo as coisas pra ele. Então aproveito:

— Ô, pai? Não que eu não esteja gostando do nosso reencontro, mas queria ir pra praia esse fim de semana. Uns amigos me convidaram.

— É mesmo? Achei que você não tinha amigos — ele diz, repetindo minha própria declaração.

— Eu também. Mas a Letícia me convidou e...

— Letícia? E a Priscila?

Sinto uma pontada familiar de tristeza e desvio o olhar.

— A Lê é só uma amiga. E ela tem uma casa na praia — acrescento.

— O melhor tipo de amigo. Vão só vocês dois? — ele pergunta, com tom de quem está prestes a falar um monte de coisa.

— Não, o Felipe vai também.

— Felipe? Quem é Felipe? Nunca ouvi falar de Felipe nenhum.

— A gente se fala em segredo, porque os amigos dele me odeiam.

— Quando sua vida virou uma novela? — Ele balança a cabeça. — Tá bom, pode ir. Mas toma cuidado. E liga todo dia. E passa protetor solar, hein?

Reviro os olhos.

— *Tá bom*, pai. — E acrescento, um pouco pela permissão, um pouco por tudo o mais: — Obrigado.

Sábado, 25 de julho

— Deixa eu ver se entendi: você saiu de casa no meio da noite... pra ouvir um monte de fitas velhas? — o Felipe pergunta, como quem não acredita em nenhuma parte do que acabou de dizer. — Cara, você é um exemplo pros adolescentes rebeldes do mundo.

— É, e ele é um grande tatuador, você não sabia? — a Letícia completa, um sorriso malandro no rosto. — Artur é vida louca.

— Eu não tava tentando ser vida louca, mas era uma oportunidade de ouro: ouvir, em primeira mão, meu pai na adolescência. Eu *tinha* que dar um jeito de ouvir aquelas fitas.

— E valeu a pena? — a Letícia pergunta, aplicando uma segunda camada de protetor solar nos braços.

Dou de ombros.

— Sei lá. Por um lado, descobri umas coisas muito importantes que ele nunca iria me contar, por outro, foi a coleção de áudio mais deprimente que eu já ouvi na vida, então não sei.

— O que tinha nas fitas? — o Felipe pergunta.

Meus olhos encontram os da Letícia, e tem uma fração de segundo ali em que tenho certeza de que ela tem uma boa ideia do que tinha nas fitas, mas ela desvia o olhar e a impressão passa. Vai ver estou só ficando paranoico, mas estou aprendendo que essa garota é *muito* perceptiva. Me deito na toalha, ajusto os óculos escuros e, por fim, respondo:

— Umas três horas de depoimentos sobre como meus avós odiavam que ele gostasse tanto de arte e tatuagens, e reclamações sobre ex-namoradas. Meu pai sempre foi meio dramático.

— Então é genético? — o Felipe pergunta, e tento dar um tapa na cara dele. Não funciona muito bem na minha atual posição. Ele completa: — Isso não parece tão interessante.

— É porque não era o seu pai. O dia que eu tiver um interesse que ele não gosta, só vou precisar mencionar a adolescência dele e pronto!

— Me lembre de nunca te contar nada — ele diz.

Nem ligo: é impossível me incomodar com alguma coisa nesse lugar. Só a vista já seria o suficiente pra espantar o mal-humor pra sempre, mas essa casa me estragou para todas as quitinetes da Praia Grande pelo resto da vida. Não sei por que fiquei surpreso, mas a casa da praia da Letícia é realmente *na praia*. A porta dos fundos dá pra areia e, apesar de ser final de julho, está um tempo gostoso. Nenhum de nós teve coragem de entrar na água ainda, e estamos sentados em toalhas, observando o mar. De vez em quando passa alguém, mas há boa distância entre nós e o próximo guarda-sol.

Esse é um daqueles momentos em que sinto que devia apreciar o quanto a vida é esquisita. Quatro meses atrás a ideia de nós três juntos nas férias seria impensável. A Letícia viciada em adrenalina, o Felipe tão preocupado que todo mundo goste dele, e eu permanentemente furioso com o mundo inteiro: parece quase um milagre que tenhamos nos dado tão bem.

Ainda é estranho imaginar os dois conversando enquanto eu estava em Pinheiros do Sul, mas agora me parece menos uma traição e bem mais uma sorte tremenda que eles se deram bem.

— Mas e aí? — o Felipe pergunta. — Ele ficou bravo por você ter fuçado as coisas dele?

— Não, tava me devendo uma, na verdade. — Ele parece confuso, e explico: — Ele tava namorando em segredo.

— Sério? — ele ri. — Deve ser bizarro, seu pai namorando.

— Você não tem nem ideia.

A Letícia ri, e é uma sensação gostosa, saber que temos essa piada interna. Ainda assim, agradeço quando ela muda de assunto. Vou deixar pra ter *essa* conversa com o Felipe em outro momento. Agora, só quero aproveitar a vista e a companhia.

Infelizmente, o assunto que a Letícia escolhe não seria a minha primeira escolha.

— Falando em namoro, sabe quem vi numa festa semana passada? A Priscila. Você precisava ver a cara dela quando mencionei você. Aconteceu alguma coisa?

— É segredo.

— Não existem segredos na casa de praia.

— Você acabou de inventar essa regra.

— Você que não leu os termos e condições direito.

Dou uma bufada, mas a verdade é que estou pensando em tudo que aconteceu há meses e não podia ter pedido uma oportunidade melhor do que numa praia semideserta. Conto a história até a briga — talvez deixando de fora algumas coisas que eu disse — e a Letícia fica assentindo com a cabeça, encarnando o papel de psicóloga com entusiasmo. O biquíni estraga um pouco o efeito, mas quando termino ela sentencia:

— É, você foi meio babaca.

— Quê? Mas... quê? — Admito que estava torcendo para um terceiro ponto de vista ficar do meu lado, e não consigo evitar um muxoxo.

— Olha, do jeito que você fala, parece que só ficou amigo dela pensando em ficar com ela.

— E qual o problema nisso? — pergunto, meio defensivo.

— É pra isso que você é meu amigo? — ela retruca.

— Quê? Claro que não, você é tipo, só minha amiga. — Ela fecha a cara, e emendo: — Não que eu não te pegaria. — O Felipe tá engasgando de rir com o refrigerante. — Quer dizer, te considero muito.

— Para de falar — ela manda. — Olha, é meio chato quando você é simpática com um cara e ele já imagina que você tá a fim dele. Pior ainda quando te beija sem perguntar e daí briga com você como se fosse a culpa sua ficar ofendida.

Vou falar a verdade: quando ela descreve a situação daquele jeito, é como se estivesse descrevendo algo que um *deles* faria, não eu. O pior é que ela usa um tom de voz como se estivesse explicando pra uma criança porque ela não pode comer chocolate antes do almoço. Ser amigo de meninas definitivamente não faz bem pra minha autoestima.

— Isso já te aconteceu? — pergunto, pra me distrair de uma sensação desagradável no estômago, que reconheço como vergonha.

Ela ri sem humor.

— Várias vezes. Se você aceita, fica com fama de fácil. Se recusa, te chamam de coisa pior. Sem contar que fica difícil conviver com um cara que você rejeitou.

— É por isso que você despreza todos eles? — pergunto, divertido, me lembrando das dezenas de vezes que a vi dar um chega-pra-lá nos garotos da sala.

— Mais ou menos — ela responde, mais séria do que eu esperava. — Não é desprezar, é só... manter uma distância segura. Pra evitar problemas futuros. Quando tô a fim de alguém mesmo, falo com ele primeiro.

— Você falou comigo primeiro — observo, dando uma piscadinha.

— Justamente porque tava a fim de você.

— Oi?

— Vou comprar sorvete — o Felipe anuncia, sumindo dali aproximadamente na velocidade da luz.

— Pera, o que você disse? — pergunto, sentando e tirando os óculos escuros, como se eles estivessem me impedindo de entender a conversa.

— Tá confuso, hein? — Ela ri. — Sei lá, te achava bonitinho.

— Quê?

— E você é relativamente menos idiota que os outros garotos da sala, e tal. Mas obviamente não retribuía o sentimento. Não tem problema — ela acrescenta rápido, com um sorriso enviesado. — A Pri é legal mesmo.

Sinto meu rosto esquentar. Sou tão óbvio assim?

Então lembro de quando falei com a Letícia pela primeira vez pra fazer ciúmes na Priscila, e sinto que agi errado com todo mundo.

Não estou mentindo quando respondo:

— Ainda tava com a Pri na cabeça. E pra falar a verdade, imaginei que não tinha nenhuma chance com você, então... simplesmente nunca pensei em você desse jeito. — Penso no charme autoconfiante da Letícia, no seu jeito aventureiro, em como ela adivinhava do que eu precisava antes de eu mesmo; e nos planos ambiciosos da Priscila, no seu jeito gentil e em como sempre dá suas opiniões sem medo de estar errada. Decido que é injusto comparar as duas. Então me toco de que a decisão, se é que foi minha um dia, agora está definitivamente fora das minhas mãos. Se isso não é ironia, não sei o que é. — Mas... — Limpo a garganta. — Você acha que...

— Eu acho que vamos ser ótimos amigos — ela me corta, mas seu sorriso suaviza as palavras. — E acho que agora vou pular no mar, pra esquecer essa conversa.

É o que ela faz. O Felipe volta devagar, me olhando com cuidado, como se estivesse se aproximando dos destroços de um desastre.

— Ela ou é muito discreta ou eu sou muito burro — digo.

— Bom, se você quer minha opinião profissional...

— Nem precisa, acho que já sei. — Hesito um momento, então pergunto: — Você também acha que eu fui cretino com a Priscila?

Ele franze a testa, pensando.

— Acho que, se ela ficou magoada, vale a pena se desculpar. Quer dizer, se você ainda quiser ser amigo dela.

É um conselho surpreendentemente útil, e não preciso pensar para responder.

— Claro que quero. — É verdade. Seria ótimo se ela quisesse ficar comigo, óbvio, mas sinto falta de falar com ela. A Letícia e o

Felipe nunca poderiam entender certas coisas, e a Priscila tem um jeito muito diferente do deles, menos debochado, mais sensível.

Não pela primeira vez, me pergunto se era assim entre o meu pai e o tal do Vítor. Sinto um desconforto familiar no estômago. Esse negócio de sentir as dores dos outros é muito chato.

— O que você vai fazer?

— Pedir desculpas — decido, já me sentindo melhor. Ao contrário do meu pai, tenho a chance de recuperar esse relacionamento, seja ele qual for. — Tô ficando bom nessa coisa de humildade.

Ele finge bater palmas.

— Não é que você tá crescendo? — pergunta, e dessa vez consigo atingir a cara dele.

AGOSTO

Segunda-feira, 3 de agosto

Estou ansioso de um jeito não inteiramente ruim pro primeiro dia de aula — minha estadia em Pinheiros do Sul me fez quase sentir saudades da escola. Por outro lado, estou morrendo de medo de que as coisas voltem ao normal, o que quer dizer ser ignorado pelas pessoas que agora considero amigos. Mas quando chego a Letícia me cumprimenta alto e me manda sentar do lado dela. Ela nem se incomoda quando isso causa uma série de assobios e muita encheção de saco.

Só revira os olhos pro pessoal e me dá um sorriso discreto.

Tal é o poder dessa garota que em dois minutos a classe já aceitou que, por algum motivo bizarro, ela me quer perto dela. Então os cochichos começam de novo quando o Felipe chega e vai direto aonde estamos.

— Oi, Letícia — ele diz, numa voz baixa e envergonhada, como se eles nunca tivessem se falado na vida. É meio impressionante, tenho que admitir: o Felipe mente bem pra caramba. Quem diria? — Tem alguém aqui atrás?

— Não, fica à vontade — ela responde, indiferente, como se nem tivesse reparado na existência dele durante os oito anos em que os dois estiveram na mesma classe.

— Ô, cara, que cê tá fazendo? — vem a voz do Pedro lá do fundo.

O Felipe dá de ombros, jogando a mochila na carteira.

— Meu pai me mata se eu não for bem esse bimestre. Não dá mais pra sentar aí no fundo. — Ele faz uma cara de tristeza tão profunda que preciso enfiar a cara no fichário pra não rir. *E o Oscar vai para...*

Então a Priscila chega e a risada morre na garganta. Olho pra baixo, abrindo o fichário discretamente só pra me certificar de que o envelope que enfiei ali ainda está seguro.

O negócio é o seguinte: aprendi muito com a viagem nas férias. Entre as lições de vida, está que você paga multa se muda a data da passagem; que só deve usar banheiro de rodoviária em casos de absoluta emergência; que comida de vó realmente excede expectativas; e, mais importante, que cartas têm o seu charme.

Passei a noite anterior escrevendo uma. Foi um pouco irritante, porque não dá pra voltar e deletar uma palavra se você escrever alguma bobagem — você tem que rabiscar e começar tudo de novo. Mas agora, segurando o envelope grosso nas mãos (tem umas quatro páginas aqui dentro), tenho que admitir que valeu a pena.

Cheguei à conclusão de que não conseguiria pedir desculpas pra Priscila se tivesse que ser cara a cara. Não porque ache que esteja certo ou nada parecido, mas porque ela ainda deve estar tão brava comigo que nem vai querer me ouvir — e essa não é uma humilhação que eu queira passar em público. Com a carta, pelo menos, se ela não quiser saber do que se trata, vai só rasgar e ninguém além de mim vai saber o que aconteceu.

Quando toca o sinal pro intervalo, levanto e a observo direito pela primeira vez. Ela está mais linda do que me lembro, cortou o cabelo curtinho nas férias. Espero por aquela sensação que sempre tinha quando a via, o estômago se atando em nós e o coração acelerando, mas… não acontece nada disso. É meio estranho: não sei se estou feliz ou decepcionado, e apenas caminho a passos largos pela fileira onde ela está sentada e discretamente deixo o envelope na mesa dela. Não olho pra ver se ela tem alguma reação e saio quase correndo da sala.

Agora é só torcer pra dar certo.

....

Chego na loja antes das duas da tarde, e fico surpreso em ver tanta gente por lá.

— O que é que isso? — pergunto, jogando a mochila no armário lá do fundo.

— O milagre do capitalismo em ação — a Penélope diz, um sorriso largo no rosto, enquanto insere números e mais números na planilha dela. — Seu pai fez uma tatuagem no vocalista de uma banda e o cara divulgou nosso trabalho em um dos shows! *Nada* funciona melhor que o boca a boca!

— Da hora. Acho que vocês deviam começar a sair em turnê com umas bandas. Queria muito ganhar um carro no meu aniversário de dezoito anos.

— Não se empolga, beleza? Vamos ter sorte se não a loja não fechar no vermelho esse mês.

Dou de ombros.

— Mas isso não é mais novidade.

— Pois é. A gente tem que começar a trabalhar pra *virar* novidade. Falando nisso, tô precisando de mão de obra barata. Já saiu do castigo? Posso te contratar como aprendiz de novo?

Coço o queixo, como se estivesse pensando muito no assunto.

— Não sei… isso você tem que perguntar pro meu pai. Mas não deve ser um problema, né? Ele te conta tudo.

Ela estreita os olhos.

— Conta mesmo. Benefício exclusivo de melhor amiga. *E*, como melhor amiga, tenho o maior prazer em guardar segredos de filhos abelhudos!

Abro um sorriso fácil, e percebo que todo rancor que tinha guardado por ela já desapareceu.

— Pois pior pra vocês, porque nenhum dos dois sabe mentir — brinco. — E só volto a ser seu aluno com uma condição: quero umas aulas práticas agora!

Ela faz que sim.

— Claro, sem problemas… depois que você terminar de ler o manual — ela sorri, maldosa. — E, só pra garantir que você absorveu mesmo o conteúdo, vou querer uma apresentação. Pode usar slides, se quiser.

Parte do rancor volta um pouquinho.

....

[Priscila 15:40] Dois meses de silêncio, e agora um pergaminho de desculpas?

Ponho o manual de lado, e começo a digitar imediatamente.

[Eu 15:41] Eu demoro um pouco pra chegar a conclusões óbvias às vezes.

[Priscila 15:43] E essas conclusões surgiram por acaso depois do seu fds na praia?

Não sei como ela sabe o que eu fiz no fim de semana, mas acho que é até melhor não descobrir.

[Eu 15:44] Não disse que não tive ajuda.

[Eu 15:44] Você ainda tá brava comigo?

[Priscila 15:45] Um pouco, mas acho que tá passando.

[Eu 15:46] Que bom! Tava preocupado. Mas fala aí: amigos de novo?

[Priscila 15:46] Acho que a gente não era amigo antes.

Sinto o rosto queimar de vergonha, mas antes que eu possa responder, vem a outra mensagem:

[Priscila 15:47] O que é ótimo, porque acho que, nesse caso, podemos começar com o pé direito. Amigos (e só amigos), de agora em diante?

Não vou falar que ainda é um pouco decepcionante, mas estou mais no lucro do que estava uma semana atrás — e, de um jeito estranho, é até um alívio saber que ela não quer nada comigo. Pelo menos não preciso mais me preocupar em impressioná-la.

[Eu 15:48] Tudo bem. Mas nem adianta se apaixonar por mim agora. Só amigos.

[Priscila 15:48] Hahaha. Pode deixar.

[Eu 15:49] Bom, então já que isso tá resolvido, posso te perguntar uma coisa?

[Priscila 15:50] Claro.

[Eu 15:51] É meio pessoal. E meio aleatório tb.

[Eu 15:51] É que… só vc não vai rir da minha cara.

Não é verdade, exatamente. Meu pai não riria, mas sei a opinião dele; a Penélope contaria pra ele se eu chegasse com uma pergunta dessas; o Alexandre começaria a dar uma aula — e duvido que a Letícia e o Felipe já tenham pensado sobre a questão.

Mas tenho certeza que a Priscila sim, e estou me remoendo de vontade de falar com ela sobre isso desde quando sentamos no meu sofá três meses atrás e começamos a dividir segredos.

[Priscila 15:52] Artur. Só. Pergunta.

[Eu 15:53] Tá bom, tá bom.

[Eu 15:55] Vc visita seu primo? No cemitério?

[Eu 15:56] Tipo, vc acha que tem alguma parte dele ainda... por aí?

[Priscila 15:56] Uau, isso sim é mudança de assunto!

[Eu 15:57] Desculpa. Eu disse que era aleatório!

[Priscila 15:58] Tudo bem.

[Priscila 15:59] Visito o túmulo de vez em quando, sim.

[Priscila 16:00] E quanto à outra questão... acho que sim. Quer dizer, ninguém sabe, né? Então nada me impede de pensar que ele não desapareceu de vez.

[Priscila 16:03] Às vezes vejo alguma coisa que me lembra tanto dele que é como se ele tivesse ali por um momento. Seria legal se fosse verdade.

[Priscila 16:04] Não sei se isso ajuda em alguma coisa. Se quiser, a gente pode marcar de ir tomar um chá e conversar sobre isso melhor.

[Eu 16:05] Não, relaxa. Já ajudou bastante.

Meu pai está gritando detrás do biombo, pedindo ajuda com alguma coisa, e me despeço dela me sentindo mais feliz do que me sinto há muito tempo.

Quinta-feira, 27 de agosto

Achei que as aulas com o Alexandre seriam estranhas agora. Que, de certa forma, ficaria olhando pra ele enquanto nos explicava a matéria, e tendo várias imagens mentais dele de mãos dadas com o meu pai ou trocando beijinhos, ou coisa assim. Por sorte, o conteúdo desse semestre é tão intenso — se cair metade disso na prova, tô ferrado — que não tenho tempo pra isso.

Acabo sendo um dos últimos a terminar de copiar a matéria da lousa, então quando finalmente começo a guardar meu material, a maioria da classe já saiu.

— Artur, tem um tempinho? — o Alexandre me chama, quando já estou quase na porta.

— Tava indo pra loja, mas pode falar.

— Conversei com a diretora sobre a possibilidade de você voltar para o clube do livro — sinto meus lábios se abrindo num sorriso —, mas infelizmente ela continua firme nessa decisão. — E o sorriso se desfaz. — Você não vai poder participar, presencialmente, pelo resto do ano letivo. Sinto muito.

Droga.

Não, espera.

— Presencialmente?

Ele pisca pra mim, o que é estranho, porque acho que nunca o vi dar uma piscadela antes, e tenho uma boa ideia de quem ele pode ter pegado o hábito.

— Você não pode participar das reuniões do clube aqui na *escola*, mas faz algum tempo que venho querendo compilar as opiniões compartilhadas no clube num arquivo digital. Algo que vocês possam usar como referência. E não existe nenhuma proibição sobre eu te enviar esse arquivo por e-mail. Ou que você não possa compartilhar sua opinião nessa lista de discussão.

Me pego rindo, surpreso.

— Professor, você é mais ligeiro do que eu imaginava!

— Não é mesmo? Enfim, ainda tem interesse nesse projeto, mesmo sem contar pontos na média?

Escolho bem as minhas próximas palavras.

— Depende. Isso não é por causa de… você sabe o quê?

— Artur, você sabe muito bem que não pratico favoritismo. — Meio envergonhado, abaixo a cabeça. Ele continua: — Só acho que as discussões do clube precisam de toda a participação possível, e gostava de ver você dando suas opiniões.

— Tá, tudo bem. Se não for te causar problemas. Ou pra mim, pensando bem.

— Pode ficar tranquilo. Se a diretora tiver algum problema com isso, assumo a culpa.

— Que tal se a gente só não mencionar nada pra ela?

— Ótima ideia. — E, mudando de assunto antes que eu pudesse falar qualquer coisa: — E em casa, as coisas melhoraram?

Cruzo os braços, uma sobrancelha erguida.

— Você pergunta como se não soubesse, né? Tem lugar de camarote pra situação na minha casa.

— Pois é aí que você se engana — ele diz, sério, com as mãos na cintura. Preciso morder a língua pra não rir da cena. — Não fico perguntando essas coisas pro seu pai.

— Ah, tá. Daí vem e pergunta pra mim, né?

— Se não quiser falar, não tem problema.

— Olha, cara — acho que as circunstâncias me dão o direito de chamá-lo de "cara" —, você já foi mais paciente, hein. Não, por enquanto tá tudo bem lá em casa. Acho que meu pai e eu finalmente aprendemos a conversar de verdade. Não fico mais guardando as coisas que eu tô pensando, e ele me cutuca mais quando quer saber alguma coisa.

— Que bom! Fico muito feliz que vocês tenham se acertado.

— Também não é assim, né? — Reviro os olhos. — Ele ainda me irrita de vez em quando, e não faz nem um mês que eu voltei, mas… sei lá. Tá mais fácil ver o lado dele agora, sabe? Tipo, é mais fácil lembrar que ele é gente também, então tento não implicar tanto.

Ele sorri de leve.

— Aceitar a humanidade dos nossos pais é uma das coisas mais difíceis de fazer na vida. Fico feliz que você tenha conseguido ainda jovem.

Faço uma careta.

— Ai, professor, sai pra lá com esse papo de filósofo! Eu só não quero mais dor de cabeça na vida.

— Já é um começo. — Ele pega a mala. — Bom, conversamos mais tarde? Tenho que correr pra outra escola.

— Você bem que podia me dar uma carona até a República, né?

Ele balança a cabeça.

— Infelizmente, é completamente fora de mão pra mim, e aqui dentro sou só seu professor, lembra? Seria no mínimo estranho te deixar entrar no meu carro.

Crispo os lábios, já sentindo a cara fechar.

— A pior coisa que meu pai fez foi te apresentar pra Penélope.

Ele ri enquanto saímos da sala, mas eu não acho a menor graça. Mais um adulto se fazendo de espertinho na minha vida… tudo que eu queria.

III

— Ué, já tá pronto?

Meu pai ainda tá de shorts e camiseta na mesa da sala, o cabelo espetado em todas as direções possíveis e só um olho aberto, como se o outro ainda dormisse.

— Tô — respondo, apertando com força a alça da mochila e controlando a voz. — Queria dar uma passada no cemitério antes de ir na escola. Pode ser?

Isso o acorda de vez, mas ele controla a expressão de surpresa, abaixa a xícara na mesa e se levanta.

— Me dá cinco minutos.

Está um dia bonito de inverno, que não combina com o nó no meu estômago, e depois de meia hora de moto paramos na frente dos portões.

— Você sabe chegar lá? — ele pergunta, tirando o capacete.

Faço que sim.

— Então espero aqui. Não tem pressa.

Faço que sim outra vez, e dessa vez paro nos floristas e compro um maço de flores. Está tão cedo que não passo por ninguém no caminho, só vendo uma ou outra pessoa pelo canto do olho enquanto percorro as ruas de pedras.

É estranho ver o túmulo sem meu pai por perto — quieto demais. Vejo as patas de um gato se espreguiçando atrás da pedra marrom da lápide.

Então meus olhos param nas fotos colocadas ali: meu avô e avó maternos, que nunca conheci. E ela.

É a primeira vez que paro pra observar a foto. Foi tirada antes da doença, porque ela ainda tinha cabelo e o rosto não estava esquelético, como foi ficando com o tempo. Quando penso nela, é sempre essa imagem que me vêm à mente.

Limpo a garganta.

— Oi, mãe — começo. Minha voz está tão baixa que as palavras se perdem no vento que agita umas folhas aos meus pés. Olho ao redor, mas ainda estou completamente sozinho.

Ou talvez, penso, não esteja. E a dúvida é o que importa.

Começo de novo, a voz mais firme — e se depois ela fica embargada, é entre mim e ela.

— Sabe que eu quase perguntei "Tudo bem?". Idiota, eu sei, mas é o hábito... e não seria tão errado, na verdade. Você não vai responder, mas espero que *esteja* tudo bem. Onde quer que você esteja. Comigo também tá tudo bem. Não, sério. Pode não parecer, mas as coisas tão entrando nos eixos. Não sei o que o pai andou te contando ultimamente, mas a gente tá entrando num acordo. Sabe, agora entendo por que você não queria casar com ele, o cara é bagunçado demais! Achei que ia me acostumar a não ter que arrumar nada, mas acredita que fiz faxina por conta própria um dia desses? Juro. Você ia ficar orgulhosa.

Claro que a gente tinha problema maior do que roupa jogada no chão do banheiro. Ele deve ter mencionado também, mas deixa eu falar que não era eu sendo uma criança mimada, beleza? Bom... um pouquinho. Mas eu tinha bons motivos pra estar revoltado! Acredita que ele começou a namorar meu professor pelas minhas costas? Acho que ouvi ele falando disso pra você, sim. Mas aposto que ele não mencionou que era um cara e que era meu professor, né?

Pois é. Foi meio tenso pra eu lidar no começo, mas agora já tô superando esse lance de ser um homem. Além do mais, o Alexandre é um cara legal. Ele é demais, na verdade. O contrário do pai, totalmente responsável e organizado. Ele usa camisa social pra dar aula, pra você ter uma ideia! E é superinteligente... me lembra um pouco você, na verdade. Não sei como não percebi antes, mas lembra muito. Então, fica tranquila. Ele vai ajudar. E acho que o pai tá feliz. Tenho certeza, aliás. Tá todo animadinho. Você ia rir muito se visse. Mesmo assim, esconder namoro? Acho que ele vai continuar adolescente pra sempre.

Aposto que se você estivesse aqui, teria dado uma baita bronca nele, e seria merecido! Mas como não estava… a gente meio que desandou. Você sempre sabia resolver tudo, às vezes antes de o problema começar. E a gente não. Aí a coisa ficou tão feia que acabei indo até ficar com o vô e a vó essas férias. Foi péssimo, mãe, eles não me deixavam nem jogar videogame! E… não sei, vai que você *sabe*, de algum jeito, o que eles falaram. Eu devia ter te defendido, mas na hora não consegui. Desculpa. Só sei que tudo aquilo era bobagem, você era incrível. Acho bom vocês não terem casado, não importa o que eles digam.

Tô louco pra eles ficarem sabendo do Alex. A briga vai ser épica. E dessa vez não vou ficar calado, não. Tô quase mandando uma foto dos dois pelo correio, só pra ver o circo pegar fogo! Mas acho que se fizesse isso, o pai ia surtar de vez.

Tem o lance da escola, também… talvez ele tenha falado que eu não tava feliz lá, mas não precisa se preocupar. Fiz uns amigos esse ano, que são muito mais legais do que eu imaginava…. E tinha essa garota, a Priscila, de quem eu gostava. Ela me deu um fora enorme, e eu queria tanto que você tivesse aqui pra me falar o que eu fiz de errado, e às vezes chegava a te odiar por ter morrido. Babaquice, eu sei. Quer dizer, sei que você não queria, que não foi culpa sua, mas às vezes achava que não tinha tentado o suficiente. E tem tanta coisa que eu não pude perguntar, que acabei ficando bravo. Aliás, fiz muito isso esse ano: ficava bravo por tudo e descontava em quem não merecia.

Tipo… tipo vir aqui. Eu tava com tanto ódio de você ter… ter *ido*, sabe, que só de passar na frente desse lugar me fervia o sangue! Só de pensar…

Às vezes… às vezes ainda não acredito, sabe? Tem coisa sua na sala, que a gente trouxe do outro apartamento. Parece que você tá prestes a sair da cozinha falando pra gente tirar os pés da mesa. Como se o ano passado não tivesse existido, mas fosse só um pesadelo… Todas aquelas visitas ao hospital parecem uma coisa só da minha cabeça. E eu devo ter ido umas cem vezes, mas queria — queria ter ido mais. Desculpa, mãe. Eu devia ter ficado mais, e odiava o pai por não ficar, por fugir da sala depois de meia hora. Eu não queria ficar lá também, e agora me arrependo de cada segundo que podia ter passado com você. No fim das contas, acho que acabei fazendo o mesmo com esse lugar.

Mas não adianta, né? Tô aprendendo isso. E você… aquela vez que você me chamou, acho que foi uma semana *antes* — você disse que queria que eu fosse feliz quando você não estivesse mais aqui. E por muito tempo eu achei que era impossível fazer isso. Mas agora acho que finalmente tô começando a entender.

Enfim, aconteceu tanta coisa nos últimos meses que eu podia ficar duas horas falando. Mas a primeira aula hoje é do Alex e, mesmo namorando o pai, ele não me deixa entrar atrasado. Fala sério, qual a vantagem?

Enfim, preciso ir. Então… até uma hora dessas. Volto quando puder.